莫子易,本名徐建平。写作小说、散文、诗歌,作品散见于《江南》《福建文学》《山花》《延河》《西部》《雨花》等文学期刊。出版有散文集《飘飞的鸟》《东街》。

礼物

莫子易 ＼ 著

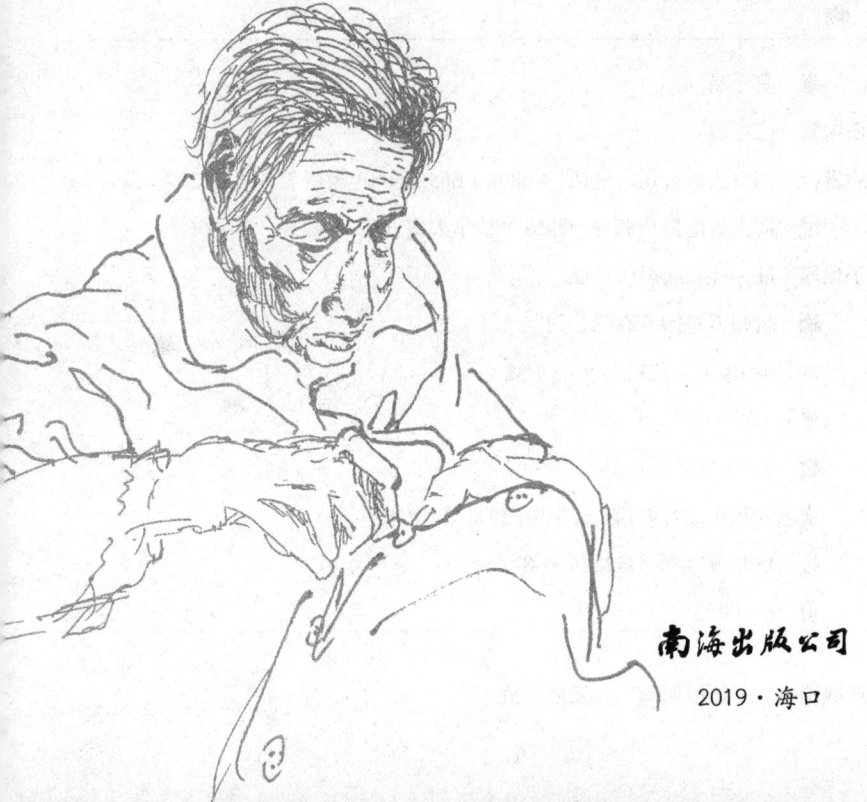

南海出版公司

2019·海口

图书在版编目（CIP）数据

礼物 / 莫子易著. -- 海口：南海出版公司，2019.10
 ISBN 978-7-5442-9690-8

Ⅰ. ①礼… Ⅱ. ①莫… Ⅲ. ①散文集－中国－当代 Ⅳ. ①I267

中国版本图书馆CIP数据核字（2019）第221307号

LIWU
礼 物

作　　者	莫子易
责任编辑	庄秀颜
出版发行	南海出版公司　电话：（0898）66568508（出版）　65350227（发行）
社　　址	海南省海口市海秀中路51号星华大厦五楼　邮编：570206
电子信箱	nhpublishing@163.com
印　　刷	杭州万星印务有限公司
开　　本	880毫米×1230毫米　1/32
印　　张	9.25
字　　数	202千字
版　　次	2019年12月第1版　2019年12月第1次印刷
书　　号	ISBN 978-7-5442-9690-8
定　　价	68.00元

南海版图书　　版权所有　　盗版必究

目　录

我爸之裁缝店及其左邻右舍 / 001
礼　物 / 008
四月八 / 019
路上的细节 / 027
三个朋友 / 069
剑村　儒窑　以及竹云山居图 / 084
遇见呈坎 / 098
海边四记 / 106
两个书院 / 121
松阳三章 / 126

龙泉四章 / 139

三个故事和十八个半 / 164

春晚词语：季山头的季 / 174

一个村庄的词语 / 181

龙井记 / 198

垟尾记 / 207

一个水边的村庄 / 214

乙未 二十四节气 / 220

自然之子 / 265

从宫廷到江湖 / 271

跋：母亲九十 / 287

我爸之裁缝店及其左邻右舍

西街很多房子都是有年代的，住人，开店。三十年前，西街60号裁缝店是我爸开的。我爸是裁缝老师，店有半植，朝南。

左邻，是徐氏三个本家，我管他们叫叔，我爸的半植门店，向其中一个租用。这个本家种田，不开店，租金也不顶真，半租半送。另两个是嫡亲兄弟，一个在工厂上班，一个打白铁。弟当过兵，部队回来后在一家木材厂上班，平常爱摆弄各种锁具，只用一根细铁丝，在锁眼里左捣右捣，锁就开了。哥打白铁，有三个儿子，清一色"浪里白条"，阳气盛，都没怎么读书，做父亲的在白铁铺里添了一台印刷机，还是二手货，铅字排版，印票据、习字本和简单文印用品。一层木板壁之隔，印刷机的声音每天"咯锵——唰，咯锵——唰"地传到我爸的裁缝店来。

白铁铺过去，是伤科潘氏；再过去，是老服装社、补鞋铺、打铁铺、草药铺、冥品店，中间隔了一些住户，到新华街，就是西街头了。

右舍，是一个大家庭，有两个儿子三个"金花"，大儿子在外地工作。那时我读中学，觉得在外地工作的人很了不起，见到人家带了媳妇回家，就敬而远之。再往右也是一个大家庭，四个"金花"，个个水灵灵的。左邻右舍，左阳盛，右阴盛。平常左边总是冷清清的，右边叽叽喳喳，甚为热闹。姐妹们有时候要吵架了，就在大街上吵。我爸的裁缝店夹在中间，上下十来米距离，形成一个小区域。

张瞎子在四个女儿那家的隔壁，那时他好像还不算命。我没有去过他家，觉得他家比较暗。他常从暗里出来，在我爸的裁缝店前晒太阳。人比较胖，比我爸还胖。我爸是又白又胖的，很有福相，但我爸是手艺人，没有养尊处优的生活，凭双手一针一线过日子。

王公久老秤店在我爸裁缝店对面，店面两楹，员工两个，是老王小王父子店。秤店一年到头都是旺季，两个员工一年到头都埋头做秤，抬头喝茶。来客人了，老王站起来卖秤，卖完秤，又坐下去做秤。秤店对面，我爸的裁缝店显得很寒碜。

在龙泉裁缝老司里头，我爸的手艺一流，童子功，十二岁开始学艺，师傅是西街的季良溪老师。我爸一辈子都做裁缝，不曾做过其他事。有一次，我还很小，听他说想摆烟摊去。他是觉得裁缝赚钱难，想放弃自己的老手艺，但也仅此而已，以后便不再听到他说摆烟摊的事了。至于裁缝店，倒是开过几个地方，乡下也做过十几年。西街60号，是我爸最后开店的地方，开了十七年。一台缝纫机，一块画板，一个货架，贴着一边的板壁，从门口往里一溜儿摆开，占据了店铺的大半面积。缝纫机是上海无敌牌，是我爸最贵重的一件工具，其他的就是剪刀、尺子、熨斗、粉袋、画粉、顶针之类了。

我爸会做大襟、长衫、旗袍、中山装、列宁装、军装、西装、马甲、衬衫、裙子、西装裤、工作服、棉袄、礼帽、寿衣、人造革皮包等各种跟针线有关的活计。20世纪70年代末,时髦款式流行起来,我爸也做过喇叭裤、花衬衫。旗袍、大襟穿的人少,手工缝的活多,他一般不给人做了。做最多、最拿手的是中山装。传统服装里头,除了旗袍,四个兜的中山装是最复杂的,收费也高一些,一件收工本费一块四毛七。中国男装里头,中山装曾一统天下,持续了半个多世纪。我爸会笑一些半路出家的老师,说他们不会做中山装,话里有一个手艺人的自负,也有同行的竞争。我工作之后,我爸给我做过三套中山装。穿中山装要系风纪扣,里面一条白衬衫,白领子从领圈上露出一点儿,再加一双皮鞋,就很有范儿了。后来,人们干脆不要衬衫身子,只要那个领头,我爸为顾客做过很多衬衫领头。

许是怕关系处不好,生出意见来,我爸开店从不叫伙计,也不带徒弟,缝衣边、锁扣眼、钉纽扣等下手活,早年我娘做。我十几岁时,也学会这针线活。这属于女红吧,无名指上戴一个针戒,穿针引线的,闺房里,那做女红的人就像一朵静静开放的花。之初我年少,不晓得难为情,稍大一点了,觉得男孩做针线活丢人,不肯做了。我爸也说,自己从小学了这门手艺,不会做其他事,至于儿子,不让他吃这碗饭。想来我爸是尝够了裁缝的辛苦了,我也仅此而已,其他的活不曾沾手过。后来,我娘身体不好,这些下手活都我爸自己做了。

　　我爸做来料加工，淡季，要做衣服的人少，生意清淡，有时一连好几天都没有来顾客，但我爸还是要摆出有活做的样子，坐在缝纫机前，每天做一点，三四天了，还是那件衣服。货架上也摆了布料和成衣，不让它空着。旺季，我爸一天是要做两三件的。有一天，我发现了我爸的这个秘密，喉咙便有些僵硬起来，我没有跟我爸说什么，低头悄声地走了。淡季，家里的餐桌就要简单许多，青菜豆腐是主角。

　　我爸的裁缝店地处热闹，常有熟人经过。他们不做衣服，路过门口，停下来说几句。我爸店小，门口勉强摆了一条待客用的三尺凳。淡季，看我爸不忙，一些年纪相仿的熟人会在三尺凳上坐一阵子，慢悠悠地说话。说到某些亲历的旧时光，我爸会放下手里的活，把身子转过去，脸上神采飞扬。

　　光顾我爸裁缝店最多的还是左邻右舍。他们常常集中在店门口，尤其是中午和傍晚，读书的、上班的都回家了，店门口就热闹起来。西街大多家庭都是人多、屋小，一户贴一户，少有采光，屋内光线弱，除了卧室、厨房，也没有地方可待，因此人们都爱走出屋子，在门口说话，看行人。吃饭也不爱待在屋里，手里端一个饭碗，碗头上搁一点小菜，站在门口吃，或者坐到我爸店门口的三尺凳上吃，边吃饭边说话。碗里的饭吃完了，也不走，手里还端着空碗说个不停，或者呆呆地看街上行人，一言不发。中午我常去帮我爸看店，换我爸回家吃饭。看店时我会带一本书去，大多是小说，但在邻居们叽里呱啦的氛围里,我的小说常常成了摆设。还有哪个"金花"看到我的小说,就伸过手来,在我手上翻一下,看一眼封面,又翻回去:这书写什么?好看吗?说来听听,你看好了也借我看看?这样,我就要放下书来,腼腆应对。但也不用复述书里的事情,她们不过随口说说而已。她们不看书,也不关心书里的事,说与不说都没关系。有时,她们的父母会说:你们不要打马岔(方言,干扰的意思),人家读书人,画画的,不像你们到处飞。听了这话,我就更腼腆起来。

左邻打白铁又做印刷的那个本家,要我给他画一块招牌,我就在中午看店的时候画,照着印刷机,把它画到画布上去,再在一头写上几个美术字。对面秤店,有时中午会来一个"金花",也是来看店的,是秤店的千金,也带一本书来。不知为何,邻居们不去对面秤店,对面秤店的邻居也不去,那"金花"就静静地看书。看书的女孩真好看。

大集体年代有一个词叫"单干",单干裁缝老师身份卑微,遇事了,有理无理都得忍让。我爸年纪大了,量体裁衣有时难免看错尺寸,把衣服做大了或者小了,如果大了还可以修改,小了就没有办法了,得赔人家。就有啰唆的顾客,把衣服抱回店里,来势汹汹,像儿子给人打了似的,一副要吵架的样子。这般情景,我爸都是一味忍让,赔好话,答应赔人家布料,赶紧重做,可就有得理不罢休的主,嚷嚷个不停。有时我见了这情景,会很难过,天好像都要阴下来一样。这种时候,如果有邻居在场,就会站出来帮我爸说话。

如果哪个"金花"在场，就会横刀立马凶过去：凶什么凶？答应赔你了还凶，想吵架是吗！来人被那"金花"这么一凶，就冷静下来，有话好好说了。事后，我爸会说，人家买一块布料不容易，做坏了心情不好，给人家骂几句也是应该的。

　　裁缝夏天有一个小旺季。换季节了，人们要做夏天衣服。冬天是大旺季，持续时间比较长，到了阴历十二月，便一天比一天忙起来，晚上都要加班，连吃饭都是匆匆忙忙的，一年下来，能否赚钱就看这一个月。那一年，离过年只有五六天了，我爸的裁缝店来了一班乞丐，是一个家庭，两个大人五个小孩。他们不是来讨饭的，而是来做衣服的。那男人抱来一捆灰格子缙云粗布，想给每人做一件过年新衣服。已经到年关，来料早就剎了，货赶不出来，这一家的布料也不能收了。但他们围在店门口许久不肯走，几个邻居就走过来帮我爸说话。右邻一个"金花"，嘴巴不饶人，声音又尖又快，像刀片一样唰唰唰地飞过去：都什么时候了，还来做衣服？你们是成心不想让人家过年啊？想做衣服就早一点来。不做了，把布拿回去吧，要做等年过了再来。那"金花"把两个大人说得一脸无奈，犹豫着去收拾放在画板上的布料。身后一群孩子，还站在门口不肯移步，个个脸上都是渴望和乞求。一个小女孩，嘴巴撇了撇，突然哇哇地哭了起来，眼泪扑簌扑簌直掉。我爸不说什么了，低头拿过一根软尺，给每个孩子都量了尺寸，又给两个大人也量了尺寸，末了，从口袋里摸出两毛钱，塞给趴在女人背上瞌睡的孩子。那一年除夕，我爸在店里一直干到第二天正月初一，天大亮了，等那一家子取走衣服,才拖着疲惫的身子回家。

　　写此文时,我爸已往生十三年了,我特意去了一趟西街60号。还是半植门面,板壁上挂满了各色锁具,门口有一块木牌:龙泉市锁具科研所,研究员和所长是那个徐姓本家。白铁店没有了,印刷厂还在,由老三打理,还是一台印刷机,不过已换成数码的了。右侧两家店铺房门都关着,当年的"金花"们想必都已是奶奶、外婆了。张瞎子算命挂起了"张铁口命馆"招牌,听说很准。王公久秤店是老字号,做印刷的老三说,招牌已卖给外姓,王家没有人做这门手艺了。这么多年,西街的人在变,店铺在变,房子还是老样子,诸多手工艺,有的消失了,有的在看似消失处,又绵延开来。

2015.10.15

礼　物

母亲喜食面鳅,视面鳅为佳肴。我生日这天,母亲说做面鳅给我吃。我觉得这是母亲最好的礼物。暑假,妻在沪女儿家,随园就我和母亲二人。对了,还有调皮的阳阳。此时,我在园里停好车,它就摇头摆尾地扑上来了,幅度很大。我走进屋里,它也跟进屋里。母亲在厨房,已把面和好,摊在墩板上等我了。水也沸了,用小火温着,见我回家,母亲便欣喜地揭开锅盖,开始拉面了。我也走进厨房,帮忙一起拉面。

我一直没有弄明白自己的生日,不曾自己过生日。孩时,是跟父亲一起过生日的。父亲的生日是农历八月初二,吃面条、鸡蛋、老母鸭,我也跟着吃。父亲身体属热,常用老母鸭调理寒热。父母说我的生日是六月初六,当地人说这是狗的生日。父母的意思是希望我如狗一般贱养、无恙、快乐吧。民间以为,一年里,六月初六的太阳最毒辣,是要翻晒橱柜、衣物,给小孩晒日头水沐浴的。记得有一年还是住在乡下,母亲在门口置一张小凳子,上面放一盘水,在太阳里晒上几个小时,晒到水烫了,给我洗澡。小孩也不知道害羞,脱去裤头,光溜溜站在门口由母亲用日头水一遍一遍地淋。母亲说,用六月六日头水洗澡,整个夏天就不会生痱子。稍大点之后,知道六月六不是我的生日,也不再在门口让父母帮我洗澡,而是跳进屋外的瓯江里洗了。夏天的瓯江,整条江都是烫的,都是日头水。但哪一天是我的生日,终是迷惑。近几年,曾问过在异地的生母,说我是狗年农历六月廿二狗时生,可是每次问过都没放心上,时间一长又忘了。今年再次去电话问生母,倒不是为了过生日,而是觉得应该记住自己的生日时辰。

做面鳅,是母亲的拿手活,对面性的软硬把握都是恰到好处。母亲一边拉,一边捻,手脚轻快,一旁的我反显得笨手笨脚,成了点缀。锅里的面鳅,大多是母亲拉的。两个人的食量,也不多,不一会儿工夫就做好了。家里吃饭用的是一张八仙桌,民国时候的东西,做工考究、结实,传统榫卯结构,边脚都留出装饰线,还有四个抽屉。抽屉下面,与脚的连接部,是八只雀替一般的装饰木雕,这使整张桌子显得更加精致考究起来。黄昏时分,与母亲在八仙桌前相依而坐,面前放两碗面鳅,母亲还在我的碗里放了两个煮鸡蛋。母亲忌食鸡蛋,做姑娘时因吃鸡蛋积过一次食,便不再吃了。屋顶上灯光柔和,在安静和恬淡下面,与母亲一起吃面鳅,说起一些旧时光里的事,时间就这样在橘黄色的灯光中静静漂移。

都是一些零碎的片断,与一个"大跃进"的年代有关,与一个男孩有关。故事平淡,如同那座旧岁月里的城和饥饿,蒙着一层灰色。故事从新华街开始。一条古老的街道,从九姑山下的荷花塘延伸到瓯江北岸，全长不过两百米，集中了龙泉城的主要店铺和买卖。在街的南端，有一条东向弄堂，住着一户王姓人家。20世纪40年代，他们从兰溪迁来，在这条街上开了一间棉布店，定居下来，过着不算充裕但安稳的日子，后来棉布店公私合营，日子渐渐艰难起来。那一年，某个炎热的下午，王氏大女儿从附近山上捡一担柴禾回家，晚上肚子一阵疼痛，生下一个男孩。男孩父亲是县城某所学校的小教书匠。小教书匠因一起错案被关押在某个劳改农场。男孩出生的时候，他也许正躺在一个简陋的屋子里，在蚊子的叮咬中想象他的儿子可能降生的情景。

男孩对于身处窘境的年轻母亲而言无疑是一个包袱，她给男孩喂养了八个月的奶汁之后，于次年初夏，经一个同乡诸葛氏介绍，将男孩给了一对没有生育的夫妇，自己则去了一所免费学校读书。收养男孩的夫妇给了年轻母亲十元钱，那个年代，十元钱不算少了，但也是象征性的，是对年轻母亲十月怀胎和八个月哺育的感谢吧。

成了男孩父母的这对夫妇是县城被服厂的工人。父亲是缝纫工，母亲是女工（从事缝扣眼之类下手活）。父亲有一架老旧缝纫机，机头是铁的，其他部位都是木做的，与踏板连接带动机头的轮子也是木做的。父亲给机头做了一只木箱子，缝纫时，木箱子放在机器旁边；歇工了，用木箱子将机头盖上。木箱子也成了男孩的摇篮。父亲上班时，男孩躺在木箱子里，睡觉或者看机器上那个咯吱转动的木轮子。男孩的襁褓岁月，充满了缝纫色彩。

冬天来了，被服厂接收了一批救济棉袄的加工任务。父亲因为肺部出了问题住进医院,母亲肩上的担子便重了起来,带着孩子,每日奔走在工厂和医院之间,夜晚加班至十一二点,家,只是夜里睡一个觉而已。母亲上班的时候,男孩趴在母亲的工作台上玩耍,睡着了,母亲在他的身子底下垫一件棉袄,上面再盖一件,像一只猫,裹在充满棉絮气息和温暖的中心。

这是一个饥荒的年代。饥饿从农村向城镇蔓延。当农村出现食不果腹的时候,城镇的粮食供应也出了严重问题。男孩在不记事的年龄里经历了这场旷日持久的饥饿。每天午后,被服厂给工人们发一碗清汤寡味的什锦汤(用米粉、菜叶、萝卜丝煮汤),工人们排队领取,还没轮到母亲,怀里的男孩就已像一只待哺的乳燕,张开嘴巴往前扑去。晚上加班,作为酬劳,厂里还给每个职工发二两稀饭。某个晚上,母亲放下手里的活去领稀饭,一转身,晕倒在地上。母亲还年轻,一个激灵,又从地上爬了起来,忙看四周,没有人看见她的狼狈。二两稀饭,自然被从饥饿里醒过来的男孩分走了一半。

这对夫妇家住南大桥附近的卢埠弄,屋外是宽阔的瓯江,被服厂在隔了一大片老房子的西街上。在大片老房子之间,有一些纵横交错的石板弄。每个夜晚,母亲抱着男孩从被服厂出来,经由一条细长的石板弄回家。父亲生病住院时,母亲一人走在幽深的冬夜里。身上穿着棉袄,手上抱着同样裹着棉袄的孩子,还有一个用于夜班取暖的篾火笼。一天的奔走和劳累,最后的一段路,仍是孤寂、冷清、恐惧、疲惫。到了家门口,开门也难。两扇厚重的木门,门上装着一把老式的大木锁。人在门外,用一把有三个短齿的大铁匙横推木锁上的门闩,这需要好臂力。母亲须用双手才能打开木锁,可是母亲怀里抱着孩子,操作就变得十分困难。夜阑人静,每次回家,母亲都是在一遍一遍艰难的操作中完成。

西街与新华街有一个丁字路口,称西街头,有各色各样的店铺和买卖,有卖杨梅干、咸萝卜、臭豆腐、瓜子、薯干、菜籽、鸡鸭、笋干、菜干、茶叶、草药、鸡蛋、竹扫帚的,还有刻图章、修钟表、修伞、补鞋、补篾、镶牙齿、打铁的,是全城最热闹的地方。沿着西街往西,是三里西街,三十六行手艺和买卖绵延不止,弹棉、做棕绑、打白铁、冥品店、寿衣店、老称店、草药店、古玩店、算命测字、废品收购……构成了西街的特色和繁华。被服厂在西街头往西约一百米处,一幢临街老房子里,"土改"时,老房子从某大户人家手里没收过来,用作被服厂。全厂四五十人分散在老房子各个大大小小的房间里,按劳取酬,不劳不得食。男孩父亲住院,无劳动,无分配,靠母亲一人做女工,收入少,母亲就拼命做。男孩稍大一点之后,母亲就把他放到幼儿园里去了。

幼儿园其实是被服厂的托儿所,也在被服厂里面,占据了老房子的中堂和天井。二十几个小孩,由两个十六七岁的大女孩领着,玩耍或者哭闹。这一天,被服厂的生产一如既往,托儿所里的孩子照常吵闹,一切沉浸在浓郁的棉布气息和有条不紊的生产气氛之中。稍有的一点异样,也不知什么时候发生,是那个男孩不见了。男孩不到两周岁,走路还是摇摇晃晃的,怎么会突然不见了呢!问题是男孩的母亲发现的。做工中途,母亲想起了孩子,便借着喝水、上洗手间的工夫去看一眼。她如往常一样走到老房子的中堂和天井,打算看一眼就走。孩子们在中堂和天井里玩耍或者哭闹,两个小阿姨也在中堂或天井的某个位置上。母亲朝孩子们看去,没有看见自己的孩子。再看,还是没有。春暖乍寒,早上从家里出来,母亲给孩子穿了一件小棉袄,外面套一件蓝套衣,戴一顶西瓜帽,红黄蓝三色,有帽舌。在二十几个小孩里,母亲没有看见蓝套衣和西瓜帽,就叫男孩的小名,没有应答。两个小阿姨走过来了,说男孩刚才还在跟一个小女孩争皮球的。两个小阿姨也觉得奇怪,怎么会一下子不见了?他还不大会走路的,会去哪里了呢?母亲慌了,两个小阿姨也慌了,大家就开始找那个西瓜帽蓝套衣的小男孩。先在老房子里找,再跑到街上去找,母亲往东向西街头找去。西街头熙熙攘攘、人头攒动,远远地,母亲看见人缝里有一顶西帽瓜,红黄蓝三色,还有蓝套衣,在一个卖咸萝卜的木桶后面,旁边有一个卖咸萝卜的老头。男孩的西瓜帽像一只鸭子,鸭舌朝向咸萝卜桶,手上还有一根蓝手帕,双手抓着两个角,像一面旗子一样举过头顶,嘴里发出呜呜呜的声音,自个儿玩着简单的游戏。现在,我推想当年这个男孩,在其孤独的游戏下面,是否掩盖着对咸萝卜的欲望或者想飞?飘扬的手帕,呜呜的风声,一个不足两周岁的小孩,就知道逃学了,其幼稚的心灵似乎埋伏着某个模糊的幻影。

    灯光下面,我与母亲慢慢地吃着生日面鳅。面鳅很有嚼劲,滑润,面香扑鼻。母亲细碎的故事我不止一次听了,每次都饶有兴趣,犹如这生日面鳅。幸福是简单的,无须铺张。母亲故事里的男孩后来上学了，游泳，打架，写字，画画，喜欢打乒乓球。乒乓球八分钱一个，玉兔牌；板四角三分一块，单面海绵板。瓯江对岸有一所小学校，里有一台乒乓球桌，暑假学校关门了，他就与小伙伴翻墙进去。他还会砍柴，跟里弄稍大一点的孩子们去，尽管柴捆比别人的小，但一个暑假下来，家里也能攒下一大堆柴禾。他还有很多小人书，大多是自己花钱在新华书店买的，那时候拥有小人书是一件令人羡慕的事情。

那一年，在男孩小学四年级的暑假里，他在屋外的江里游泳，左膝盖被水底锋利的石块割破了，伤口像嘴巴一样张开。他用毛巾扎住流血的膝盖，上岸回家。里弄有一家伤科土郎中，男孩在那里做了简单的消毒和包扎，没有打破伤风预防针。十一天之后，潜伏的杆菌生长繁殖，出来撕咬男孩的肌体。早上，男孩出现阵发性痉挛，嘴巴张不开，头往后仰，身体往后弯成一把弓，膝盖上的伤口又流出鲜血。此时，男孩的父亲在乡下做缝纫，母亲惊慌失措。男孩病情迅速恶化，傍晚时分，暮色沉沉，一位好邻居用手拉车将男孩送进医院。半个多月的昏迷中，男孩每天与死神搏斗，母亲日夜守护在男孩身边，硬是将男孩从死神的手里拉了回来。从此，母亲吃斋念佛，直到男孩长大成人。

这一天，已经长大成人的男孩回首往事，头脑里冒出一个怪异的假设——

他的人生历程退回原点，返回初之降生。小教书匠没有遭遇错案，生母没有将他送人，或者生母把他送给另外一户人家，那么，他的养父母是另外的完全陌生的两人。从幼儿开始，他由假设的陌生父母抚养，在不同的家庭背景和社会环境里长大，也经历求学、求职、娶妻、生子，以及可能的变故，所画出的那根人生运行轨迹会一样吗？其人生经历，包括所在地方、所遇人群、所从事职业、所参与社会活动，以及婚娶生育，会是相似，或者完全不同么？

这个男人想到这里，不由得颤抖了一下。那个充满挑战和刺激的假设，一个虚拟的陌生的变幻莫测的充满诡奇色彩的事实和假设，令他大胆地继续设想。他仿佛存在于另一个陌生的世界里了，那里的天空似乎不大一样，天空下面移动的云彩、大地上发出的各种声音和气味也似乎不大一样。在那里，他曾经熟悉的、相处的、在意的、牵挂的、愤恨的人们，包括亲人、朋友、仇人、对手都消失了，存在于另外一个陌生的、不可知的世界里了，他与他们都成了毫无关系的、见面不相识的陌路人；而另外的许多陌生的、不可知的人，又成了他的亲人、朋友、仇人和对手，令他在意、惦记、牵挂或者愤恨。在那里，之前在他身上所发生的所有的事实，成功或者失败、大事或者小事，都是陌生的，都是不曾遭遇和发生的；而所发生的、所遭遇的，是另外的他所未知的事实。这个于冥冥之中存在着的陌生的事实和假设，令他激动不已。在这个假设之下，他甚至怀疑自己将不是自己，是另一个人，甚至性格、品格都不是现在存在的样子，而是一个不可知晓的、不可理解的、陌生的人。这人是谁呢？他想把假设进行到底。可是，他的想象力受阻了，假设无法继续进行。这个男人又猛地颤抖了一下，突然害怕起来，害怕那个存在于未知之中的深邃和诡异。他发现,他的体内存在一种与生俱来的幻想,在他还不到两周岁,刚学会走路,第一次逃学,站在一个卖咸萝卜的木桶跟前时就存在了。苍茫人海,繁复世间,每时每刻都充满了变数和转折。每个变数和转折之后,事实又沿着新的轨迹演绎、蔓延,出现变幻莫测的结果。而在那些形态各异的结果下面,又将按照其结果所指向的轨迹继续运行,直至人之不可想象的没有休止的终点。

在世间,如果陌生的人彼此相遇而走到一起,相濡以沫,成为生命里的亲人,那一定是上天的安排,是老天爷赠予的礼物。我的父母是老天爷赠予我的礼物,他俩收养了我这个苦命的孩子,我感谢他老人家,给他磕一百个响头。同时,我要感谢我的父母,感谢他们的收养,给他们磕一百个响头。尤其我的母亲,在她最困难的时候不放弃我,将我搂抱在怀里,孤单地行走在冬天的黑夜里,衔来食物,将我像雏鸟一样一口一口喂大;为我吃斋念佛;给予我无微不至的爱和刻骨铭心的胜过亲骨肉一般的疼。

这一年,母亲八十六岁,有气管炎,牙齿掉了多个,除此之外,别无挑剔。她头脑清醒,耳聪目明,手脚灵便,能吃能睡。爱吃硬饭,爱喝浓茶,爱搓麻将,爱听好话,爱念叨,爱接茬,爱藏东西,爱使小性子,爱边看电视边睡觉,爱说自己饭量少了,爱说自己睡不着觉了,爱说自己没力气,爱接电话,爱打听我的手机来电是谁或者内容,爱提醒我的手机来短消息了,爱与我唱反调,爱打听无关痛痒的事情,爱插手力所能及的家务,爱瞎操心,爱我,爱亲人。母亲是一个小女人、小老太婆，不但身材瘦小，而且节俭、吝啬、心眼小、气量小、胆子小。害怕各种物体发出的超过五十分贝的响声，如关门声、说话声、物体坠落声、电视音响声等。她的世界越来越小了，小到只有眼前的亲人，一日三餐，白天起床、晚上睡觉。

礼物无须铺张，一碗面鳅，两个鸡蛋，有母陪伴，就是贵重的礼物，最大的幸福。从我的襁褓到我的今天，每一年，每一天，冬寒夏暑，母亲给予我的礼物无穷无尽。母亲是宝，是福，是天。母亲之大，每天都装在我心里，不容我有丝毫的懈怠和疏忽。

2014年8月

四月八

娘舅的祭日是农历二月十七,至四月初八,即七七满。按习俗,这七个祭七里,要有一个祭七与日期中的七相重。娘舅的每一个祭七都没有相重的日子,娘妗就将娘舅的末七提上来一日,以有一个重七。这一日是四月初七。四月八,吃乌饭,是龙泉西乡一带农村的传统节日,娘妗也都安排着提前一日过了。

娘舅家离村中心有一里来路,周围三四户人家,现在都没有人住了,房屋通年关着,就剩娘舅和娘妗两个老人。现在,娘舅走了,四周更空了,儿女们不放心娘妗一个人住在老屋里,将她接过去一起住了,到做七的时候回来,七做完又走。这一日末七,娘妗一早回到老屋,打开屋门,烧水,除尘,洗刷,准备四月八、做七一应事情。娘舅两个儿子、四个女儿携幼带眷的也都回来了,还有我与母亲、妻子,屋檐下二三十号人,灶火炊烟,鸡鸣狗欢,燕子绕梁,冷清下去的老屋一时间又热闹起来。

娘舅是患了一种怪病去世的,什么病终是没有查出来,从发病到去世才两年时间,不能对症下药,有效医治,病情一天天恶化下去。今年正月初三日，我开车送母亲去看他。他歪在轮椅上，皮包骨头，像一把撂在轮椅上的干柴，无力地抵抗着来自体内的断裂和痛苦，不能动掸。我走近他，他双眼直直地瞪着，也不眨一下，两个深陷的眼眶里，混沌的眼珠散发出暗淡的光。人也完全失语了，只能发出"嗷嗷嗷"的声音。饿了，大小便了，要翻身了，便"嗷嗷嗷"地叫起来，像一个婴儿一样，唇沿挂满口水。娘妗听到他叫，就过去给他喂饭喂水、换尿裤屎裤、翻身、擦洗身体、擦口水、抹眼屎、活动肢关节。娘舅倒下来，坐上轮椅也差不多一年了，娘妗就这样默默地守护在他的身边，服侍他，好像他的手脚和内心的传感器一样。

　　病魔使娘舅的大部分器官衰竭，生理机能丧失，只有头脑还算清楚。初三这日，娘妗在厨房做饭，他坐在一旁的轮椅上，我与母亲跨进房门，他一看见母亲，便"嗷嗷嗷"地大哭起来。亲人见面，格外悲伤。他是知道自己在世的时日不多了，见年迈的姐去看他，动了恻隐之心，可又说不出话来，困在轮椅上，悲切而哭。母亲走过去抱住弟弟的肩膀，也哭，抽搐，老泪纵横。一个经年在地里风吹日晒勤劳健康的人，竟然一下子病成这样，母亲心疼，可怜，无法接受，又无可奈何。一旁的子女们看见两个老姐弟哭得如此悲切，都好生难受，围过来弱弱地劝说着，把母亲拉开。娘妗也走过去，一边劝娘舅不要哭，一边用毛巾将他脸上的鼻涕、眼泪、口水一一抹去。我问两个表弟，娘舅究竟得的什么病啊。大表弟说，可能是渐冻人，医生也不确定。大科学家霍金得的是这种病，这世上还没有人能医治。

前年,也是四月八,娘舅三日前就打电话给母亲,要我们全家去吃麻糍。母亲不想去,就跟他开了一个玩笑,说吃乌饭就去,吃麻糍就不去了。娘舅听罢立马就上山去捋乌饭叶,准备做乌饭。第二天,娘舅又打电话来,说乌饭叶捋来了,糯米浸下去了,就等母亲去做乌饭了。这下母亲没了托词,无论如何都要去了。第二日,母亲带上我和妻子,娘舅一帮儿女带上子女,大女儿还有两个孙女,一大帮人陆续都去了。闲谈中,娘舅说起自己右手一个指头有些麻木,都有一些日子了,活动不大灵便。大家听罢也没在意,觉得是小毛病,他自己也以为小毛病,不会有大碍。午饭后,他说端午快到了,去茶园割一些棕榈叶来,让大家带回去缚粽子(龙泉一带缚粽子用棕榈丝)。茶园离舅家不远,外公手上就有了,小时候跟外婆、母亲去过那茶园。听娘舅说要去茶园割棕榈叶,就说我也去。去茶园经过一个山坡,路不好走,娘舅在前面,手握一柄斧头,轻快得像一只山羊。我攥一把柴刀,后面跟着,有点儿气力。茶园里除了大片茶树还有三棵棕榈树,都有两三个人高,娘舅挥动斧头,砍倒了一棵,说这树留着也没多大用场,不值钱了,另两棵过些时日准备也都砍掉,茶树也不要了,改种榧树、花梨木、红豆杉。我一旁看着他挥动斧头,有板有眼,很是轻松的样子,暗想都七十三岁的人了,身手还这般敏捷,有劲道,甚是欢喜。娘舅砍倒了棕榈树,从我手上接过柴刀,将棕榈叶一片一片割下来,仿佛拿一把小纸刀裁纸条一般轻松、利落。

娘舅个子不高，皮肤黝黑，精瘦，硬朗，看上去好像一副铁打的农具，像一头沉默负重的老牛。手指麻木的事，后来也不再听说，直到秋收后某一日，大表妹上我家，说她爸不知得了什么病，越来越不对了，两只手都麻到肩膀上了，双脚走路也不便，口齿也不清起来。看过医生了吗？母亲一边听着，便担心起来。去看过了，市里的、省城的医院都去看过，大表妹说。各种检查也都做过，出来的报告每样指标都正常，都说没病，可身体就是一日日亏下去，医生也办法，住过几次院，病情也不见好，回到村里，吃过一阵草药，还请道士做法事，都没用。

"怎么还有医院都查不出来的病呢？"母亲忧心忡忡地念叨着。

"爸还不听人劝，整个夏天照样在地里做事，种菜，种豆，种芝麻，种下的作物自己一样一样都收回来。"大表妹伤心地说着。

娘舅的病不痛不痒，四肢慢慢失去知觉，各器官慢慢衰竭下去，头脑却十分清醒。要说话，说不出来；想动，动不了。痛苦憋在肚里，情绪就变得烦躁了，只有哭，"嗷嗷嗷"地号哭着，以此来发泄内心的痛苦和无奈。在村里，娘舅是一个受人尊敬的人。大表妹说，去年正月初二，村里淳应社做醮，平常外出的村人都回来了，聚集在社庙里，娘舅也要去，就搀扶他去了。村人看到他这等受罪，都很同情。晚辈们就你一百他两百地往他口袋里塞钱。他悲感交集，嘴上说不出，又"嗷嗷嗷"地恸哭起来。一个勤劳、憨直的人，一下子手脚被束缚了，嘴给堵上了，遭罪啊。大表妹说，这之后，每天晚饭吃过，他还要去一趟村里，与几个留守老人坐上一会儿。有一次,路上摔了一跤,病情就加重了,不久便坐上了轮椅。

末七,逢四月八,本要做乌饭,现在,娘舅走了,乌饭做不了了。娘妗寻思着,以后也要跟儿女们住去,老屋是要关了,就乘这日做七七满,儿女们都在,做麻糍,在老屋再过一个四月八。

这日阴天,还吹着风,身上感觉有一些冷。四月八,冻死鸭,这天气还真的应了这一句谚语去了,事实上,乡下的天气比城里还要再冷一点的。女人们在厨房里洗菜、切菜、蒸糯米饭、做豆沫(黄豆炒过,磨粉。芝麻也炒一下,不炒不香。加红糖,三样拌匀,即豆沫,吃麻糍的辅料),灶前灶后地忙碌着。男人们在屋外先是聊天,后捣麻糍。抡起一柄大木锤,朝石臼里的糯米饭,哼哈哼哈地你抡一阵,换一个人,又他抡一阵。几个小孩,还有我和母亲都不用做事。小孩们天真活泼,玩他们的;我在石臼一旁看热闹,表弟、表妹夫们捣麻糍,我也使不上劲;娘舅新逝,母亲伤心,不多说话,默默地喝茶,看着娘舅一大帮儿孙,人丁兴旺,也是有了一点慰藉。中午,一大家人围在八仙桌周围吃麻糍,或坐或站,中间一个大圆簟,麻糍滚豆沫。屋梁下的气氛渐渐活跃起来。一边的娘妗触景生情,就低语了一句:

"这些芝麻还是他在前年种的,一粒一粒收回来。"

一句话,钻进了大家的耳朵,空气立马凝重起来,两个正说得欢的人也缄默不语。谁都没有想到,娘舅会像一盏油灯一样说灭就灭了。我用筷子默默地将一团麻糍蘸上豆沫,从篾簟上方抬起头来,发现娘妗已经离开。午饭后,在里间木沙发上,看见母亲坐在娘妗身边，两个老人在无声地抹眼泪。

下午做末七也是简单，八仙桌置于正堂，摆满荤素菜肴，倒茶斟酒，点香燃烛，烧纸钱、锡箔元宝，默默哀悼。做七（也称斋七、理七等）有先秦"魂魄聚散说"和佛教"生缘说"。这一日，七七四十九天，娘舅的魂魄想必已经散尽，在阴间寻得生缘。做七结束，准备晚饭。菜肴是现成的，烧祭菜时量多一点而已。吃饭时，娘妗把村里留守的人都请来，致谢他们前阵子的帮助，加上家里一帮人，小孩不上桌，吃了三桌。每桌都备了白酒、啤酒和饮料，但没有几个人喝，几个会喝酒的人，也是浅斟而已，凝重的气氛于席间总是拂之不去。吃过晚饭，村人们也不多坐，陆续散去了，娘妗及其儿女们收拾好碗筷锅盘，乘天色还明，也都打点着分乘几部汽车回家。

四野空旷，大地沉默，暮色里娘妗最后一个走出老屋，关上大门，打算先去二女儿家住几日。二女儿家住城里，就搭我的车一起去城里。娘妗养的十几只鸡，还在屋前的草丛里觅食。我看着娘妗孑然落寞的身影，不由自主地问道：晚上它们上哪里睡？往后谁给它们喂食？娘妗道：它们只有自己照顾自己了。娘妗的话听去是那么苍凉。

娘舅的小山村在西乡，距城区二十五里路，一半公路，一半小马路，娘妗和母亲坐在后排，我也不把车开快。一路上，两位老人戚戚然念叨着娘舅的点点滴滴。母亲说，我外婆去世那一年（外婆是正月初二去世的），村里还没有通汽车、电话。过四月八了，娘舅走了二十五里路，专程来城里请母亲去吃乌饭。大集体时候，大家生活条件都不好，谁家有一点糯米，能在四月八做乌饭，是十分难得的。娘舅娘妗的心意重，母亲却因为家里有事实在去不了，娘舅无奈，就把我请去了。那时我是一个"闯祸鬼"，乌饭还没吃，就跟村上另一个"闯祸鬼"打架了。对方父母把孩子领到娘舅家，说孩子给我打伤了，要娘舅赔伤药钱。娘舅护着我，也不跟那家父母多理论。说你家的孩子也是个"闯祸鬼"，如果真被打伤了，就让医生验伤去，伤药钱到城里跟他父母要。那父母见娘舅这般架势也自觉无理，悻悻然离去了。这个故事，我听母亲说过多遍，每次说的意味都有所不同，有时是说我小时候调皮，经常闯祸；有时是说那户人家为人啰嗦，在村里不合众；而这一次，是怀念新逝的娘舅。

娘舅是一个厚道的、勤劳的、地道的农民。一辈子都不曾离开过西乡岙头那个小山村，固守着那些属于他的土地和草木。不曾念书，也没有什么技艺，只会种地，或者说，向土地索取粮食是他的技艺。他掌握的是一门向天索食的技术。稼穑、砍柴、伐木、挖笋是他展现这门技术的绝活和内容。他是一头牛、一部拖拉机、一把得心应手的锄头，任劳负重，忠厚老实，一辈子背负青天，面朝大地，一锄一个坑地向土地刨食，把一群儿女拉扯大，帮助他们一个一个成家立业，儿孙满堂。他用一副瘦小的、硬朗的肩膀扛起一个屋宇，撑起一片小小的天。他不会投机取巧，不懂经商之道。那一年，村里修了小马路，村长照顾他，让他养护，一年劳务费七千元，他很高兴。我也送他一部手推翻斗车，他用这车搬走路上塌方的泥石，又运来石块将塌方的路面筑起。他谨慎小心，唯恐有什么疏忽让人说闲话。一年期满，他就向村长辞职了，让给其他想干的人干去。这是他一辈子从事的唯一不是种地的活。

龙泉西乡农村流行过四月八。有一则故事，说过去西乡有一个人蹲牢狱，媳妇给他送牢饭，每一次送去的牢饭都被狱卒偷食了。媳妇想出一个办法，上山撷来一种树叶，其汁如墨，染米煮饭，再送去监狱，狱卒见饭黑不溜秋的，就不再偷食。那媳妇所撷树叶植物学上叫南烛，当地人称之乌饭叶。据说这是四月八吃乌饭的由来。事实上，四月八是一个有关农事的节日。夏季来临，气温升高，雨量充沛，田园人家将待时而动。做乌饭，做麻糍，过一个四月八，他们就要开始夏收、夏种和春播作物管理，忙碌起来了。

这一日，我突然明白了一件事情：四月八不在城里，而在乡村流行，为何呢？是因为这是一个田园的节日，耕作的节日，农民的节日。仿佛，我看见娘舅像一头山羊一样穿行于树林里，身手是那么矫捷；看见他手持犁铧，赶着水牛，于黑亮的水田里深耕细作。他身后，土地被犁开，像黑色的金属一样卷起一层一层波浪。

2015.5.26

路上的细节

一百二十五步

　　走出菊花盛开的随园,向南,从斜坡小路下去,下到北山路;向南,一段新近拓宽的石山路;右拐,向西,中山东路;第一个红绿灯,左拐,向南,长长的后沙路;经过中山路口、贤良路口、华楼街口、东茶路口、后沙桥,瓯江对岸就是著名的大沙;第五个红绿灯,右拐,向西,斜坡路,抵达一个新近被主人卖掉的工厂。

　　之前,我身上没有任何迹象可以证明我要徒步去那个工厂。立冬前的那个早晨,当我决定放弃两个轮子或者四个轮子的机动车,走出随园,徒步去那个被卖掉的工厂的时候,才发现预谋早已存在。今年,我的很多时间都花在那个工厂以及它的延伸部。这个看似突然而至的举动,使我生活里的某一部分节奏发生了改变,慢了下来。准确地说,我的早上和傍晚在路上的两个时间长度被拉长了。这样一来,我身体上两个非常重要的部件发生了对抗,出现快慢不对称的局面。两只脚,必须奋力地工作,快速地交替和挥舞,像两个轮子,驱动我的身躯在上述路线图上向前。我的身体犹如一部战车,头脑,我的身体和灵魂的指挥中心,却不合时宜地闲了下来,仿佛坐在战车上悠闲的指挥官,这使我想起了叼着烟斗的巴顿。我的头脑就像巴顿一样悠然地指挥着战车驰骋的方向。早晨,一路向南;傍晚,一路向北。巴顿嘴上除了有一支酷逼的烟斗,应该还会吹口哨,遗憾的是我不会吹口哨,烟也在十三年前戒了。

现在,我的躯体一般还处在那段向南的新近拓宽的石山路上。路两边是一块一块土埂围就的菜畦,种满季节的蔬菜,通年绿油油的。不过,在今后,这些绿油油的菜畦肯定会被各式楼房所覆盖。阳光穿过灰色云层,从东边的天空约以三十度斜角射向大地,射向我的左额角,以及身体的左前侧。拉长,变黑,呈四十五度角,我的影子被掷到身后靠右的柏油路上。

进入中山东路,太阳转到身后,影子跑到前面去了,我身体右前侧的柏油路面,轻易进入我的视野。影子被继续拉长,变黑,呈四十五度斜角。影子下部,有两根长影,在我前面右侧的路面上轻松地挥动着,富有节奏和弹性,像一把大剪刀,无声地剪着大地。此时,完全闲置的脑袋,不由自主地数起了"大剪刀"在大地上剪动的次数:一、二、三、四、五、六、七、八、九、十、十一……数字一个个往上跳……一百二十五,一分钟。在我右前方的柏油路面上挥动的两根黑色的、富有节奏和弹性的、像剪刀一样的长影,一分钟,挥动了一百二十五次,即一分钟,我走了一百二十五步。再数,依然如此。我的如此举动,近乎荒唐。

我走到后沙路上，黑色的影子回到身后去了，但它的两根像剪刀一样的长影依然在我的头脑里挥动，一如既往地、忠实地、机械地、富有节奏和弹性地承载着我的躯体和脑袋勇往直前。荒唐的数步之事一分钟又一分钟地进行着，一分钟等于一百二十五步，一百二十五步需要一分钟的事实被反复验证着……

从随园走到那个被主人卖掉的厂子，我用了三十八分钟，走了四千七百五十步。一步跨度九十厘米，四千七百五十步有四千二百七十五米，约四公里。早一趟，晚一趟。

2014.11.20

卖橘子的三轮小车

后沙路上，贤良路口附近，有一个电喇叭的声音。不知道这个声音是从什么时候开始的，也不知道我是从哪一天听到并注意起来的，好像这个声音一直在贤良路口存在着。每次我经过这里，声音就从马路对面飘过来，从右边一排行道树的上方，噼里啪啦地落下，进入我的耳朵。这个从电喇叭里发出来的声音属于贤良路口那一片区域，与那里的人行道、楼房、电线杆、路灯、绿化带、行道树，以及广告宣传牌共同存在着，似乎是固定的。声音随着我的走近或者走远，渐渐地由模糊到清晰，或由清晰到模糊。起初或者最后，声音如同一根游丝在我的耳际飘忽，渐渐变响或者渐渐变轻。

这是一个女人的叫卖声,龙泉方言。是一个女人对了录音设备叫卖、录制,然后在这里重复播放。录音设备和喇叭品质低劣,声音被扭曲,失真了,显得沙哑。起初,这个声音并没有引起我的注意,它像一片悬浮在天上的云,或者像晒在晾衣竿上的一床被子一样,被漫不经心的我忽略。后来我想,这种忽略也许与我在走路时常常走神有关。

"卖橘,橘老甜,十块钱八斤,包芦橘。卖橘,橘老甜,十块钱……"我从那个电喇叭里辨别出这声音的具体内容,已是好几天之后的事。

有人在贤良路口附近卖橘子。走近贤良路口,循声望去,马路对面,有一顶红色的太阳伞,支在一处暂时还没有行道树的隔离带上,像一面旗帜。太阳伞下面,一辆三轮小车子。车上,一片橘红色,想必是橘子。声音肯定是从那辆三轮小车子上发出来的。三轮小车子周围没有人,没有卖橘子的人,也没有买橘子的人,静静的,只有一个电喇叭的声音,一遍一遍地叫着:"买橘。橘老甜。十块钱八斤……"

那一片地域显得异常宁静。

记不得是哪一天,我照旧从那个被卖掉的厂子里出来,往北,经过后沙桥、东茶路口,回随园去。在华楼街口,我停了下来,穿过马路,走到对面的人行道上。我把往随园去的路线稍作调整,再继续向北。调整后的线路可以直接经过卖橘子的小三轮车。

走近了。叫卖橘子的喇叭声,红色的太阳伞,小三轮车,小三轮车上面的橘红色,都渐渐清晰起来。我走到小三轮车跟前,近距离地看到车上的某些细节。脚踏的三轮车，上面有橘子、柚、香蕉，橘子占了大部分，满满地堆成一座小山丘，好像没有怎么动过。塑料的红色的电喇叭，绷在车把上，像一只红蜻蜓，不停地发出叫卖声。一个老妪（终于发现小三轮车有主）坐在小三轮车里侧，深蓝色绒上衣，腰间系一根白底碎花围巾，一个米黄色小挎包，从她的左肩斜挎到右胯上。这个小挎包显然属于年轻人，在她身上显得有点滑稽，却是必备的，用来装钱的，橘子卖出去的钱、找零的钱都要装在这个小挎包里。老妪坐在一个绿色的塑料凳上，手上捧着一个搪瓷罐，里面可能是她的晚餐，正低头拨拉着，默默地吃着她的晚餐。一些风，像水一样从她的身上流过，花白的头发像一丛水草，被带动起来。我在装满橘子、柚和香蕉的小三轮车跟前稍作停留，抑或仅仅是放慢了脚步，无声地走过去了。我没有惊动老妪的晚餐。

  两天之后是星期一，我从那个被卖掉的厂子里出来，回随园。在华楼街口，我又一次调整线路，走到对面的人行道上，往北，朝卖橘子的小三轮车和老妪走去。我打算从那里买几斤橘子回家，尽管我家还有许多橘子没有吃完。可是，走了很长一段路，我没有像往常一样，听到电喇叭的声音，没有看到那顶像旗帜一样的太阳伞及其下面的小三轮车。当然，接下来的事实是我也没有看到在风里吃晚饭的老妪。之前停放小三轮车的位置现在空着，阒寂无声。我从这片空空的阒寂里走过，走到贤良路口，还是没有听到那熟悉的卖橘子的喇叭声。卖橘子的小三轮车和老妪去哪里了？长长的后沙路走完了，依然没有看到或者听到我所希望的东西。后来，接连好几天，我无论是从随园去那个厂子，还是从那个厂子回随园，我都会有意无意地走到贤良路口那个卖橘子的地方。但是，那里总是空的，寂静的。在一段时间里，我对那个卖橘子的老妪可能出现的种种可能设想了一遍，两遍，三遍……

2014.11.22

那个叫我的人是谁

"徐老师，走路啊。"忽然，有一个女人的声音从一侧飘过。像一片被风吹落的树叶，等我回过神来，声音已落到身后去了。

走神，恍惚，魂不守舍，这些词近来常以相近的意义在我身上出现。我的神志常常处于无意识的封闭状态，知觉出现空白。心不在焉，视而不见，听而不闻，食而不知其味。走神像一只翕动翅膀的蝴蝶，离开我的躯壳，在周围的空气里飞。这种空白抑或与佛经上说的色空相像——眼耳鼻舌身意、色声香味触法皆空，皆展翅离去，剩下一个空壳，在既定的道路和方向上踽踽而行。

这是一种由走神而引发的混沌。现在，我从混沌中醒来，神经给眼前突然而至、又迅速消失的一个女人的声音刺激了一下。这是从一个高个、鹅蛋脸、披肩长发、烟灰色运动衫的女人身上发出来的声音。因为运动，鹅蛋脸上有一片红晕。这人是谁？她是在叫我吗？周围没有人，除了我。我再朝周围认真地看了一眼，空荡荡的人行道上，没有别的什么人，除了我，还有那个已经走过去的女人。

我想，是她在叫我。叫我老师。后沙路上，我们相向而行。人行道实在太直太长了，两边有几棵新种上去的小树，稀稀疏疏，遮挡不了视线。我早就暴露在她的视线里了。事实上，她早就看见我了，而我却没有看见她，犹如我在明处，她在暗处。她在暗处盯着我，一步步向我走来，直到跟前，我还没有看见她，她就朝我叫了一声。

"徐老师。"她是这样叫的。我没有从她的叫声中马上反应过来，这可能会使我当时的情况显得很滑稽。

也许，她在叫我一声徐老师的时候，我没有反应过来，就又说了一声："走路啊。"这后面一声走路啊是对前一声我没有反应的补充。因此，这后一声可能显得有些勉强、犹豫、尴尬，没有前一声有底气。可是，问题是我还是没有反应过来，我还处于走神的混沌之中，对她的叫声充耳不闻，于是，她可能觉得我是一个傲慢的人，不爱搭理人的人，于是，她擦肩而过，不再叫叫我了。

过后我回想起来，她的叫声不响，甚至还有一点压迫的感觉，但能听得清楚，而且是悦耳的，像玉镯被敲了一下，发出来的声音一样。她是谁呢？我努力地在记忆的库存里寻找与之相配的人。

叫我老师的大体上有两种。文学圈子里的年轻人，觉得直呼名字不够礼貌，而我又没有什么鲜亮的职位可用于称呼上。我是一个普通的人。老师，是一个普通的称呼，不过是人与人对面交流时使用的一个代词，客气而已，没有实质意义。对此，我的态度也是似而非，自己明白就是。

三十年前，我还是一个年轻小伙，在西乡一所因陋就简的高中学校教书。只有两个班级，五六个老师，我教物理、化学。学生们这样叫我，是正式的，有实质意义的。时过境迁，我已不再教书，那时的学生也很少相遇，师生关系已然十分疏远、淡薄，再叫我老师的学生少之又少。刚才迎面走过的女人属于哪一种？感觉面生，又似曾相识。

我不由得再次转过身去，朝已经走远的女人看。披肩长发，烟灰色运动衫下面，像有一只活泼的兔子在蹦跳。想起来了，这是我三十年前的学生——鹅蛋脸，两根长辫子，双眼皮尤为明显，身上像藏着一只活蹦乱跳的兔子。

这是一个成绩平平的学生，上课爱看小说，不看小说的时候，常常走神。她的座位在教室的中间，我在讲台上说牛顿定律，或者讲解某个化学分子式的时候，她在底下看小说，或者走神。有一次，我故意抽问她一个课堂上的问题。我叫她两声，第一声她没有反应，第二声她还是没有反应，全班同学的目光齐刷刷地朝她看过去了，她才猛地站了起来，满脸绯红，一副窘态。其实，这一次她没有看小说，只是走神而已，就像刚才我们相遇时她叫我，我走神一样（且不知她是否还记得当年我叫她，她走神的情形）。显然，她对我的提问不知所措，答不上来。我课堂抽问她，也仅此一次。后来，在课堂上，我的目光虽然还会通过两只镜片落到她身上，但已不再抽问她了,她也会及时地感应到我投去的目光,赶紧放下手上的小说,或者提起精神来。然而,我把目光投向她,是否就是提醒她注意听课,还是有别的什么内容呢?在某种朦胧的、原始的、粗糙的、莫名其妙的含义下面,也许我的目光是在找一只兔子。还有考试,她的试卷常常有一半题目做不出来,时间一分一秒地过去,有的同学做不出来就空着,交卷了事,但她还在坚持,磨蹭着。我就走过去,拿过她手上的笔,在她试卷几处空白的地方,飞快写上简单的运算过程和答案,然后收了她的试卷。卷批改了发下去,她的分数总是过得去的。

我又一次回过头去,那烟灰色运动衫的背影已经走远。我试图回想起这个女学生的名字,却怎么也想不起来。时间像一把杀猪刀一样。

2014.11.25

生命像一个鸡蛋壳

前面道路上出现了很多人、汽车、摩托车、电瓶车。人和各种车混在一起,黑压压的,挤在路中间,挤在人行道上,像田间一片有待开镰的庄稼。我骑着两个轮子的雅马哈由北往南,一头钻进了黑压压的人群里,淹没了,混合了,不动了,找不到我了。警察总是在这种时候出现。藏青蓝制服,银灰色的扣子、徽章、肩章、领章、警号,在阳光下发光。警察混杂在人群中。还有两部警车,也混杂在人群中。

这里是后沙桥北桥头。这里出车祸了。

桥被做成一把弓,斜斜地上去,斜斜地下来。一个沙石料场,处在由南往北的右侧,等待出售的沙石料像山一样高,表面上长出枯黄的草。进出料场的路口,隐藏在北头斜坡的绿化带里。路口里面有一辆棕红色大卡车,屁股朝外,车牌号:赣F××××。这里出车祸了。死人了。现在被警戒起来了。半个路面(或者桥面)被警绳圈了进去,圈成一个长方形。人群在圈子外面,警察把守着圈子。警察在空空的圈子里移动。警察在黑压压的圈子外面移动。警察们似乎是被动的,简单地站着或者移动着,他们以这种简单、固执的方式维持着这里的秩序。

这里除了警察和围观者之外,有一种人,他们与事故的伤亡者有关,是伤亡者的亲属。他们情绪激动、很悲伤。此外,这里应该还有一种人,肇事者及其亲属。但肇事者已经离去,他怕被揍。肇事者亲属可能隐匿在人群里,看不出来。看出来的全是与事件无关的看热闹的人,以及维持秩序的警察。看热闹的人站在警戒线外面,站在人行道上,午后的阳光把他们的影子拉长了一倍,投在路面上,像栅栏。伤亡者的亲属主要集中在圈子里面、大卡车后面,那里是事故现场。大卡车是去沙石料场运沙石料的,大卡车拐弯的时候,把右侧同向行驶的电瓶车卷进去了。有围观者说,死了一个,重伤一个。重伤的那个送医院抢救去了,死者还没有被移走。

在路口，一把很大的太阳伞斜撑在地上，围着十多个人，他们可能是亲属，遮住须要遮盖的东西。

一部皮卡由北往南，在人群里慢慢移动。皮卡要过桥。一个男子从路口事故现场冲出来，冲出警戒线，用身体挡住皮卡。"车子不要过去！不要过去！"男子大声叫着。因为跑动，男子呼吸急促。"要过去就从我身上碾过去！从我身上碾过去！"汽车为什么不能过去呢？看那男子歇斯底里的样子，已经完全失去理智。他在无端地寻找可以发泄情绪的对象。

我停下雅马哈，在人群里移动。看见一个女人在哭诉。获悉被大卡车碾掉的是一个女孩，十二岁。女孩在上小学五年级。我推测，哭诉的女人是女孩的亲戚，姨妈或者姑妈。围观者中有零星议论，我从中获悉，重伤者是女孩的老师，二十六岁，还有几个月的身孕。女老师骑着电瓶车驮学生从南面的大沙过来，经过大桥，下坡，去北面的学校。棕红色大卡车也从南面过来，经过大桥，下坡，去沙石料场。电瓶车和大卡车都在弓形大桥的北坡做同向运动，电瓶车在大卡车右侧，大卡车比电瓶车快。大卡车右拐，进沙石料场路口，运动的大卡车把运动的电瓶车逼上绝路。大卡车与电瓶车发生接触，"咔嚓——"电瓶车像一个鸡蛋，被大卡车卷进了车底——巨大的钢铁大卡车。鸡蛋壳一样的电瓶车，鸡蛋壳一样的生命。

围观者议论：女孩当场就没了。女教师起初还能说话。女教师肚子里的孩子呢？孩子怎么样了……

这段路我很熟悉，桥也很熟悉。今年我有很多时间都在这段路和这座桥上行走。中午我经过这里，还是平静的，丝毫没有要发生事故的征兆。现在，我再经过这里，一场车祸已经发生。那个用身体挡住皮卡的男子非常冲动。骂肇事者，骂肇事者家属，骂交警，骂天地，骂娘，破口大骂，没有人靠近他，没有敢惹他。看热闹的人表情平静，没有说笑声，偶尔议论几句：无常啊，世事无常。我移动到警戒线旁边，找到一个角度，正好看到大卡车的肚皮。大卡车旁边有一个人移动了一下身体，露出一个空隙，我的视线通过那个空隙正好抵达大卡车肚皮下面。那里，一辆黄色的电瓶车，半个身体歪倒在巨轮底下；女孩斜躺在巨轮旁边，红色的校服，黑色的裤子，右脸贴在地上，披头散发。"鸡蛋"被打破了，蛋黄、蛋清从蛋壳里流出来，沾满沙土。一滩暗红色的血迹，被太阳晒干，放大。

围观者议论：女孩的父母在很远的广州做生意，女孩就寄托在女教师家里。女孩父母的电话已经接通了，现在正在赶回来的路上……

2015.1.22

路边的演示

还没有到村口。路边聚集了一群人，大概三四十个。人们聚集成松散的不规则的半圆，面朝半圆内部。他们低头，或者引颈，被半圆内部的情景吸引住了。有人用手机拍照，用相机拍照，镜头对准半圆内部。半圆内部有三个妇女，她们在劳动——象征性的劳动。她们是畲族妇女，处于圆心的位置上，面朝半圆形的人群，像一个桃核。三个畲族妇女分成了两组：做草鞋的；绣花边的。

先说做草鞋的，一个人，大概七十几岁，头发全白，白得完整、干净，像鹅毛一样白，没有一丝黑发掺杂。在白发上面，有一件鲜艳的畲族头饰。头饰有一个角，用红布料做的，立在额头上方。一条花边镶满彩色的珠子，折成A形贴在独角上，从两耳边一折一折地绕到脑后。独角下面，四五串细珠子如流苏一样在老人的前额晃动。老人的衣服不是畲族服装，是一件普通的棉袄，绛紫色底，白色碎花，胸前有一根黑色长围裙，袖上套一双袖筒，也是黑色。老人做草鞋是坐在一条长木凳上的，跟前一个做草鞋的木架子，右边一个塑料桶，放了三四件木制工具，地上摆满了已经做好的草鞋。老人的这一切都面向围观的人群，是演示性的劳动。老人做草鞋时的表情平静，好像不是在演示，而是真的劳动。老人是认真的，额头上流苏一样的珠子随着老人身体的晃动，不停地晃荡着。

绣花边是两个人。一个老人，也有七十几岁了，头发全黑，没有一丝白发掺杂。头上同样戴着鲜艳的畲族头饰，身上穿着畲族大红服装，斜开襟，大块鲜艳的饰边在领上绕了一圈，沿着开襟绕到身体右侧。另一个妇女年轻一些，五十岁左右，内穿畲族衣服，外面被一件黑色羽绒服盖住，只在领口上露出畲族衣服的鲜艳。绣花边用的是简单的木梭和竹签，绣出的红黄蓝白花边，色彩鲜艳，各色块对比强烈，图案奇异，充满畲族特有的风格和味道。她们都是署网村的村民，署网村是畲族村。今天是署网村的稻草节。秋收之后，稻草被利用起来，做成文化，做成乡村漫游的主题。

三个畲族妇女在路边做草鞋、绣花边，是稻草节的节目之一，但这种展示畲族人劳动和生活的行为已不是原汁原味了，是经过包装了，是演示，有太多表演的痕迹，缺失了原本的味道。

在离开做草鞋、绣花边稍远一点的路边，还有一个畲族男人在做竹茶筒，也穿着畲族的红服装，身边摆了十几个已经做好的竹茶筒。过去农村人上山、下地劳动，用竹茶筒盛茶水，也可以盛酒，或者盛其他液体。竹茶筒全是手工做的，被做得很精致，可以用，也可以当摆设。我在做竹茶筒的畲族男子跟前停下来："竹茶筒卖多少钱一个？""二十元。"那男子说。我想买一个回家，想了一下，打算下午回去再买。

2015.1.25

最高那栋小洋楼就是

江晨找不到我们，打洪峰电话，问我们在哪里。洪峰说了半天，江晨仍不知所然。农村少有显著的标志物，两个诗人，陌生人，说得费力，听得糊涂。在旁边泡茶的男子便插了一句：村里最高那栋小洋楼就是。于是，我们知道，自己正在畲乡署网村地势最高的一栋小洋楼跟前喝茶。

这里是村北，我们从村西过来。翻过一个山岗，惊动了几只会飞的鸡，再经过一片山垄田，那里布满了黑木耳菌棒，远远地，看见了这栋全村地势最高的小洋楼，就朝它走去。小洋楼跟前有一块空地，我们发现空地上堆满了阳光，还有三五个男人，像一组静物，在空地的阳光里无声地喝茶。我们有五个人，也想坐下来喝茶。有一个人在那组无声的男人空间里站起来，给我们搬来了五个小凳子，于是，我们在他们的空间里坐下来。

小洋楼背依北坡，右侧是路，左侧是红泥墙旧屋，居高临下，眼前是署网村全景：层层叠叠的瓦背，辽阔的稻田，连绵的青山，青山脚下，一个个稻草垛，周围是各路参加稻草节的游人。太阳每天从东山升起来，经过小洋楼上空，落到西山下，从早到晚，小洋楼都处于阳光之下。

可能因为这里的阳光骄好，环境开阔，我们都显得比较兴奋，开心地只顾自己一班人说话，却不知原来坐在这里的几个男人都无声地走了。他们好像不是一起走的，是一个一个陆续离开的，把空间让给我们。这种离开方式，使人产生了他们还在的错觉，但一当发现，就剩下那个给我们搬凳子的男人了。他可能是小洋楼的主人，现在，他给我们泡茶，拿来花生、葵花籽，一杯一杯、一盘一盘地放在那帮男人坐过的长凳子上。他说，花生和葵花籽都是自己种的。还真是这样，外形、香味、口感与市场上买的都不一样，农家味道十分浓,平常难得吃到。一只母鸡走过来了,领着一群孩子走进我们的空间。不对,准确地说这是母鸡和它的孩子们的空间,现在暂时被我们占领了。母鸡在我们丢下的花生壳和葵花籽壳上面耐心地教她的孩子们觅食,咯咯咯地呼唤着,一次次地把吃进嘴里的食物吐出来。孩子们都围在它的身边,叽叽叽地抢食着从它嘴里吐出来的食物。

村里最高那栋小洋楼就是。江晨根据这句话找到了我们。热情的主人说,他有两个女儿,一个结婚了,一个还没有对象。家里主要收入是种香菇、黑木耳,一年有十来万元。小洋楼盖了已经十年。这么早就盖洋楼了啊!我们都由衷地点赞。继续懒洋洋地晒太阳,喝茶,拉呱。

2015.1.25

橘子红过之后

陶雪亮家不在城里,在乡下。严格地说,是在城乡接壤部,一个叫弄上的村庄。读他的《指路》,能找到他家。

> 从西站往西,不到一公里
> 就是高速路口
> 高速路口右侧,山脚边

> 紧挨一条乡村公路
> 顺着它,你会依次遇上等候你的三个岔道
> 往右,往右,往右
> ……

从龙泉驱车过去,按雪亮的指路,沿着那条乡村公路往里走,往右,往右,往右。经过八九户人家、三个大鱼塘,有一个路边小院,里头一栋小楼,雪亮已立在门口等候。雪亮称他的小院叫桃园。乔国永骑自行车来,他说,从三岩寺来,骑自行车半个小时。这是说,雪亮的桃园距丽水城区约10公里,这距离不远不近。

桃园的小楼欧式,三层。园里有桂树、枣树、山茶、金银花、无花果;几畦菜地,种瓜、种豆、种青菜;一只藏獒,叫黑虎。之前叶丽隽说陶家的茶室收拾好了,一应茶具、茶叶都是她帮忙物色,在网上买的,可以去喝茶了,还可以吃饭、爬山、钓鱼。这天周末,叶丽隽、流泉、乔国永、朱丽永几个早一步到了,洪峰早一天就去丽水,也到了。龙泉这帮的江晨、慧萍、建青,由我开车,也及时赶到。

雪亮话不多。他的话都在诗里,指路,也是诗。十几个诗友聚会桃园,把雪亮忙得团团转。他屋里屋外、楼上楼下,搬凳子,摆桌子,端菜,端酒。妻子当大厨,他当二厨。吃饭前,先上一锅农家三宝——玉米、芋头、番薯,吃一口垫肚子,再喝桑葚酒、老酒。乔国永好酒量,但来不及喝了,吃了一个番薯,就赶回学校

监考。

桃园前面有一个荷塘、三个鱼塘,依次向右排列开,我想,荷塘里可能也有鱼吧。冬日的荷塘都是枯荷,有人在旁边驻足,像一只呆鸟,不知其内心在盘算什么。至于冬天的鱼塘是否有鱼,我不知道,雪亮没有叫我们去钓鱼,我也没有往那边跑。他喜欢爬山,我也是。桃园对面有一座山,不高,站在桃园门口,看对面的山是青的、概括性的。酒后喝茶,喝过两泡普洱,流泉招呼大家爬山去。喜欢爬山的和不喜欢爬山的分成了两拨子,江晨似乎不喜欢爬山,或者心有旁骛,硬是给我拉上了。雪亮穿着一件猩红色线衣,牵着黑虎,在前面领路。

爬山要经过荷塘、几畦菜地。山上有竹子、栗树、松树,有我不知名的乔生植物和灌生植物,重要的是,山上有一个橘园。上山的路是橘园一侧不规则的陡坡,让水冲得坑坑洼洼。橘园占据了一个小山头,把山顶上一小块面积留给了松树。雪亮说,价格不好,主人也懒得摘,一园子的橘子就这样被遗弃在山上。

沿着橘园简易的坡路往顶上爬,看到的橘树只有叶子,没有橘子。橘子都掉地上了,一窝一窝,像一群没娘的弃儿,慢慢干了、烂了。还有新鲜的,想去捡起来。不知谁说的,说掉地上的橘子不能吃,什么道理,又没有说下去。雪亮牵着黑虎在前面走得快,一路等我们,看来他经常在这山上爬。猩红色的身影,才在前面出现,又不见了。不一会儿,又从另一面山坡后面闪出来,还是猩红色的身影、一只黑虎,不过手上多了一捧红橘,兜里还有,都是刚从山坡后面摘来的。他肯定经常带着黑虎来橘园,知道哪里的橘树上还有橘子。他把橘子分给大家吃。橘子很甜,我吃了一个。

事实上,我们爬的这座山不过是弄上村的一道屏风,或者是丽水城与远郊相隔的一堵围墙。橘园山顶上,向左,是丽水城:高楼,桥梁,汽车站,拥挤和喧嚷依次延展;向右,是弄上村:村舍,鱼塘,菜地,阡陌,乡间的寂静和纯朴。小山顶上,松树林稀薄,微风吹过,阳光噗噗索索掉下来,浓郁的松香味和迷茫的天色令人仿佛陷入幻境。这是一个可以用来幻想的地方。置一把椅子,摆一张茶几,挂一个吊篮,沐风浴日,饮酒作诗,喝茶闲话,抱书而眠,枕石而歌,迎风吹箫,确是惬意。视线越过橘园,落到对面山头上,有一个闲置的小房子。谁又想入非非了,说稍做修葺,小隐其中,避世脱俗,何不逍遥。不过也是说说而已,说过了,内心体验一把,精神抵达,一时愉悦。倒是羡慕雪亮日日面对青山,身临其境,真是得天独厚。

从这个小山头爬到那个小山头,路也不远,一帮人却掉了好几个,剩下丽隽、建青、雪亮、黑虎和我了。丽隽还真是要佩服的,穿了高跟鞋,二三十度的陡坡,表面布满了细碎石子和松叶,依然上坡下坡地爬。没有工具,我徒手给她折了一根柴禾,且做拐杖。这个小山顶上,有一个小桃园,几十棵桃树,冬天叶落草枯,几分荒凉,没有橘园的绿色给人以充实。之前看到的小房子走近了看,却是破败脏乱得很,幻想荡然无存。

下山的路有两条,一条原路折回,一条绕开了走,绕一个大圈子。我们选择了后者，后者存在未知，或许还有风景。这条路紧靠松树林子，路面有松叶。深赭色的松叶，踏在上面像地毯一样绵软。丽隽挂着粗糙的拐杖，在松树林子下，长袂飘飘，宛如一位拂袖清风的女剑客。路上，换了一个角度看丽水城，蓝天下，那许多建筑看起来就像一个马蜂窝。下到一棵小樟树旁边，回首望山顶，又见那个掩映在树丛里的小房子，像童话里的魔屋。

山上转一圈回到桃园，出一点汗，人感觉轻松许多。留下的几位已凑足一桌在搓麻将，不搓麻将的在茶室里喝金骏眉、聊天。隔壁传来箫声，是一曲《枉凝眉》。箫声经过隔墙过滤，有几分美妙。手放入口袋里，碰到一个橘子，是刚才在山上雪亮给的，还有一个没来得及吃。

2015.1.27

种土豆的人说

我尾随这个种土豆的人，去了村外的河滩。河滩为一片竹林子所掩盖，一条大马路，像飘带一样悬挂在竹林子旁边。种土豆的人踩着小三轮车从村庄里出来，到了大马路上。我也尾随到大马路上。大马路在河床上方的竹林子上飘，车辆不时驰过。在大马路上，我的视线轻易越过竹林子，投向瓯江，投向远在对岸的山峦。我注意到江面上有一座石拱桥、一个橡皮坝，注意到橡皮坝旁边的电站和远处的村庄都属于对岸。我曾经不止一次经过这条大马路，每次都忽略了马路下面的河滩，且不知河滩已为广泛利用。

种土豆的人把小三轮车停靠在马路边，从上面搬下来两把长柄锄具、一袋土豆苗、一袋复合肥料。他把两柄锄具扛在肩上，土豆苗和肥料拎在手上，穿过竹林子，下到竹林子底部。我跟在他的后面，也下竹林子底部。我的眼前出现了一片空旷的绿油油的河滩。

河滩原来是荒芜的，就是说，在城市还没有肆意扩张的年代里，它是荒芜的。现在，它绿意盎然，这是住在河滩后面村庄里的农民所为。他们在这里种上了各种时令蔬菜。农民的这种做法自由而涣散，没有组织计划，是各自为政的抢占式播种。因此，河滩上的蔬菜是一块一块的，零散的，参差不齐的，犹如一件打了许多补丁的旧衣服。这种补丁般的种植所呈现出的繁盛，想必也是暂时的，它将在来自上游的可预计的城市化进程中消逝。我如此而言，是从这个种土豆的人的口里获得的信息。

起初，这个农民以为我从河滩后面的村子里跟出来，是想跟他学习种土豆。他轮换着使用手里两把长柄锄具，锄地，松土，挖坑，在坑里放上土豆苗，耐心地跟我说着种土豆的过程以及注意事项。其实，我跟他来到这片河滩上不是想学种土豆，而是想知道农作物和季节的关系。这一年的写作计划里，我要完成一部关于廿四节气的写作，这种写作实际上是一个气候与农业生产、土地与植物的关系问题，是一个关于大地的写作。我看着他手里已经发芽的土豆苗，把话题岔开了。

种土豆的农民看我把话题岔开,就让我看对岸。他问我:"你看见什么了?"我说:"看见山峦、村庄和石拱桥。"他说:"你再看。"我说:"还有橡皮坝和电站厂房。"他听了就显得有点不高兴的样子:"你没有看见对岸在做堤坝吗?"我忙说:"看见了。""你知道那条堤坝是从哪里来吗?"我说:"不知道。"他说:"堤坝是从城里出来的。"我就嗯嗯嗯地应着等待他的下文。他看我谦虚的样子,脸上流露出几分得意:"你知道做堤坝需要什么吗?"这个种土豆的农民说话喜欢用反问句。为了让他能说出更多的东西,我就显得更加谦虚的样子:"需要什么?"他说需要土地。"土地。"他重复了一遍。

"你知道土地是从哪里来吗?"

"从哪里来?"

"从农民手上来。"

他说出这句话的时候,脸上飘起了一面得意的旗帜,开始抽烟。他的烟瘾很重,这已经是第四根烟了。他把烟叼在嘴上,不耽误种地,也不耽误说话,只是点烟的时候才放下手里的活。现在,他放下手里的活,点上第四根烟。然后用锄头敲了一下脚下的土地:

"征用了就值钱了。"

"你怎么知道土地就要被征用呢?"

他听我这么问,好像不解地看了我一眼:"你不是说看见对岸在修堤坝了吗?"他又用了一个反问句。"对岸的堤坝是去年开始修的,我们这边堤坝肯定也要开始修了。嘿嘿,我种土豆不过是,不过是……"他没有把话说完,只是朝我狡黠地笑了一下。我知道他的意思,也显得高兴的样子说:"这是一单大买卖啊。"可是,他却流露出对将来失去土地之后的忧虑:"土地没了,只有到江滨路踢石子去了。"说着,又狡黠地笑了一下。

江滨路踢石子是坊间传说的一个笑话。据说在城区江滨路一带活动着一群地下性工作者,她们的服务对象为老年男人,在江滨路上,这些性工作者脚旁有五粒石子,双方不说话,用眼神交流,低头踢石子,一粒石子十块钱,双方加一粒、减一粒地踢着,谈好价格,性工作者再将老男人带去她的临租房交易。

我跟他开玩笑:"你带几个土豆去,改踢土豆吧。"

2015.3.15

最后是一个气筒

事实上,这已是第五次去那座种满各种苗木的大山,去那个小村落也是第二次了。大山在村口附近。村口有一棵很大的苦槠树,每次去那座山,我都把汽车泊在苦槠树下。

那是一个安静的村落,十几户农家。如果不停下脚步,五分钟就可以在村里转一圈。村前有一些菜地和竹子,几株李树、桃树,现在正在开花,一些油菜也正在开花。村前有一条溪流,对于这个村落来说,这条溪流很重要,它隐在李白桃红翠竹外面,叫富溪。那村也叫富溪。那山没有名字,如果要取一个名字,也叫富溪吧。

富溪山，富溪村，富溪河。富溪山不是一座独山，它的左右和背后也都是山，连绵不断。我说的是其中一座山，有一百多亩，面对富溪，在溪和山之间是一片田畴。这一百多亩山的树木几年前已经被采伐，年前，残留的灌木也被砍去和过火，重新植树。雨水之后，是植树的好时节。

这一天，山上有七八个农民在植树。山比较高，比较深，用挖掘机修了一条便道，从山脚开始爬，绕过两个山岙，通向山顶。便道太陡，汽车上不去，树苗、肥料运到山脚，再雇骡驮上去。骡是驴与马的"私生子"，非驴、非马，无后，是来这个世界做苦力的。

驮运树苗和肥料用了五头骡，一头骡一趟驮两百斤。负重上山十分辛苦，它们每走几步就要停下来歇一会儿。这是一群沉默耐劳的家伙，喘气，也是默默的，听不出声音，粗气往肚子里咽，目光有一点忧郁。路边如有青草，它们就伸出舌头舔上一口。赶骡的是一个精瘦老汉，老是在背后呵斥。听到呵斥声，骡就放弃吃草或者休息，继续沉重地、缓慢地往山上爬。我跟随这些做苦力的家伙，用新买的单反给它们拍照片，单个的，集体的，全身的，头部、臀部特写的……试图把它们劳动的情景都记录下来。路上有它们随地排泄的粪便，带着青草香的气味散布在空气里，我毫不犹豫地接受了它们的气味。

山上已经植了近万棵浙楠、香榧、花梨木、红豆杉，还有一些木荷、核桃要植。核桃苗没有嫁接，暂时育在山脚的田里，待嫁接之后再植。看上去，山上有些地方已经植上成片的树苗，而有些地方还是空的,空白的地方是因为山坡太陡了。七八个植树的农民,散落在一百多亩的山里,几乎看不到人,还是五头骡引人注目。我爬了很长一段路,在一个山岙里,看到了几个人。他们肩负一个白色的纤维编织袋,像骡一样在陡峭的山坡上爬,其中一位停下手里的活,朝在山道上的我大声说:"你是建平吗?"我感到奇怪,这山里有人认识我?忙回答:"是的是的。你是谁?""我是金友,岙头人。"一听到这个村名,就感到亲切,那是一个安放在我心底某个角落里的小山村。远远地,我看着那个自称金友的岙头人,记忆里出现了一个与之吻合的模糊影子,一个孩提时在那个小山村里的玩伴。我停了下来,与山坡上那个叫金友的人寒暄了几句。

骡群上山下山,一趟一趟不停歇地驮运树苗和肥料。赶骡的老汉说,路太陡,一天只能运八趟,上午下午各四趟。上山时,负重的骡群各自为战,相互没有牵累;下山时,要被一根绳子串连起来,不能单独行动。我跟随骡群上了一趟山顶。骡老板不上山,待在山脚,只负责给骡装货。赶骡的老汉是骡老板雇佣来的。在山脚,我跟骡老板攀谈。他说这骡是他买来做运输的,每头一万元,养到两岁就能驮货物了。骡的寿命有十六七年,主食是玉米,草、树叶、果皮也吃。我看着骡老板把一袋沉重的磷肥抱到骡背上,问他:"骡如果老了、病了,驮不动了怎么办呢?""杀了,骡肉很好吃的。"我打了一个寒战。人不但会卸磨杀驴,还要吃肉,端个酒杯肠肥脑满地说骡肉好吃。一棵树苗带土有十斤重,骡老板又往那头骡背上装树苗,一共装了十八棵。我跟他说,少装两个吧。他说这头骡力气大,没事的。多了也不行,过度透支骡也会早衰。

　　离开山脚,我在村子里转了一圈。没有见到人,有鸡和鸭子,还有一只站在远处冲我叫的狗。几幢房子旁边有一些方形或者圆形的蜂房,蜜蜂们进进出出地忙碌着,无视我的到来。阳光下,蜂群飞扬的身影和嗡嗡的声音布满天空。我确信,春天无可置疑地来了。

　　要回家了。我走到村口的苦楮树下,调过车头,开了三四米,右前轮有异样的声音。停车走过去一看,发现车轮瘪了。麻烦了,头皮一阵紧,只好从后车箱里翻出备用胎,发现也是瘪的。这下麻烦大了,怎么办呢?打电话到汽车修理厂救援,可是富溪地处偏僻,施救人员找不到。犯难之中,一个老农扛着一把锄头朝我走来。我忙问老农有没有气筒,借用一下。老农一头银发,朝我慈善地笑着,说有的,让我跟他去取。老农的房子离村口不远,在苦楮树下,可以看到老农的房子。从老农家借来气筒,骡老板也走过来了,帮着一起给瘪轮胎打气。这是一个自行车气筒,打了一半的气,就漏了,发现是气筒皮管老化。赶紧送还气筒,想趁着新充的一点气,抢时间把汽车开到修理店去。老农在门口,一头银发,微笑着接过我送还的气筒。我没有跟他说气筒漏气的事,便匆匆离开了。在修理店,我讲了给车轮打气的过程。店老板说,用气筒给汽车轮胎打气,气筒容易坏。店老板的话使我一下子愧怍和懊恼起来。

　　救赎愧怍和懊恼的办法,就是赶紧买一个气筒送去。

2015.3.16

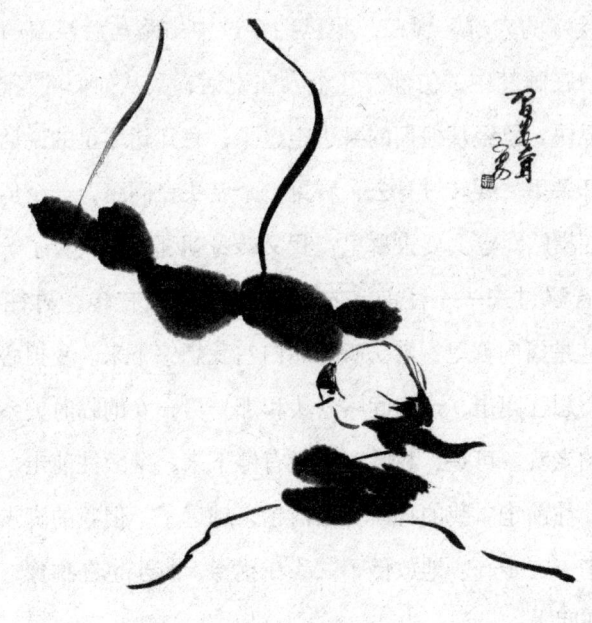

我是好人吗

冬天的空气冷了。路灯的光冷了。路边有一些行道树落了叶子,有一些没有落。冬天的夜好像睡着了,落光叶子的树像裸睡的男人,没有落叶的树像女人穿着睡衣。中山路与后沙路的十字路口也睡着了,红绿灯像冬夜的眼睛。旁边一家腊兔快餐店的灯还亮着,像冬天遗弃在路口的一个睡梦。我从睡梦中的路口经过,去前面的东升小学,那里的塑胶跑道上有很多人在奔走。如果没有什么事,每晚6点之后,我会从石山路81号附近的随园出来,经过中山路、后沙路、贤良路的一部分路面,去东升小学操场,加入在塑胶跑道上疾步的人群。现在,我已经穿过中山路与后沙路的十字路口。路口在睡梦中,仿佛有几个人在说话,我从他们的身边走过。我走得很快,已经从他们的身边走过了,有几句零星的说话声飘进了我的耳朵里。我转过身去,看见一个老头在问路,一个男人和一个女人在指路。老头要去哪里?我又转身朝那三个人看了一眼。男人的声音飘过来——往前,左转,再往前,右转,再往前,左转……这是指向哪里?老头听得明白?我想停下来。我担心老头听不明白,想往回走,走到问路老头和那一男一女的临时关系中,帮助问路的老头。可是,我的双脚没有停下来,继续往前走,一步接着一步,往前走。我的身体与路口越来越远了,但我的脚步已明显慢了下来,一步一步地放慢了。我在犹豫,脚步也在犹豫,但我没有转身往回走。

我在踌躇中继续往东升小学走去,往塑胶跑道走去,但有一个力量要我停下来。我的脚步又慢了下来。那是一个什么老头?不会是老年痴呆找不回家了吧?随园后面一幢房子里就住着一个痴呆老头,很会跑,老伴像放牛一样整天把他跟着,不然就不知道跑哪里去了。常听说痴呆老人走丢了的事,他们从家里出来,找不到回家的路,几天几夜像梦游一般到处乱走,家人也满世界找,可他们无法走到一起。以致有痴呆老人没吃没喝没睡,体能耗尽,生命终止在某个陌生的时点和地点上,而他的亲人还在焦虑的世界里到处找。这个老头是不是痴呆老头?我的想象很奇特,担心那是一个患有老年痴呆症的老人了。我在路边磨蹭,等待,算计着那个问路的老头会从后面上来。

一个黑色的影子,是一辆小三轮车,咯吱咯吱地从我的身后上来了。那个问路的老头,踩着三轮车,来到我的身边。我朝他看去,他在看我,他停下来了:"同志,去人民医院怎么走?我孙媳妇生儿子了,我要去人民医院。"啊,是这么回事,有一个小生命诞生了。小三轮车上的老头大约八十几岁,口齿清楚,不像是痴呆老人。

事情在预料之中,我像捡到了什么一样,马上说:"人民医院就在前面,我带你去。"我是那么干脆,没有如之前那一男一女的指路,中间没有过渡,走在前面,直接带他去医院。人民医院不远,去人民医院和去塑胶跑道对我来说都是走路。我走在前面,让老头的小三轮车跟在后面。我走得很快,跟老头的小三轮车一样快。前面有一个临时红绿灯,像一棵青菜一样种在路口。我们过了红绿灯,左拐,再过一个红绿灯,沿着贤良路往东走。我们改成并行,我问老头几岁了,他没有回答;我问他家住哪里,他又没有回答。我大声再问,他就说:"我孙媳妇生儿子了,在人民医院,我要去人民医院。"我看着小三轮车上的老头,知道他耳朵不好使。贤良路两边停满了汽车,路面变窄,有汽车过来,路面就更窄。我们又改成一前一后,我在前面,老头踩着小三轮车跟在后面。老头在后面叫我,叫我坐他的三轮车,我不要。过了一会儿,他从后面骑上来,又叫我坐到他的小三轮车上去。我朝他摆摆手说,不要。前面是东茶路,右拐,我们进到了东茶路,四周一下子安静下来,几家新开的店铺灯光暗淡,没有客人,像是在打瞌睡。我放慢脚步,我们又改成并行。我跟老头大声说:"你知道你孙媳妇住几号病房吗?"他说:"我孙媳妇生儿子了,住在人民医院。"我继续大声说,他就显出疑惑的样子,说自己耳朵背,听不见。看老头这么聋,我只好不说了。我想,等下到了医院,我还不能离开,得带他找到妇产科病房,把他交到他的亲人手上。但他的孙媳妇住几号病房呢?

人民医院是新的,才启用不到三个月。昏暗的大门口,一道不高的合金伸缩门,铁栅栏围墙,透过镂空的围墙,看见里面大院也是昏暗的,停了很多汽车。大院中间是一幢组合大楼,高高低低,是医院的主体。伸缩门旁边一堵矮墙上,市人民医院几个黑体字镶嵌在上面。一个骑电驴的年轻人站在旁边,脸上戴着医院那种口罩。年轻人看到我们走来,赶忙摘下口罩,迎向骑三轮车的老头。老头也认出了跟前的年轻人,两个人都很兴奋。年轻人站在老头跟前一个劲地说:"你走哪里去了,我去街上接你,去了好几趟了,都找不到你。"老头没有回答,他听不见,只一个劲地处在兴奋之中。看来这个年轻人可能是老头儿的孙子了,我让他们处在兴奋之中,准备离开。老头转过身来跟我说,这是他的孙子,他的孙媳妇生儿子了,住在医院里。我向老头摆摆手,走开了。老头在背后说:"好人,同志,你真是好人。"

我是好人吗?

2015.12.10

换 牌

从贵州西江千家苗寨出来到凯里,在携程上购了去吉首的快车硬卧,打算去凤凰古城玩。这种快车比之高铁,是慢车了,已经二十多年没有坐过这种快车了。咣当咣当——咣当咣当……还没上火车,就一下子回到了旧岁月。

在杭州商学院念书的时候,寒暑假回家,都是要坐这种火车的,到龙游站,再转汽车,经遂昌到龙泉,一路归心似箭,岁月悠悠。那时火车分特快、普快、慢车。特快没有坐过,似乎是某些特殊人群坐的,回家能买上普快车票已经很高兴了。年关了,一边还在上课、考试,一边就算计着去杭州城站,或者湖滨路火车票代购点买票。买票要排长队,有时也人挤人,能买到的多是慢车,还常常是站票。坐上火车,车厢里黑压压的塞满人,五六个小时,或者整个晚上,都站着,靠在人家座位靠背上,人家去一下厕所或者冲茶,一站起来,就坐上去,屁股在座位上沾一下都好。人家回来了,又乖乖地站起来。夜里困得不行站不住了,就双脚一歪,坐到过道上,耷拉下脑袋,不管过道有多脏多乱,他人从头上跨过,也全然没有感觉了。有时慢车站票也购不到,就坐闷罐车,就是货车。过年忙的时候,货车也用来拉人。有一年寒假,天在下大雪,就是坐的闷罐车,回到家里已经腊月廿九。

凯里至吉首没有高铁,只好坐普通火车,就是大写字母"K"开头的那种,21:28的火车,到吉首是凌晨3:28。凯里火车站像一部黑白老电影里的镜头：昏暗的灯光，简陋的设施，混乱的人群，拥挤的候车室，空气里散发着污浊、混沌的怪味。熟悉、遥远、排斥、担忧、惆怅的情绪。在候车室里站着等了一个多小时，检过票，在月台上，一列绿颜色的火车缓缓地驶过来，不是"子弹头"，不是"和谐号"。列车上下来一个个女列车员，藏青蓝制服，大盖帽，每一节车厢前站一个，均匀，笔直，站成一条直线，像羊圈的栅栏一样。

我的票是硬卧，13车厢11号上铺。13号车厢有很多人，白床单，白被子，白灯光，一间间、一层层地装满了人。我找到了11号上铺，从过道边经过下铺和中铺，爬到上铺。上铺不过六十厘米的高度，我坐不直身体，只能低头弓背，或者躺下去。我还没有躺下去，列车员过来了。藏青蓝制服，大盖帽，圆脸，壮实，四十几岁，她走到我的下面，脸无表情地说：换牌。我没有反应过来，她又脸无表情地朝我发出那两个音节：换牌。我还愣着，不知道她说什么。对面中铺一个中年男子就跟我说："把你的车票给她。"我低头弓腰，赶紧从裤兜里掏出车票给她。她接过我的车票，换给我一张硬卡：火车票一般大小，黄色，上面是"13车厢11号"字样。这个圆脸、壮实的女列车员换过我的牌后就走了。我在13车厢11号上铺的空间里躺下来，感觉不对劲，她把我的票拿去了我怎么出站呢？还有，到吉首是下半夜，睡过头不就坏事了？赶紧爬起来，去找那个圆脸、壮实的女列车员。

13号车厢头上有一个逼仄的房间，那位圆脸、壮实的女列车员坐在里面，藏青蓝，大盖帽，脸无表情。我说："我是3点28分到吉首下车的，你可以叫早吗？我怕睡过头了。"她没有回答我的问题，而是一脸严肃："出去，站外面说。"我赶紧检查了一下自己，发现一只脚已跨过她坐的那个狭小空间的门槛，就赶紧退了出来。然后弯腰，无比谦卑地把刚才的话又说了一遍。她的圆脸缓和了一点，手上翻动着一本黑皮本子："会换牌的。"我没有听懂，就又傻傻地站在外面问她："你可以叫我吗？"她头也不抬地又说了一声："会换牌的。"我便弱弱地问："换牌了会叫醒吗？"女列车员也许看我确实不懂，就干脆说："会提前一站换牌的，半夜黑洞洞的不换牌你怎么知道到站了？"原来如此，我一下子明白过来，一开始这女列车员说的换牌就是叫早的意思，是叫早的一个工作方式。于是，我一身轻松地回到13车厢11号，钻进上铺，准备睡上一觉。

夜深了，车厢里的灯光灭了，一切都处于安静之中，13号车厢渐渐进入梦乡。我也打算进入梦乡，可是一时又进不了，人躺在卧铺上，曾经熟悉的很有节奏的声音——"轰隆轰隆、咣当咣当"又回到了我的身体里。我感觉自己像躺在一块木质的漂浮物上，在一条江河上随波逐流地漂浮，火车是那条流动的江河，一路向东，轰隆轰隆，咣当咣当，在黑暗里不紧不慢地流动着。我合着眼，强烈的年代感袭上来。我想起了西伯利亚，想起了行走在西伯利亚上的火车。我没有去过俄罗斯，更没有在西伯利亚坐过火车。我为什么会想起一个与已无关系的、从未去过的地方呢？是因为俄罗斯一个叫列夫·托尔斯泰的人吗？这人我也没见过，只是读过他的小说，他写过在西伯利亚行走的火车。轰隆轰隆,咣当咣当。这么想着,我似乎睡着了,耳边传来一个女人和一个男人的声音。

"睡觉去!"女人的声音。

"我再坐一会儿。"男人的声音。

"我叫你睡觉去,你就得睡觉去!"

"我睡不着,再坐一会儿。"

"不行,你得回到自己的床上去!"

"我睡不着。"

"睡不着也不许坐这里,听见没有!"

男的声音没有了,停了一会儿,女的声音又响了起来:"这里是你说了算还是我说了算!"

"当然是你说了算。"男的又说了一声。

"那就睡觉去!"

这种霸道的、不可拒绝的声音,我已经很久没有听到过了,感觉陌生又新鲜。我听明白了,是那个藏青蓝制服、大盖帽的壮实列车员在赶一个不愿意睡觉的男旅客,那男旅客可能坐在过道的翻板上。过了一会儿,我就听到了我对面的上铺,发出三种声音:一个是扔矿泉水声音,他可能把一瓶矿泉水扔到自己的上铺;再一个可能是扔挎包的声音;然后,就听见一个躯体爬了上来,躺在我对面的上铺。

一切又复归安静,复归流动。轰隆轰隆,咣当咣当,黑暗又发出平静而单调的声音。我可能就这样朦朦胧胧、晃晃悠悠地进入梦乡了，直到那个女列车员将我从梦乡里叫醒：换牌。

2016.3.23

往张家界班车上那个女的

凤凰古城至张家界是一条旅游热线。三月的一个下午，我登上一部旅游大巴，全程约三个半小时。大巴的驾驶室埋在车头底部，从驾驶室上到车厢有三个踏步。驾驶室里有两个人在打盹，可能没有睡着，只是闭目养神。男的是驾驶员，女的是跟车的？女的身上盖了一件外套，红白格子外套似乎占据了她身体的全部，这使我轻易忽略了她的下身。她的脸侧向驾驶员一边，脸部也暂时被我忽略。汽车启动后，女的从底下驾驶室爬上来，站在车厢前头，就是那个一般由导游站立的位置，面向大家。我的座位是2号，那女的趋向圆形的躯体就挨着我的肩膀立着，有一种近水楼台的感觉，这使我对她的观察变得细致，尤其是她的脸部：浅褐色，圆形，上嘴唇一层细密的毛茸茸的毛。我在座位上的身体不时地接收到从她躯体上传递过来的温度和厚度，还有其上部呼出的气息。女的手里有一个话筒，她充分利用了话筒的扩音功能，向车厢里的我们说话。这里的我们是指车厢里二十几个旅客。我们来自祖国不同的地方和方向，这一天14：30，暂时结集在这部旅游大巴上，互不认识（除了几个结对而行的人）。那女的将我们这个互不认识的群体以导游的做法，归纳到她的工作范围里，我们成了她的临时的工作对象，或者顾客。女的说话的口气是导游式的，这使我一直以为女的就是我们车上的导游，并将这种以为持续到最后。女的站在车厢前面，即在我的2号座位上能接收到她的体温和躯体厚度的那个位置，向大家讲了三次话。第一次是简单的，是与大家初见的客套话，说完了就下到驾驶室去了，这使我以为湘西一带的班车高配了导游。湘西旅游业发达，配一个导游是有可能的。要不就是跟车的。

　　那女的面向大家讲第二次话是汽车将要到一个服务区的时候。她从埋在底下的驾驶室爬上来，又出现在车厢里。她告诉我们前面是服务区，停车十分钟。她说，有要方便的赶紧去方便，不要方便的也下车来呼吸一下湘西的新鲜空气。这一次讲话也是简短的。这做法也是导游的模式，清脆流利的语音再次使我想到她是一名导游，是为我们这一路上服务的。我给张家界安排了二十四个小时，事先没有做过攻略。从服务区盥洗间回到我的2号座位上，我想到了一个问题：如何安排在张家界的一天时间呢？方便之后的旅客全部回到车上了，汽车再次启动，驶出服务区。那女的又出现在车厢里了，还是2号座位旁边那个导游站立的位置。我向她提出了我的问题，她对我的问题回答得很明确：一天时间只能在天门山玩，武陵源森林公园离市区有二十多公里，玩下来需要四天。女的这么说着，就举起了话筒，转向大家开始了第三次讲话。

　　这第三次讲话时间长，内容丰富，富有煽动性，车内气氛热烈，是我们以往在跟团旅游中常见的做派。事实上，女的是开始她的工作了,还是导游性质的。她介绍了张家界两个景区的大概情况,内容都是事先编排好的,被无数次使用过,有精彩句子、顺口溜和段子,形象、生动、幽默,把车内的气氛很快就调动起来。她介绍张家界的森林公园时,说景区里经常有成群的小野猴出没,要特别小心。如果你在拉开提包拉链时被猴群看见了,就会成群聚集过来,眼睛发亮,紧紧盯住你的提包。她的眼神和脸部表情加强了"眼睛发亮"四个字的表达,好像她是一只野猴。她说:你如果从提包里取出的不是吃的东西,它们就扑上来抢过你的提包,撕开来寻找吃的。你的手如果不小心让猴子抓破了,是很危险的,必须要马上打预防针,不然怕会得狂犬病。

女的无疑是常在这条旅游线上跑的,知道该怎么把经过这条旅游热线的游客的一段多余的时间利用起来,而不让它白白浪费掉。现在,她知道经过以上的努力,已经把人们的兴趣调动起来了,可以无所顾忌地把车上二十几号人的无聊时间占为己有了。她的话从自然风光转移到湘西民族文化上。湘西是土家族苗族自治州,约百分之八十的居民是土家族和苗族。介绍完这些之后,她又开始煽情了:"你们猜猜看,我是土家族还是苗族?"沉默片刻,后座不知谁说了一声:"土家族。"女的立即现出夸张的惊讶之色:"你怎么说我是土家族,凭什么?"后座说话的人是瞎蒙的,自然说不上凭什么。女的便借机调侃:"是看我长得不好看,土气是吗?给你猜对了,我是土家族人。"这会儿可能有人用手机拍她。她说:"你们给我拍好看一点,不要把难看的我传到网上去,万一给我妈看见了,说我在大庭广众出洋相。"又说："我是从农村出来的，在农村，我们土家族有哭嫁和骂媒婆的风俗，大家想听吗？"车厢里立即响起一片热烈的掌声，齐声说好。

"土家族哭嫁文化很深，姑娘出嫁都要哭上好几天。为什么要哭嫁呢？"她顿了顿，"就是哭嫁妆、哭礼品、哭红包啊。哪个姑娘出嫁前哭得好，得到的嫁妆就多，到夫家之后就可以早点当家做主。可是我哭得不好，为这事，至今我妈还在骂我。你们知道我是提前几天开始哭嫁的？"这女的总是以提问的方式来调动大家的注意力。"我是提前一个星期开始哭嫁的。"车厢内响起"哇——"的一声，大家都觉得好奇，土家族的女子出嫁这么早就开始哭了啊！女的看大家惊异的表情，却说："我这哭嫁时间是最短的，一些姑娘提前三个月就开始哭嫁了。"

"我们土家族姑娘，从小就开始训练哭嫁。在我们村子，我有十五个堂姐妹，哭得最好的是大堂姐。她从七岁开始练习哭嫁，出嫁前两个半月就开始哭，那个哭啊真是一路风生水起。一天，我们的姑妈去她的闺房，去之前已做好准备，在裤兜里塞了两个红包，左边一个，右边一个。想不到我这堂姐是修炼了二十年的人精，她一见姑妈进屋，便扑了上去，就像我们山里那些小野猴，眼睛发亮，拉住我姑妈的手就哭，声泪俱下，哭述往事点点滴滴，哭述往后小媳妇寄人篱下，哭亲情，哭别离，足足哭了二十多分钟。我姑妈抽出右手，从裤兜里掏出一个红包，塞到堂姐手里，然后摆出要走的姿势。堂姐收了红包，没有就此罢休，抓住姑妈的双手继续哭。姑妈表情淡定，她是有备而来的，知道一个红包打发不了堂姐，也就让堂姐哭去，这一哭又哭了二十几分钟。姑妈抽出左手，从左边的裤兜里掏出另一个红包塞给堂姐，然后就要抽身离去。可是，你们知道我这堂姐怎么着？她还是不肯放姑妈走，拉住姑妈的双手又大哭起来。这下姑妈慌了，不再淡定了。堂姐这一哭又是二十几分钟。这二十几分钟里，姑妈被哭得脸色发青，肚子里连连叫苦，在心里直骂自己干吗手腕上要戴一只玉镯，干吗出门时不把手腕上的玉镯脱下来。无奈，等堂姐哭够了，姑妈又把左腕上的玉镯子脱下来给堂姐。堂姐拿了姑妈的玉镯子，这才松手，让姑妈离开。从此，我堂姐便坐上了哭嫁大王的宝座。"

这女的所说故事无疑是编出来的，但大家却都被吸引了，都愿意把这行程上的一段无聊的时间交给她。但她的目的不是你的时间，而是你兜子里的钱，如她说的堂姐哭嫁，她还得继续往下说。她说了哭嫁文化，又说吃文化，一环一环，将大家一步一步领进她可能已经演绎过无数遍的圈套之中。

"来到我们张家界，一定要品尝我们的特色小吃：索溪鱼，葛根粉炒腊肉，岩耳炖土鸡，湘西贡枣，土家三下锅。"车上二十几个乘客，已经完全坠入其所设定的圈套。她一样一样向大家介绍了当地特色美食，然后从一个塑料袋里取出几个小溪鱼、贡枣小包装分给大家，让大家品尝。我接过她给的小溪鱼和贡枣。然后，她取出几个塑料大包装，上面打印着超市的价格，说小溪鱼在超市要卖多少钱，她只卖多少钱；贡枣超市卖多少钱，她只卖多少钱；还有腊肉以及其他什么的,超市要卖多少,她只卖多少。五十元的东西,她便宜十几元;一百元的东西,她便宜二十几元。汽车下了高速,进入张家界地盘,两边青山,一路美景,但大家的注意力不在窗外青山,全在她的身上。她又下到驾驶室里,搬上来一个大纸箱,里面有大包装的小溪鱼、贡枣、腊肉等等,说如果谁要,她这里可以便宜卖给大家,还可以办理快递,只要在快递单上填好邮寄地址、手机号就行,直接寄到家里,你人还没有到家,东西就先到家了。

　　女的把包袱打开了,设定的套子大大方方地展开在大家面前。听了人家的段子,吃了人家的美味,接受了人家的一路免费服务,谁好意思说我不买呢?而且她又是这般真诚,说要感谢许多像我们这样的客人来到她的家乡,为她家乡的繁华做奉献。"如果没有大家的奉献,至今我还是山村里一个土里土气的女人。"这么说着,她就站在车厢前头、2号座位旁边,向大家深深地鞠了一躬。这一鞠使车上的人都被感动了,更没有了退路,更何况她的东西又是这样便宜。车上二十几号人,开始纷纷往衣兜里掏钱买她的特色美味。我也买了一包小溪鱼,辣辣的,味道不错。有的还买了很多,写下邮寄地址,让邮回去,脸上都流露出兴奋的表情,都是那么的心甘情愿,甚至还要感激她,为大家送来这般物美价廉的礼品。一副被人卖了还要为人家数钱的模样。

　　汽车没有进到张家界汽车站,在路边停了下来。这是哪里呢?大家都是第一次来张家界,不知道张家界是什么样子,看看窗外,好像到市区了,却又不像市区,一头雾水。大家都没有下车,还在等那女的从底下的驾驶室爬上来,跟大家说第四次话,说现在到了哪里,或者说目的地到了,大家可以下车了。可是那女的再也没有上来,车内一阵沉默之后,有人开始叫了:"我们到哪里了?这里可以下车吗?"不知是谁了说一句:"到了,大家都下车吧。"于是,大家纷纷下车,我也下车。下到地上,我看见那个刚才还有说有笑,那么真诚、热情洋溢的女的,现在穿着一件红格子外套,站在汽车旁边,表情冷漠,与车上站在2号座位旁边那个女的判若两人。

  大家手上拎着刚从那女的手上买的大包小包,从她身边走过,散开,消失在张家界陌生的、乍暖还寒的暮色里……

2016.3.21

三个朋友

流 泉

那时候,他不是短发和沧桑。那时候在龙泉,他是一个很潮的文学青年。卷长发,茶色眼镜,栗壳色夹克,领带,革履,像一个港仔,一九九二年龙泉市第二届文代会委员合影照片佐证。那时候,他的诗在诸多省刊上发表,与龙泉一班诗青年竖起初荷诗社的旗帜。我们写小说的,在瓯江边拉起渡口小说社的山头。那时候诗和小说似乎没有现在这么多穿插,我们贪玩,就在牌桌上切磋。是太过贪玩了?当然还有时代的诱惑,我们渐渐离开了诗和小说,十五六年之后,又不约而同地悄然潜回文学,告别曾经的荒芜。这别离与潜回,在中国大地上,隐约有某种相似的力量使我们殊途同归。那时候,他还没有启用流泉笔名,叫寒江醉舟,我们叫他大名娄卫高。

流泉潜回文学,去了他乡。如果不那么严格,丽水也不算他乡,比之龙泉,丽水不过离远方近一点,离大海和天空近一点而已。诗歌是流泉的一片山水，他潜回这片山水，几年下来，诗风突变，诗作超群而沛然，如荒芜的土地上种满了向日葵。《谁在逼近我们》《在尘埃中靠近》《风把时光吹得辽阔》《白铁皮》……一本一本诗集问鼎诗坛，诗歌频频亮相国刊、省刊和各种诗歌年度选本，流泉的名字也就迅速地清晰、明亮、流传起来。随便捡几句他的诗吧。

> 不曾涉猎的
> 必定属于未来，而未来就是一道填充题
> 夹在风与风之间
> 夹在我们的水稻与良田之间
>
> ——《空隙》

> 父亲的沧桑挂在了老式门环上
> 我用什么去抵挡
> 这苍茫
>
> ——《年关赋》

看看，读着读着，好像就去了一片故土，遇见了一个逍遥而忧郁的人，行云流水，两袖清风。是的，他的诗就这么有嚼劲，行于所当行，止于所不可止，意味盎然、悠远。人如其诗，生活里的流泉，亦这般飘逸而略见忧伤。

子贡曰："君子敬而无失，与人恭而有礼，四海之内，皆兄弟也。"这话的意思是，君子做事情谨慎认真不出差错，和人交往态度恭谨合乎礼节，那么普天之下到处都是兄弟了。是啊，这兄弟与子贡说得太像了，行事谨慎，待人温和，与人不争，助人为乐，广交朋友。他每天都在关注周围的写作动态，尤其新人的作品，有看上眼的，就会主动向文学期刊推荐，圈内谁要是获奖或发表什么了，他总是快快报喜、分享、宣传，某些方面，还真是有及时雨宋江的范儿。"泉哥"的称号渐渐叫开了，没有年龄界限，童叟皆宜。

2011年，《丽水日报》开辟《流泉赏读》诗歌专栏，一诗一评，一弄就是四年，工程巨大啊！流泉为之付出的心血和劳力就不去说了，单说这工程的效应，便是对丽水诗歌崛起的一场持久推动。丽水诗群旌旗猎猎，底下须要有一个愿意扛旗的人，一帮人就会跟着旗帜往前奔。此后，他又在自己的博客、微信朋友圈开辟《流泉读诗》《流泉推荐》栏目，继续推波助澜。执行主编《瓯江文化》，又在其他文体、文学新人方面进行挖掘。他对诗歌是虔诚的、自然的、源自骨子里的，而非刻意和功利。"泉哥"的好口碑就这么一块砖一块砖地搭建起来了。

流泉离开龙泉有十四年了吧，事实上他何曾离开过。龙泉有他的父母兄弟，有他的朋友群，有许多他放不下的情愫。他还是龙泉作协副主席，是龙泉作协主席团一致同意授予的。他的身影始终在龙泉的土地上晃动，故乡是他漂泊异乡的一面旗帜，在他的生命里迎风招展。

> 故乡是一面旗帜
> 爱吹响了冲锋号
> 将战线拉长，就可以骑上童年的木马
> 再次检阅我的江山
> ……
>
> ——《故乡是一面旗帜》

他的老家在金钟弄，我家老宅在卢埠弄，都在龙泉济川桥北桥头附近，是一起长大的发小。在《金钟弄》里，他是这样来寄托对出生地的怀念的：

> ……
> 它老了
> 它木讷了
> 它很少提及前尘往事
> 它不愿再翻动尘封已久的日记
> 它与这个世界的恋爱，是一种悄悄逝去的痛
> ……

他视故里为亲人、老人、父辈，给予了无限的爱和割舍不下的疼，而作为父亲，他爱自己的女儿。他对女儿那种细小的、如针尖扎进皮肤所产生的刺痛感一般的爱（《与女书》）是这样定的：

我的爱细小，无声
如针，如蚂蚁背上的饭团
……

流泉总是多愁善感，对亲情、生命和流逝的岁月，有着强烈的身体感知和灵魂升腾，诗歌是他的体验场。在《中年书》中，他写了七首，其中一首有这样几句：

我不恨了
并非我不爱
只是羞于与生活计较，我放下所有怨怼
并与发际中偶生的几缕白发
达成了默契

此外，他还以《生日帖》《生日书》《岁末贴》《岁末书》《春日贴》《春日记》《中年赋》等大量对老去的生命、岁月所流露出来的隐隐作痛的诗篇，构成了他的这一类诗歌的主体和集大成。

龙泉贤良路上有一家小旅馆叫"迅时捷"，是流泉每次回乡的投宿地，也成了龙泉文学圈聚会的沙龙，常常他人还在丽水，电话就到了：喂，今天我回来，可能有几天。于是，那几天的"迅时捷"就是龙泉这帮人谈天说地的地方了。那一年春节，他在小旅馆里待了一个星期，每日暮起孤独时，就写日志，博客天天更新。他写过很多随笔，行云流水，洋洋洒洒，文采飞扬，只是他的诗太过耀眼，盖住了他的散文，人们只注意到他的诗，而忽略了他的散文的存在。《小宾馆》是其中的一篇，里有这样一段：

> 喜欢在孤苦无依时，一个人独居小宾馆。沏一杯家乡茶，酽酽的，有些儿涩，然后，打开唯一的窗户，让细细的乡音飘进来。十年了，我对故乡的牵挂，很大程度上就是找一个家乡人说几句家乡话……我不想说太多的话，不想有太多的倾诉，仿佛这小宾馆，关上窗户，风就不来了。它守着一份静，让小更小，让寂寞更寂寞。

还有《小茶馆》，他这样写道：

> 那时的朋友如今各奔东西，一年半载的，难得见上一面，挺想念的。他们，又一次令我想起了孤苦无依中的暖……用了整整十年时光，我去适应这个城市，去驱逐在别人土地上生活的陌生感和沉重感。十年过去，明月越来越亮，故乡越来越远。我成了这座城市的主人，我已学会隐藏或遗忘。

表面上，他安静、悠闲自得、无牵无挂，说到开心处，还要向你透露一点儿他自个的小秘密，但他的内心是忧郁的、沉重的。这种忧郁和沉重，便是他在肉体和精神相互依存的关系中所生产的觉悟，是对生命体验责任的担当。他说："我喜欢这茶中的苦涩，这时光的味道。常常为一片茶叶在杯中的浮沉而莫名感动而热泪盈眶。"他说自己不是一个有理想的人，却是一个始终充满感激之人，感谢这个世界宽容了他所有的不敬和过错。

还要再说一下，拍照也是他的爱好。每到一个地方，他都会带上那台旧相机，以一个诗人独到的视角和审美，记录下生活和时间的流痕，呈现出的意味，又是一般摄影师所无法抵达的。

2015.10.28

丽 隽

那一年8月，松阳寨头，初读叶丽隽的诗，读到《莲花峰日记》：

……
打雷的夜晚我也出去了，一趟趟
我往房间里添置着家电、日用品、书籍、食物
添置着色彩、声音和气味
在后山，我还掘到了不知名的兰草
湿漉漉地回来，喘着气

——摆放好我的生活……似乎
　　我不再缺什么了,我还缺什么呢
　　风正从坡上灌进屋子,站在房中央
　　忍不住,哭了。九月五日

　　掩卷,愣愣地想:诗这把刀啊,怎可以把女人的心雕刻得这般剔透?过去的时光,习惯了小说的方式。这会儿读叶丽隽的诗,宁静、幽怨、轻盈、沉重、美妙,如入焚香之幽境,幽香低回悠长。我犹如一个诸事在身的路人,驻足一茶庄窗下,为老板娘所招呼:客官,进屋里喝茶,歇歇脚。

　　这诗的茶庄,是一个新鲜的环境,我见识了诗的敏感、多变和不可思议,结识了叶丽隽和一帮写诗的兄弟,叶丽隽也是兄弟。大家写诗、读诗、喝茶,在诗歌的江湖上,偏安一隅。

　　茶馆的比喻或许不够恰当,但一帮兄弟相聚,是常常离不开茶的。叶丽隽来龙泉,大家就要聚一下。文联小院,或某位青瓷大师工作室,或某某酒肆、茶庄,大家围酽茶而坐,用酱色茶水,打磨时光,喝到深处去。丽隽喜欢喝茶,喝得自有品位和个性。今年一月,她叫龙泉一帮诗人到陶雪亮家喝茶。陶家在丽水近郊,新辟的茶室,一应的茶桌、茶具、茶叶,她都代为操办了。雪亮憨厚,不善司茶,茶室闲置着上灰尘。她也不管不顾,干脆把喝茶的人也给张罗了。

　　不知什么时候,丽隽突然爱上青瓷。在龙泉青瓷大师的工作室里喝茶时,她手上托一只青瓷茶器,左看右看,横看竖看,就看到骨子里去了,嘴上喃喃自语:"怎么可以这么奢侈呢,喝茶也用这么好的瓷器。"龙泉人,真的是奢侈的,不说那些做瓷卖瓷的瓷家,就是普通人家,喝茶吃饭,也是用青瓷器具的。在瓷坊,她看一件爱一件,就开始往兜里掏钱。龙泉的青瓷器都是昂贵的,想必她把自己的私房钱都掏出来,往那些瓶瓶罐罐里砸了。我们在一旁想拦,却又是不可以拦的。那些出自陶瓷艺人之手的尤物,实在太迷人了,否则,又怎么会为世人普遍喜爱,列入世界非物质文化遗产名录呢?

> 我想我前世定是男儿
> 以至今生混乱不堪

她在一首《花间错》的诗里这样写道。也许是的,很多她认定了的事儿她坚定不移,像个男儿,用牛也拉不回头。前年她驾照刚考出来,一个人驾着一部越野车,一百公里许的高速路,噌噌噌地就开到龙泉来了。做什么?买青瓷。那一阵子,她是给龙泉青瓷迷住了。买了青瓷,龙泉一帮兄弟留她住下来,第二天再回去,她不依,夜里又是一个人开车回了丽水。她说话做事,都透出一种坚定和倔强。她的诗也常常这样,慢慢道来,幽幽的,秋雨绵绵,情思缜密,表面看似平静,内里却有一个女人的坚毅和隐忍。这使站在她一旁的男儿,都得小心,一不留神,就会使自己显得不够男儿了,如果话里有什么不妥的,她当场就抢白几句,没有情面讲的。

丽隽原本画画,但她没有给我看过她的画。她也弹古琴,但她也从来不在人前弹。不像有的人,爱显摆,还没弹几天,就人前人后晒。是的,抚琴是向内的事,是寂静和自我的,不是嘈杂和给人看的。她的画和琴都会是很好的,如她的诗一般,安静,轻盈,天然,又有些迷茫、失落和幽怨,她是一个琴棋书画的女人。在《秋凉图》里,她说自己:

> 我,有着人的混沌
> 和原始野兽的单纯

我想她是看清自己的。她又是一个混沌而单纯的人。不知道如何处理人际关系,不转弯子,不妥协,像一部没有刹车的碰碰车,直来直去,碰破了头也不回头。作为市作协主席,她努力开展各项工作,热情,有原则,秉公办事。那一天,她陪同省作协臧书记来龙泉调研,座谈会上,她努力为当地作者争取作品发表平台,领导答应帮助在省作协刊物上开辟丽水专栏时,她喜形于色,有如自己中了大奖似的。作为《丽水文学》的责编,她对来稿品质把关甚严,即便一些老作者,也不委婉、不苟且。一本杂志在她手上,风生水起,焕然一新。对于文学,她像原始野兽一般单纯和执着;对于处世,她又混沌而固执。有时我们也说,迂回一点,妥协一点,讲究方法一点。她也知道其中曲直关系,但是,她做不到。说心里话，我赞同她的这种精神异质，若连灵魂也要与俗世和邪道相让，又安能善存于世？

叶丽隽似乎不怎么花心思于外表，齐眉短发，干净利索，保持着一个女诗人的体面和优雅。场合上，偶尔一身旗袍，光彩照人。某种程度上说，诗是一个人的灵魂。读她的诗，我常常将其所呈现的外在联系起来，二者何等相若。她的许多诗篇，如《蛇舌》《雄黄》《在母亲家的庭院》《歧途听雨》《草事》等等，正如诗人乐思蜀所言，"散文化的叙述方式，舒缓的节奏和语调，绵长、柔婉的气息，欲说还休的国画式留白"，呈现的是"个人的生命体验和人生隐痛"，"即便是山水诗，也都是融入了个人元素的'自我山水'""让个人情怀变得烟波浩渺"。她的诗，是这样的，乐思蜀将其称为"叶氏叙述"风格。

去年冬天，她让江晨给我带来一本她新近出版的诗集《花间错》。翻开扉页，上面空白。赠我书，何不签名？把电话打过去，一言谢，二索签。她说，不写了吧。话里，我体味到一点什么。是的，对于某些俗世所认为的必要，却是没有必要的。我读书有三个地方：书房的桌子前，寝室的床头上，阳光下的椅子里。我把《花间错》与床头柜上其他常读的书摆在一起，睡觉前，读两首。读过了，用书签隔开，不留折痕。读书蘸口水、折页，都是粗鲁的行为，尤其是对一本好书，是不相配的。

2015.3.20

马 叙

崇贞巷3号，在进行马叙的画展——"无缘无故的世界"。崇贞巷3号是一幢老房子。进入大门越过天井，一排木门窗，是老的。天井是老的。屋里的木楼梯、木楼板、白粉墙是老的。书架和桌子上摆的书，20世纪八九十年代的文学期刊和书籍，是老的。这里是一个书吧。马叙把他的水墨从画室里搬来，与崇贞巷3号摆在一起，与古老、简单、宁静摆在一起。

我从瓯江源头过来，走了八百里，至入海口乐清，参加马叙的"无缘无故的世界"。我几乎是踩着开幕式的时点抵达崇贞巷3号的。这里已经有很多人了。有很多我认识的人，有很多我不认识的人。认识的人都是写作的，都写得很好；不认识的人想必大多也是写作的，或者是画家、书法家。他们或站或坐，以各自的方式参加马叙的画展。他们散落在崇贞巷3号的每一个房间里，或者叫展室里，静静地看画；或者散落在房廊上、天井左右两侧的茶座上，喝茶，闲话，静坐。没有喧哗声，喧哗属于闹市。我从漆皮有些脱落的绛红色木门进去，混迹其中，犹如一枚鱼，掉进了无缘无故的世界里，掉进了马叙的水墨里。

书吧是用来读书的，也用来喝茶、喝咖啡、抚琴、浅斟低唱，现在，马叙用它展览水墨画。作品挂在每一个房间的墙上，楼下楼上，有近四十幅，这是他所有水墨画的一小部分。崇贞巷3号散发出书卷的香味，散发出茶、咖啡、酒的香味。马叙的水墨香味与这些香味混在一起，很浓厚。我在这些浓厚的香味里移动，在马叙的水墨跟前移动。慢慢地读马叙的画，突然，感觉马叙的画像是从这幢房子里上长出来似的，像从书里、茶里、酒里、咖啡里以及琴声里长出来似的，像从时间里长出来似的。马叙的画是这里沉积了许多时光的书香里的一部分。我在马叙的画里读了很久，然后选了一张椅子，坐下来。旁边是一个带着古典西洋气息的台面，上面有几种切好的水果、饮料，有倒在醒酒器里的红葡萄酒。我在台子上取过一个高脚玻璃杯，倒了一点那种水果酿造的绛红色液体，呷一口，再呷一口，与马叙的水墨一起，慢慢品。

我想到了酿酒。酿酒师用粮食或者水果酿酒。马叙是一个文人，是写诗歌、散文、小说的。不过，马叙也是一个酿酒师，他不用粮食或水果，用文字。马叙在他的人生途中用文字酿了很多酒，是个技艺精湛的酿酒师。我这样想着，有一天，马叙醇香的酒瓮里，突然长出一簇酒花，像从土地上长出的蘑菇一样。他改变了方法和原料，用水墨和宣纸，画画了，出手不凡。他的画是从文字酿成的酒里长出来的，是文字和水墨搅拌在一起发酵之后酿造出来的。他的画就弥漫着浓郁的书卷气息和酒的香味了。

马叙的画是文人画，是他全部文字的一部分和延伸。他的文字和画是一样的，区别不过是表现手法和介质不一样罢了。因此，读马叙的画就像是读他的小说、诗歌、散文一样，画里有文人的情趣，画外有文人的才思。我想起了丰子恺，他们何其相似，在他们的画里，都有着完善的人品、学问、才情和思想。马叙的画需要慢读细品。

一只鸟，一棵树或者几棵树，几枝树杈，几枝芦苇，一片云和一个日或月，一片山水，一只船以及某个器物，一个女人，一个小孩，一个男子或者两个，一只小动物，猫或者狗……这些是马叙的绘画呈现。简单，活泼，生动，神形兼备，用墨不多，不着色，或者少着色，题上他所拿手的文字，盖上印章，留下空白。然后，画意、情趣、才思通过这些简单的对象和题字延展开了，延展到画幅外面，高远空域、繁复人间，以及比大自然更高远、辽阔的人心里去了。南北朝的谢赫说画有"六法"：气韵生动，骨法用笔，应物象形，随类赋彩，经营位置，传移摹写。马叙的画气韵生动，有灵气，富有精神气质，弥漫着一种淡淡的禅意。这种精神气韵和禅意借助他的笔墨技法恰如其分地呈现出来。

　　我先是从文字上认识马叙的，他是一个写作高手。后来，他画画，我又进一步认识了马叙。去年夏天，他始画水墨。几乎同时，我也在画。可是我才疏学浅，没几日，就束之高阁了。而马叙却马不停蹄，一路走远，竿头直上，日就月将，突飞猛进，彩笔生花。画鸟、画山水、画人物，很快形成了自己的风格。概括，抽象，夸张，拙笨，充满想象。马叙中文科班出身，不是美院派，他的画没有束缚，没有匠气，是自然的、天生的，是从文学的土壤里自然而然长出来的。他的"一撮毛"系列里，那个人物像古人、今人、文人、老头、粗汉、市井人物，穿着肥厚衣衫，头顶一根小辫子，身份不甚明确。小辫子增添了人物雅趣和调侃意味。他饮酒、喝茶、闲坐、对弈、闲逛、抽烟、逗鹰、抚琴、骑驴、舞剑、望月、望秋、读云、纳凉、敲柿、猎鸟、读书、赏花,逍遥自在,无拘无束。他固执、倔强、不争、呆头呆脑、随遇而安、玩世不恭、悲天悯人、愤世嫉俗、深沉、安静、忧心忡忡、怒气冲冲,似当下一些文人的影子。马叙画猫、画狗、画鸟,也都赋予了动物们的灵性和神韵。那只趴在地上,瞪着一只螳螂想心事的狗;那只气呼呼、噔噔噔地迈着大步,嘴上念念有词"我有偏见"的狗,都表现出了马叙在气韵生动、骨法用笔、应物象形、经营位置等方面具备很高的水准。

  在屋内看的时间长了,我退了出来,退到崇贞巷,退到环城西路和运河旁,站远了一点去读马叙,并在箫台巷、集贤巷转了一圈。这是乐清一片古民居,没有现代建筑,没有被开发利用,这里很安静,我喜欢在这样的地方待着。这里的许多民居经历的时间都已经很长,门楣、天井、屋檐滴瓦、门窗楞多有过装饰,有过精雕细刻。马叙的画像这些建筑,像这些建筑物的一部分。我又想起马叙为这个画展所设计的邀请函,觉得马叙是一个认真而讲究的人。他把时间写得十分精确,不是9点30分,是9点36分。这样除了强调时间之外,想必有他另外的用意。为这六分钟,我提前出发,宿丽水,赶在9点36分之前抵达。

  有一点遗憾,马叙没有把他的画全部拿出来。他还有一百多幅画藏在家里,展出的只是冰山一角,这使我不由得感到,这里有一种力量在积蓄和待发。他跟我说,十月,他将在北京798举办"我有偏见……"画展。北京798是艺术的殿堂,我听了很欣悦。

2014.9.24

剑村 儒窑 以及竹云山居图

剑　村

　　剑村，剑之所在。龙泉城之西郊，瓯江北岸。村，指村坊、村庄、村井，有别于城。剑村，显示了主人之谦让，也显示了主人之底气和自负。胡小军，字译夫，号剑村，为剑村村主，青年铸剑师。中高个，丝边眼镜，平头，布衫，一如其剑村，谦恭，爽朗，儒雅，文质彬彬里透出一股英气。龙泉城，铸剑师藏龙卧虎，祖师为两千五百年前的欧冶子。春秋末年，瓯冶子在龙泉秦山南麓铸剑，得龙渊、泰阿、工布，为楚昭王所有。龙渊，即龙泉，名垂千古，绵延至今。龙泉历朝历代，铸剑师层出不穷。

　　这是一个锻剑的过程。

　　丰硕深秋的午后阳光，静卧在剑村两扇竹篱门扉上。树静，风轻，云淡，阡陌交通，鸡犬相闻，金黄色稻田辽阔，几位农夫在平静地收获。剑村，处于这片质朴自然、安宁和乐之中。炉膛是火焰的故乡。火焰蛰伏在黑色的松炭下面，燃烧。一柄短剑的坯体，蛰伏在燃烧下。师傅微胖，沉默，脸无表情，似乎不专注于炉膛的火焰和剑坯。

　　微胖师傅在抽烟。他用了三分钟时间抽掉一根烟，把海绵嘴弹入炉膛。一束阳光从车间外面进来，也被他弹入暗焰蛰伏的炉膛。他喝茶。茶缸置于炉膛右侧的木架上，与一堆铁钳、铁锤、剑坯摆在一起。他端过茶缸，拧开上面的塑料盖，仰头喝了两口。从茶色上看，很浓。他没有把口腔里的茶水轻易吞下去。含在口里，停留片刻，似乎在享受茶的苦涩。第一口是这样，第二口也这样，然后，咕噜一声，吞下去了。像某一个重物，咕噜一声，沉入井底。之后，他转过身体，右手扶住风橱的拉杆，牵动了两下，胸有成竹的样子。炉膛里蛰伏的暗焰立时跳跃起来，像火妖的披巾，猛烈，通红，透明，薄如蝉翼，掀动起几粒燃烧的松炭，在炉膛里跳跃，发出呼呼的声音。微胖师傅这般操控着炉膛里的火焰，又牵动了两下风橱。这两下是短促的，像是在跟谁对话。我猜测，他是在跟火焰对话，或者，跟火焰里的剑坯对话。

　　胡小军走过来了，与我们站在一起。他的丝边眼镜后面，露出一丝欣喜的目光。我们继续站在锻剑车间一侧，看微胖师傅锻剑。微胖师傅左手取过一把铁钳，伸进炉膛，将里面一柄短剑挟出来。这是一柄还未成型的宝剑，是一块烧红了的坯铁，如蛇舌一样在空气里发出咝咝咝的声音。我明白了，微胖师傅刚才两下短促的拉动，是在跟这根坯铁说话，他说：兄弟，要委屈一下你了。坯铁被置在铁砧上，继续发出咝咝咝的声音。微胖师傅抡起挂在铁砧上的铁锤，对准通红的坯铁一阵猛打。一下一下，铁锤从坯铁的头部打到尾部，又从尾部打到头部，折叠，翻转，再一下一下地锤打。铁与铁碰撞，铿锵，火花飞溅。

微胖师傅手上的坯铁在折叠、翻卷、延伸、变形，渐渐暗下去了。他把坯铁插进一旁的水桶，立即，水面上冒出一股吱吱的白烟，四周弥漫着铁与火的味道。坯铁还未成型，还要丢进炉膛里燃烧，继续锤打。坯铁要在炉膛里燃烧一百遍，在铁砧上锤打一百遍。微胖师傅又牵动风橱，抽烟，喝茶。炉膛里的火焰继续发出呼呼呼的声音，松炭在火焰的皮肤上跳跃。微胖师傅朝我们露出一丝诡异的笑，说了一声："打铁这事，跟揉面团一样。"

胡小军告诉我们，这就是古代传统的百炼钢的由来。一块铁每折叠一次，就出现一道纹路，折叠上百次上千百次，就出现无数道纹路。纹路天然，出乎意料。宝剑经过一次次锻打，去掉钢中的渣滓，本质更纯、更致密、更均匀、更坚韧，以致削铁如泥、吹发可断。

剑村每一把剑都是孤品，纯手工打造。锻打，粗磨，细磨，雕刻，装配，几十道工序。一把孤品剑，制作须要半年，甚或更长时间。胡小军带我们去了粗磨车间、细磨车间、装配车间，我们看到了一把剑的其他几道工序的制作过程。

胡小军的祖上，是明朝开国元勋胡琛大将军，他是第二十一世孙。但到胡小军前三代，胡家既无人舞刀弄棒，亦无人铸剑打铁。胡小军曾游学各地，倾心钻研中国古典刀剑制作，融各门派制剑之所长,专门为个人特制高端刀剑、个性化刀剑,闻名业界,在龙泉传统刀剑制作中独树一帜。胡小军铸剑声誉突起,2007年成功为电影《赤壁》每个主要演员量身定做孤品剑。电影放映时,导演吴宇森在片头给他锻造的一把"周瑜剑"近两分钟特写,音乐震撼,凛然之气扑面。其铸剑精湛技艺,使他获得中国电影集团颁发的中国电影一百年来首个"中国电影道具金奖",赢得《孔子》《画皮》《太极》《大闹天宫》《王的盛宴》《道士下山》《军师联盟》等影视刀剑订单,也吸引了国内诸多刀剑爱好者。胡小军几乎成了导演吴宇森的御用铸剑师,成了中影集团刀剑合作伙伴。

剑村的孤品剑,皆胡小军自行设计。他坚信,一把刀剑作品,必须先有用心的设计,才有作品的高度和深度。夜深人静,坐在案前,冥思苦想,来了灵感,便铺开纸张,画了起来。有时,一把剑,他会不厌其烦,茶饭不思,几易其稿,直到满意为止。这种满意不仅是剑的造型和外观装饰,更有剑的来历和佩剑者身份的吻合。剑村每一把剑,均有出处,或史书,或文学作品。胡小军深研历代刀剑型制、工艺、图纹配饰、历史背景,熟读大量武侠小说,熟识诸多史籍和典故。

剑村,胡小军设计室。几卷设计图纸摊在案上,专用设计纸、普通纸,甚至学生习字簿,大大小小,上百张。每张纸上都画有一把剑、剑鞘,及其局部。有草稿、设计小样;有完整的、工整的、精致的施工图。一些图纸上沾了污渍,是工人们在使用时留下的手印、汗水。胡小军的刀剑设计随性、灵感、精准、高端、独有。他的设计没有太多讲究，随手拉过一张纸片，把灵感画在上面。这些图纸里，有著名的金兰剑、永乐剑、土司剑、长汉剑等，选材极其考究，工艺极其复杂，装具极其精良高端，为国内诸多名流珍藏。

剑村南面，是著名的八百里瓯江，清澈见底，波澜不惊，倒映着两千五百年前欧冶子铸剑的身影，奔流不息。

2016.10.6

儒窑

临沂儒窑。白地青花瓷。在素烧的泥坯上作画：山水，花鸟，草虫，瓜果，人物，书法，纹饰。画、泥、釉，在火焰里交融。猛烈的、宁静的、封闭的、透明的火焰中，坯体脱胎换骨，涅槃成青花瓷——精美的、工整的、闪亮的、冰清玉洁的青花瓷。

窑主韩广叶，身边的人叫她叶子。认识叶子将近十年了。十年走过的路、认识的人，记住的、留下来的所剩无几，不被时间冲走的，是金子。现代通信让世界变成村落。当然，如若无缘，即使咫尺，亦然山水万千，如居于地球的背面。叶子是北方人，却有着南方女子的婉约和纤巧。娴静，善良，不争。博客是一个大森林，什么人都有。遇到一个气盛者，丁点儿文字上的事都要争个我高你低，还出言不逊，叶子也不与这种人争去，你厉害，你能，我不说，我走人便罢。赢者不一定是在台上呱呱直叫，而是走下来，对叶子的印象便是这般好起来的。

　　叶子的诗和文章都写得甚好，还看过她写的两个小说。以为她会把甚好的文学进行到底（其实至今她仍没有放弃文学）。有一天，突然发现，她习画了，画水墨山水。博客里就常常看见她更新的水墨，以及她与画友们在大山里写生的照片。她画沂蒙大山：悬崖乱石，草木稀疏，老树苍劲，沂蒙山脚下的村庄有别于江南，有一种冷峻、疏朗的特质；画石屋、村巷、老妪，以及散步的狗，沂蒙山东，鲁味儿十足。还有树木、果实、疏篱，也是叶子绘画的物象，村庄外面有待开镰的金色麦田也是。看叶子的画，会看到画里有她的气息和影子。好的画作和好的文学作品一样，作者的精气神都会出现在自己的作品里的，是一种情不自禁。我经常看到叶子出现在她的画里，有时甚至具体起来：裙裾，帽子，大围巾，与一个老妪依偎，静静地坐在一块石头上——叶子的模样是这般的。她也常常笑，其笑也是这般安静的样子。我怀疑，她是否天生就会画画？

　　有一次，我们谈写作、聊画画，又说到瓷。她说她要做瓷，我就欣喜地告诉她龙泉青瓷——陶瓷世界里一个帝国，建议她来我的地盘看看。但她不为之所动，我一再宣扬龙泉青瓷历史悠久、文化底蕴深厚、几度辉煌和至今宏大规模，但她仍然很冷静的样子。她说，对于青瓷她心怀敬畏和仰慕，一定要去拜访，但不是现在。她要做的是白地青花瓷，简称白瓷。白瓷与青瓷有许多不同。白瓷可在上面作画，艺术家们可在上面再创作。青瓷是不适合在上面作画的，青瓷之美在于典雅、恬淡、悠闲的气质，是内敛、沉静、自信的。青瓷温润如玉，无须在上面作画，否则，既损了青瓷的韵味，又坏了画的感觉，两美同框，相争相克。真是英雄所见略同，我们之认识不谋而合，看来她对各种瓷是有过一番考究的。当时，以为她只是说说而已，不想，她真的做起来了，还打出"儒窑"的旗号，聚集了绘画、文学、书法以及其他各界人气，做得有声有色，风生水起。

临沂文化创意产业园。517艺术区有很多经营艺术品的店铺和手工作坊，儒窑画室所在的鸿儒美术馆，无疑是最显眼的一座建筑物。深灰色外墙，现代，别致，抽象，像一艘乘风破浪的大船，英国世界级建筑设计师克里斯托夫·李的作品，据说是世界上最具特色的十家美术馆之一。这一天，我从胶东来，乘着夜色初次抵达临沂，要见儒窑。叶子带我来到这座建筑物跟前，打开其中一个房间，儒窑的一角真实揭开。白色灯光下，儒窑工作室呈现。这之前，在叶子的朋友圈里，常出现各路英雄在儒窑工作室画瓷、看瓷、交谈的情景，一个高雅、实在的场所。现在，这里很安静。窗台、墙脚、陈列架上都摆满了瓷器，各种器形的青花瓷，各种器形的坯体，瓶，壶，碗，碟，盘，文房四宝，大的小的，形状各异。居中一个巨大的工作台，占据了画室大部分空间，上面也摆满了瓶瓶罐罐，已经画好的，还没有画的。我坐到其中一个用以画瓷的托盘前，旁边是毛笔、钴料，以及各种素烧过的坯体。我有了画瓷的冲动，在一个斗笠杯、两块镇纸上画了荷、鸟和水域。这个过程，我感觉到自己的纯粹和儒窑的纯粹。尽管我对儒窑的感受还处在浮泛、表皮阶段，但我已经感觉到儒窑和它的主人的纯粹了。我想，所有来到儒窑的人，都会自觉或不自觉地纯粹起来，与强大的商业化保持距离，一种与俗世和浮躁的距离。

　　离开临沂的中午，叶子在儒窑附近一个新开张的商铺请我吃火锅。隔着窗玻璃，商铺外面，是热闹的街头。我们在热闹包围的安静中，把午餐时间吃得悠长。说到儒窑时，她说，她不曾做过广告宣传，不想让儒窑沾上过多的商业化气息，目前，她正准备把建盏引进儒窑，再是陶艺、紫砂，这些都是纯粹的、艺术上的、工艺上的。她说她只想把自己喜爱的艺术做成自己喜欢的样子。说到文学，她说她还没有离开，还在读各种文学书籍，偶尔也写一点。这我知道，对于文学，她是不曾离开过的。说到画，她说她对自己的画是越来越不满意了，过去的画，没有一件是满意的。我想这是肯定的，看到自己的不足，便是进步。山东是书画大省，高手如云。历史上，孔子、墨子、颜真卿、王羲之都是山东人，影响了整个中国的思想文化和书法走向。火锅里，汤水的味道很浓，在滚动，上面弥漫着白色的热气，里面涮着牛肉、蘑菇、粉条、豆腐、青菜。隔着蒸腾的热气，我越发觉得叶子不像一个北方人，她该属于江南的婉约和娴淑。我想，她在临沂这块厚土上，能写出好文章、画出好画、做出好瓷是无疑的。

2016.10.30

竹云山居图

邵建军的竹云山居在龙泉中职校附近。一处乡间民宅，土墙草瓦，掩映于翠竹之间。屋后青山，屋前稻田、菜地，几棵阔叶树将大马路、高楼往远处推开，闹中取静。邵建军是龙泉中职校的外聘青瓷老师，在我看来，他的竹云山居也是中职校的延伸部分。邵建军老师教陶瓷造型，这名称比较学术，通俗的叫法就是拉坯。他的竹云山居有接待室、陈列室、工作室、作坊，接待室有一张老原木大茶几，一圈人围坐四周。他坐中间侍茶的位置，给我们泡老白茶喝。用来喝茶的茶具都是他的作品，各种草木灰瓷器，造型各异。

他取过一个梅子青斗笠杯，打开手机电筒，放在瓷杯上面让大家看，瓷杯通体晶莹剔透，一如美玉。"这个杯的泥胎只有一毫米厚，釉渗透泥胎，釉泥相融，才能烧制出这种透明度高、晶莹如玉的瓷品。"他说。

一团泥巴，在瓷师的十根手指间转啊转的，被拉成一个预想中的或者预想外的器具，器壁只有一毫米，这该是怎样的状态呢？我设想，这是一场在比重上极其悬殊的较量和相持，一个体重一百二三十斤的身躯和一个飞动的薄如蝉翼的形器之间的对话，我想，这当中所要求瓷师的不单是其个体应具备的技艺，更是这个个体的某种修行。瓷师的指尖在触及那一团泥土之前，他已经彻底沉静下来，摒弃了头脑里盘踞的所有的俗世杂念，以及内心的负重。一切都已经简化，唯有十根指尖上的力量，通过心灵，把力量传递到指尖上，抵达心灵与指尖的高度统一和专注。手指在一抔泥土里掐进、划拉、移动、收放、挑剔，一点一点于秋毫之间抵达器形之精确、之造化、之神奇境界。我再度设想，如果那个拉坯的瓷师或者工匠内心稍有一丝羁绊，有滴答一声分心、走神，那么，他在快速旋转的只有一毫米厚的泥胎上的手指就会有丝毫的颤抖，或者出现汗渍，转盘上的泥胎子就变形了，走向不确定，或许出现意料外的效果，或许瞬间坍塌。

邵建军放下那个斗笠茶杯，又举起一个造型略显厚重的杯具，还是用手机电筒，照亮那个杯具底部。杯底出现一朵莲花，晶莹，如玉。这是一朵在一毫米厚的泥胎上雕出来的莲花。

"此杯叫水中花。"他说。

谈到一个龙泉青瓷原材料的使用问题。龙泉青瓷使用两种瓷土：本地泥和德化泥。本地泥采撷于本地山川，通过破碎、碾磨、淘洗、过滤等工序形成；德化泥购于福建德化。前者的形成过程繁复、粗陋，存在诸多不可知性、多变性、不稳定性，原料取于不同地方。不同的地质和岩石，其品质都将不同，使用过程中，须要瓷师、工匠以丰富的经验，悉心配方，反复测试、调制，方可抵达理想的效果。后者是工业化、数据化、标准化之下形成的生产原料，品质稳定、单一，在使用过程中无须工匠们做过多揣摩，只要掌握其固定的配方和方法，即可批量生产，生产成本较之前者便要低了许多。我问邵建军：两种原料所生产出来的产品质量和艺术效果是否一样？他说完全一样！

"就某一产品而言,都可以抵达一样的质量高度,不存在哪种原料品质的好坏问题,甚至后者产品质量更趋向统一和稳定,前者趋向多样性和不可控性。"

"你的工作室使用哪一种瓷土呢?"

"本地泥。"

他立马回答。过后他似乎觉得这样还不足以表达其在选择原料上的态度,又用了"从来不""一律用"进行强调。他说自己从来不用德化泥,说自己的产品一律用龙泉本地泥。如果从经济效益、生产成本、批量生产等商业化角度上考量,选择德化泥无疑是正确的,便宜、方便、成品率高;如果要拉制一个一毫米的器具,德化泥要容易得多。龙泉泥的成品率还不到德化泥的一半。

"目前龙泉许多厂家和瓷坊,用的都是德化泥,大量的德化泥被一车车地从福建德化运往龙泉。"他说。

我知道,邵建军拒绝使用德化泥有其良苦用心,有其本土情结和坚守,但我还是要问:你为什么不用德化泥呢?他显得有些激动,丢开了之前泡茶说话的悠闲神态,变得侃侃而谈,语速、语音都提高了几度。他一会儿站起来,一会儿又坐下,一连从作品陈列架上取下多个瓷器,比较着说明每个瓷器的釉色、纹路和感觉,教我们辨认德化泥与本地泥产品在胎色上的区别,介绍不同地形、地貌岩土的性质和炼制效果,述说自己如何寻找、提炼、调配本地泥的过程和艰辛,述说本地泥的丰富多彩和神奇效果。如此,大家足足听他谈了一个多小时。

"我如此而为之，就是当后人在面对当下青瓷制品的时候，不至于对它的纯正性感到迷惑、迷乱。为了继承和保护龙泉青瓷血统的纯正性，我一直都在努力追求和坚决捍卫。"

这种坚持包含了一个青瓷人多少情结、爱好、修炼和技艺？我拿眼几次打量眼前这个激动的、侃侃而谈的瓷人：约一米六个头，略胖，圆脸，四十岁开外。他对龙泉青瓷的痴迷和不倦追求，使我有了某种敬畏。龙泉瓷界有许多国家级大师、省级大师，而他不是。如果用此种俗世的眼神去看他，他不出类拔萃，只是许多普通青瓷工匠和艺人中的一员。但是，他的特立独行，他的修行和执着，以及近乎苦行僧的坚持、追索，在龙泉瓷界却是少有的，难能可贵的。说到最后，他已然忘记给客人泡茶了，激动，坐立不安，一件一件托举起他的作品，比画着，述说着，彻底沉浸在他的青瓷帝国之中。

龙泉青瓷日见繁盛的当下，我有时不免忧虑：龙泉青瓷经得住利益最大化、商业化、产业化的冲击和融入吗？会不会有朝一日丢失本真而变成一个毫无特色的公共之物？邵建军的一席话，似乎就是针对我的忧虑而言。使用本土原料，制作草木灰瓷器是他的青瓷作品的一大特点。他详细介绍了用草木灰配制釉色的过程和奇妙效果。他以针叶草木灰和阔叶草木灰为例，说明其二者配制的瓷釉所烧制的瓷器在花色、花纹上出现的不同效果。针叶草木灰由于含有油脂成分，釉在烧制时会产生丝线状花纹；阔叶草木灰配制的釉，烧制的瓷面花纹呈掌形。

"经过大量的摸索和实践，我深深感悟到大自然的神奇和美妙。大自然才是真正的老师和艺术家。对于大自然，人类只有发现和服从。"他将一件绀青色、乌金釉的斗笠杯举之胸前大声感慨。这是他的一件得意之作，釉色、器形，以及整个视觉效果已然无与伦比。

　　后来，我注意到他的每一件作品底部，都有一个形似蝌蚪一样的螺旋状隐形图案。"这个图案是我在制作这个作品时，手指第一次触及胎泥时留下来的。转盘不停地旋转，这个手指的最初触及，到最后器具形成收尾，它都一直保持在器具上。"我想，这个旋涡隐含了邵建军对传统青瓷始终如一、孜孜不倦的追求，也是他的作品标志。

　　可能是坐得时间久了，觉得室内人多空气有点儿闷，我起身走出屋外，舒展了一下四肢。竹林子上面，一朵云在移动。一朵云在竹云山居图上面悠闲自在地移动着……

2016.5.9

遇见呈坎

五个引路人

事实上,我是这样被吸引到呈坎去的。

在宏村,坐上黄山市旅游公司大巴,还不知道呈坎。大巴经西递,去屯溪,我的坐位在驾驶室后面,司机问我去哪里,我说去歙县。棠樾的牌坊群,一直在那里等我去看。"歙县还有哪些古村落?"看司机热情,我顺便打听了一下。

"呈坎。"司机说。

初次听到这地名,怕记不住,问怎么写。司机说,呈现的呈,坎是土字边一个欠。

"呈坎可有吃有住?"

"有的有的。"于是,我决定去呈坎住一夜。

歙县在屯溪前方,旅游大巴不去歙县,只到屯溪。屯溪与歙县之间的交通工具是小中巴,每隔五至十分钟一班。在屯溪车站我上了一部小中巴,途经岩寺镇。小中巴车司机说:岩寺至呈坎近,你从这里下车。

司机把我下在岩寺的马路上。我犹如空降而至，举目渺茫。

下雨了。一辆红色小车嘎的一声停在我身边，问我去哪里。我说去呈坎。司机说："上来上来，这就送你去。"简单问过价格，也没多想就坐上去了。

在车里，才发现这是一辆貌似小轿车的摩的。摩的司机问我除了呈坎还打算去哪里，我说牌坊群。摩的司机说，那你先去牌坊群，再去呈坎，这样时间安排紧凑，如果从呈坎回来再去牌坊群时间不好安排。初听觉得也对，就由着摩的带去牌坊群。后来一想，对我而言其实是一样的，不过对于摩的司机来说是多做一点生意，绕个道，多收二十元。

雨越下越大，冒雨看过牌坊群，到呈坎，雨还在下。摩的声音特别响，山道歪歪斜斜，一路担心，后悔上错了车，好在安全抵达。

呈坎，锁在雨幕里，细雨霏霏。

走过村口一片水域，杨柳依依，小桥如月，迎面立着一个男子，颇似读书人，背景是一面斑驳老粉墙和紫藤。

"住宿吗？给你带路、讲解。"

"谢谢，不用。"

男子两项服务，此时我都不需要。住宿我自有要求，要自己寻找。人还处在奔走当中，哪有心情听你解说？既然打算住下来，就没有必要背着行李，那么匆忙。身不安，何以心安？第二项服务也是浪费。一个千年古村，须慢条斯理、从容看过才是。

在黄山市旅游公司大巴上，那司机说，呈坎是按《易经》八卦风水理论布局的，水火相克生万物，有二河三街九十九巷。黄昏进入呈坎，之初听着没有感觉，现在还真犯迷糊了。逼仄，纵横，濡湿，幽暗，每一条古巷都散发出明清以远的气息。拖着拉杆行李箱，穿梭其中，寻找，打探，渐渐露出神色疲惫、颠沛流离的样子，身份早已被人识破。

"要住宿吗？我带你去。"一个戴斗笠的村妇从对面走来。

我还在踌躇，她便伸过手来要拎我的行李。此时，我没有谢绝村妇的帮助，也没有让她提行李。迷宫一样的街巷使我无所适从，还有天色越来越沉了。

我跟村妇谈起对旅馆的要求：老屋，楼层，木梯子上去，推开陈年木窗，吱嘎一声，窗外是一片水域，田野、古巷、绿意、鸟鸣、清新空气，吱吱嘎嘎地跑进屋里。村妇依照我的描述带我去了两家老屋，都已客满。我仍不轻易放低标准，自己再找，在街巷之间，渐渐地把体力耗掉、耐心耗掉、希望耗掉。环秀桥的亭子里坐着一些闲人，我从他们跟前走过，在"汪一挑"小吃蓝布幌子下面，疲惫地坐了下来，脚从鞋里褪出，将一双被水泡胀了的皮鞋晾在一边。

一个男子乐呵呵走过来，看上去有一点猥琐，他说我要求的那种旅店很多，可以带我去找。他把我领到中英街，领到一排老屋墙跟前，从一个旧大门进去，里面是新盖的农家小院。一个年轻的妈妈，带着一个小男孩，带我看了她家的客房。这里不是我之初想要的，却也干净、安静，便苟且安顿下来。那男子没有问我要小费，而是在年轻妈妈耳根旁轻语了一声。年轻妈妈说，房价一百二十元。我知道这房价所包含的成分，不再说什么。

一个小酒肆

雨停了。其实雨整天都在下，说雨停了，只是没有淅淅沥沥的雨，空气中仍弥漫着稠密的雨雾。在雨停了的一会儿里，我走出投宿的农家小院。我要找一家酒肆，坐下来喝一盅。找不到想要的旅店，总得找一家想要的酒肆，慢慢来消受这偶遇的村落。

众川河上，那条街叫前街，上面有一家酒肆。酒肆对面是一排临水古屋，环秀桥在不远的右侧。酒肆的房子很老了，墙体上的白石灰大部分已经掉落，没有掉落的也已经改变原来的颜色，露出古老的砖块。屋里，有柱子、楼梯、几张老桌、老凳；青砖地面，老得坑坑洼洼；内墙石灰皮也掉了很多，篾箩、箬笠，以及一些农家用品挂在剥落的墙体上。酒肆老板娘一袭青衣，披一块蓝底白花头帕，系一块同样蓝底白花围巾，略胖，碎步走路，在前堂嘻嘻嘻地招呼客人。夜色已重，屋内灯影昏沉，嘻嘻嘻，嘻嘻嘻，仿佛老屋的每一个角落，都有老板娘的声音。我要了四个小菜，一荤三素。她一一给我端上，然后嘻嘻嘻地问我喝点什么，我问她这里有什么，她嘻嘻嘻地告诉我她这里有十年小米酿，一个胶东朋友送了她两坛，是留着自己喝的，每晚喝一小杯，已经喝了一坛了，让我不妨也品尝一下。这般新鲜小酒,自然是好。嘻嘻嘻,嘻嘻嘻,老板娘笑着去里屋端出一个老土坛子,泥封还没有揭开。我赶紧叫她等下,让我先给酒坛子拍张照。她就一旁嘻嘻嘻地看着,等我拍完照,她蹲下去给酒坛揭泥封。好一阵才揭开,然后她侧眼往里瞄了一下:"嘻嘻嘻,都蒸发了,剩半坛了。"我酒量小,先要了一小杯。

"看你是一个讲究的人,我给你换一只瓷杯吧,嘻嘻嘻。"老板娘笑着撤走了我跟前的玻璃杯,换上青花瓷。

小米酒倒在青花瓷杯里呈深浆色,黏稠,有如琼浆玉液。我呷了一口,酒香醇厚甘甜,连道好酒。其实,我对酒是外行,平常少喝酒,对酒的要求是要不凶,口感好一点,不那么难下口就行。

酒肆里之前还有一帮客人,后来走了,只剩下我一个客人。酒肆老板掌勺,这时歇下来的老板走出厨房,在我的桌子跟前搭讪。老板戴一副眼镜,约四十岁出头,像个憨厚的读书人。我问他学什么的,起初他谦虚,说自己是粗人。后来,说自己是学酒店管理的,前年刚从青岛过来,花了十万元买下这幢老宅,用以餐饮经营。他说,老宅后面还有一部分,用来做客房,已经买了十几张雕木老床,也准备开张了。看来,这个青岛汉子是要在呈坎干一番事业了。我邀他坐下来喝一杯,他说自己刚喝过,推辞了。我也没有多喝,酒虽然好,却陌生,地方也陌生,不敢多喝。

一夜听鸟声

投宿的农家小院把唯一一张木雕花床给了我。夜里雨大，躺在花床上，总是处于浅睡状态。雨声将我的浅睡笼罩着，耳边始终是哗哗哗的声音。

还有一只鸟，在我的浅睡旁边鸣叫，似有似无，非远非近，与我的睡眠混淆在一起，仿佛是从我睡梦里长出来似的，像黑暗的辽阔的土地上长出的一棵瘦弱的豆芽，成了我睡梦的一部分。

鸟鸣不止，悠长，有时似要飞离我的睡梦，有时又似要把我从睡梦里唤醒。有几回，我似乎要被鸟鸣声唤醒了，闭着眼睛，注意听它的音色和节奏。这似乎是一只神秘的鸟，发出的每一个声音都不尽相同，都是变化的、悦耳的、捉摸不定的，紧慢，长短，高低，抑扬顿挫。迷糊或者朦胧之中，我试图记住它的一两声叫法，与它后面的叫声比对，结果我没有比对出相同的叫声，而且把之前试图记住的声音也忘记了。后来，我的睡眠渐渐沉重起来，鸟鸣没有唤醒我的睡眠，反被我的睡眠覆盖了。等到我再度从半睡眠的状态里醒来，睡梦里那个优美、悦耳、神秘的鸟鸣声没有了，留下来的空白为叽叽喳喳的麻雀声填满。这是什么鸟？我对鸟类了解甚少，说不出它的名字。我想，此鸟肯定与呈坎有关，与这个季节有关。

天晴了，路面潮湿。有坎的地方有积水，是夜雨留下的作品，能照出蔚蓝色的天空。在这个被大雨洗过的早晨，一群村民呼啦啦地走上环秀桥，手上拎着红色的冥品盒，往桥对面的村巷走去。我想那条村巷应是通向山里、通向祖先的。昨晚酒肆里那个青岛汉子告诉我，呈坎四周有八座山，是八卦中的八个方位，形成天然的八卦阵，与村中的人文八卦融合，奇妙无比。就这样，呈坎活着的人住在村中的八卦阵里，逝去的人住在村外的八卦阵里，一代一代，于现实和虚幻两界固守一个古老的村落。

一片水域

初来乍到，第一眼看见的是一片烟雨缥缈。

一个个徽派建筑立面，非远即近，非浓即淡，非白即黑，立于水域四周。黑瓦飞檐，在雨天里飘摇。时间和雨水之痕印在墙上，白墙不白，是柔软的灰。径在水边，径上有人。洲在水中央，洲里有树，树中有桥，桥上有闲人。石拱桥，倒映水中；屋墙和人影，也倒映在水中。水中天光、山影、绿萍、白鹅荡漾。潇潇春雨，水域太过辽阔，我不知从哪里进得村去，一时无所适从。干脆在一丛紫藤树下，放下行李，打起伞，草草拍了几张照片。这是一幅绝佳水墨，需要慢慢欣赏，如村上春树所说：就像在廊檐下摆弄盆栽一样，优哉游哉地享受。

第二天起了早，在横七竖八的村巷里转悠。不分东南西北，走过几道老墙，从一个半月门出来，眼前豁然开朗，又是一片水域，以为是一个陌生地，新鲜的、之前不曾见过的另一个水域。

水域荷池旁立有一块八卦牌，上书："阴（坎），阳（呈），二气统一，天人合一。"方悟，此乃昨日进村时所遇的村水口。昨天从村外进来，由外往里看，今天从村里走出，由里往外看，不同方向的景物，景物不同的面，呈现的状况便是不同了。昨天阴雨，今天天晴，大雨洗尘，晨光曦微里的风景也是不同了。清晨的村口水域洁净、明清、宁静，犹如朝圣之地。屋宇倒影水中，荷叶探出水面，远黛悬挂一个太阳，水中也有一个，像蛋黄一样，还有六只不动声色的白鹅。晨风弄柳，柳下两只小黑狗在打闹，旁若无人，走近它们，也不回避，我们是好朋友。

一个把帽子戴歪了的保安向我走来，要查看我的门票。我一介儒雅书生，怎么成了从歪门邪道进来的人了？这保安的眼力太差，或者做事太过机械。我立在保安跟前，像一棵修竹一样笑道：我像一个不买门票的人吗？保安也不回答。我说：票放在包里，包放在旅馆里，旅馆在呈坎，呈坎在美丽的山水间，你跟我去取票可好（其实，我的门票就放在身上）？保安听了也就作罢。如果是换一个地方，我的心情或许会变得糟糕。呈坎早晨的这一片水域，实在是美妙了，我的好心情没有因此而变坏。保安转身欲走，我赶紧提醒他：帽子戴歪了。

附近传来箫声，有一个女人的背影。呈坎的风水口因箫和女人愈加幽静、美妙。

2015.6.15

海边四记

风

下午，大风。大风来临的时刻也许选择凌晨，或者上午，从正前方吹过来。前方灰色，掺杂了一点小雨。雨被大风撕散了，撒在风里，像雾一样覆在人们的脸上、扬起的头发上，以及其他事物上。灰色的前方，有一座雕塑，双帆造型，远远的，抑或一座石碑。雕塑或者石碑的背景是大海，石塘镇外面的大海。相对于大海，双帆之物是一种象征，挡不住从大海上直奔过来的风。对于大风而言，我直面的不是一座双帆之物，是大海。它的体型和局部性对于大风而言，可忽略不计。它的竖立，抵挡不住辽阔的巨大的风，只是另一种意义上的竖立，譬如纪念，譬如标志，譬如树立此物时一群人内心的独白。我迎风朝这双帆之物艰难地走去。

大风从大海上刮来，或者说在大海与天空之间的拥抱中掀起。我设想，风已经在无际的大海和天空之间挣扎、奔涌、蓄谋已久了，已经酝酿成强大的力量，突然外泄出来，铺天盖地的，往海岸上泄，往石塘镇这个海湾扑来。不过，我没有看见石塘镇的风。我所熟悉的风有影、有形状。我对风的感知停留在山里的印象。在山里，我经常看到风的身影像优美的诗句一样挂在树梢上，不住地飘，或者躲在草丛里，摇啊摇的。有时也会钻进林子里，窜来窜去。山里的孩子常在林子里捉迷藏，这些风与捉迷藏的孩子相像。石塘镇海边，风无形，看不见，没有风影相对应的承受之物，却是强劲无比，根本不是我所熟悉的形态和意境。也许呈现风影的承载之物被大风吹走了。海边没有树、草，没有悬挂物。海边当然没有悬挂物，即使有人想悬挂，大风也容不得其存在。大海边只有坚硬的岩石、礁石，是大陆架的组成部分。大陆架上有岿然不动的矮山（没有小看的意思，尽管我是从大山里来的），光秃秃的，以及沿矮山顺坡而筑的房子，一组一组，都是坚毅的房子。房子前面的海湾，渔船泊在海湾里歇息。在一组一组的房子之间是大路、小路、更小的羊肠小路。站在海边，大路、小路、羊肠小路都给一组一组的房子遮盖了。我凭借经验和推理，断定了它们的存在。住在这些房子里的渔民通过这些路，走向大海，去捕鱼，或者走向别处，做捕鱼之外的事情。

渔船也许在动，但我看到港湾里休渔的船只是静止的。我想，渔船上的红旗一定会猎猎作响。太远了，所见的渔船上的红旗只是一些小红点，不动，不飘扬，静静地漂浮在灰色的空中。我所说的石塘镇港湾边的大风的存在，不是肉眼所见，是感觉，犹如感觉思想的存在。这种感觉来得非常猛烈，必须付出我体内的全部力量才能抵抗这种感觉上的存在。

我感觉自己像一块石头,那种被风雨和时间打磨过的、表面很光滑的石头。石头的双脚紧紧钉在地上,很用力的样子。鞋底下的齿纹相对于坚硬的水泥地,近乎平板,不足以咬住地面。这种意识传到头脑,头脑就让脚趾在鞋子里自觉地收缩成叮咬状,像五条虫子叮咬一个苹果一样。这种叮咬导致我的脚在前迈的时候必须小步,身体前倾约七十度,以对抗迎面扑来的风,求得平衡。我迈不了大步,大步必然不稳、摇晃,甚至被风掀翻。我设想自己被风掀翻时的情景,像一粒石子一样在地上打滚,有多荒唐。

强劲的风还使我感觉自己是一件空衣服。衣服里装满了风,风把衣服整个儿鼓张起来,像一个飘扬的布袋。小时候我攥着父母给的粮票和角币去粮店买米,装米用的布袋是白的。这天我穿着黑色风衣,这使我感觉自己是一个黑色的米袋。里面装的不是米,是风。我在石塘镇港湾边艰难地往前面的雕塑抑或石碑走去,大风灌满我的"米袋",像帆一样扬起来。我感觉自己的肉身很轻,近乎于零。

一小步,一小步,往前挪,挪近竖立在海边的双帆模型。再说一次,它的背景是大海,淡黄色的浑浊不清的大海,好像犯了什么错误一样这么浑浊。它的颜色使我联想到之前在山东威海、青岛、日照海边看到的海,那里的海多蓝啊,湛蓝湛蓝的海。去年在溧泗列岛也看到海,尽管没有山东的海那样蓝,但也是蓝色的,没有混沌之感。现在,我看清楚了,那个以浑浊不清的大海为背景的双帆

模型不是石碑，是雕塑，是一个用钢筋混凝土打造成的雕塑，其中一片帆型上有几个字："温岭市中心渔港"。

在风帆雕塑下面，风一下子弱了下来。我环顾四周，发现这海湾像一个喇叭。风从无垠的海上汹涌而来，往"喇叭口"倒灌。体型庞大、数量无限的风，聚集在"喇叭口"上，挤压，叠加，践踏，浓缩，然后释放到港湾里面，再往停泊的渔船吹，往后面的房屋吹，往山上吹，往云朵吹。这天没有云，风就在天空中吹得辽阔。我依然无法看见风吹的情景，设想，这从大海深处刮来的风从低处往高处横扫，一层层地横扫，一个台阶一个台阶地往无垠横扫。天空和大海都是无垠，连成一片，这些风在无垠之间又回到大海，循环往复。

我做了一个转身，反个面往回走。于是乎，风不再对着我的正面吹了，风对着我的背面吹了，一切都与之前的情景倒过来了。原来往前弯成一把弓一样的躯体伸直了，打开了，像一只舒展开来的大鸟。是鹰吗？我不想做鹰，想做一只麻雀。我像一只麻雀一样顺利地登上了一座孤独的礁石，上面有一座孤独的灯塔。站在灯塔旁，大海和天空更近了。我企图在海天之间捕捉记忆里的风影，捕捉古代打从这里经过的航船。这些航船上一定装满了瓷器、茶叶和丝绸，或者明珠、象牙、香料、宝石。但海天灰蒙蒙，我的寻觅变得富有想象和悠远。

我像一只麻雀一样毫不费力地又登上了另一座孤独的礁石，上面有一座纪念亭。亭子里有一块石碑，上面的字记录下了历史上有七次台风从这座礁石登陆。这是台风登陆地。台风登陆时是怎样一个情景呢？我没有见过，无法想象。这里的风似乎更大了，从人们缩进衣领的脖子和扬起的头发上，从人们紧皱的眉头和艰难的呼吸上，我想象这里的风是台风了。我问一旁的温岭市文联主席：这风有十二级吧？不等主席先生回答，一旁的女作家抢过话说，不过两三级吧。主席先生在风里认真地感觉了一会儿，然后说，大概六七级。六七级还不是台风，台风要十二级以上。这位主席先生后来说起十几年前的一件事，他说他有一个学生，其家族的成年男人都死于一次台风。那时的渔民都是一个家族合造一条渔船，他这个学生的父亲、叔叔、姨夫、舅舅驾着一条由几个家庭合造的渔船出海，被一次台风吞噬了，再也没有回来，一个家族的屋宇轰然垮塌。渔民出海打鱼是一件很危险的事，他说，不过现在气象预报准确，还有GPS定位系统，台风海难很少了。

浪

被一声震响吸引住——突然，沉闷，压抑，混沌，震动。声音从马路旁边的峡谷传来，似一团不明之物，突然坠落，摔在峡谷里。是一条体型庞大的鱼吗？它在峡谷里挣扎？我走近峡谷察看。峡谷十几米宽，二十多米深，谷口连接大海，两侧礁石崖壁，底部封堵，坚硬，冷漠，寂静。声音是从这里发出来的。这里除了海水，没有其他。海水暗自涌动，稠密，浓厚，像一头疲惫的困兽，不停地将身体往崖壁上蹭,溅起白色的浪花。崖壁下部被海水打湿了,呈炭色,上部呈栗色,像一块烧焦了的木头。

大海无风三尺浪。大海内部蓄积了无限的力量,要释放出来,以浪的方式流露表面。眼见三尺浪头一折一折地往峡谷奔涌,一个浪头从远处突出,迅速向峡谷推进,叠加在谷底的海水上面,一层层往上叠,往前推。快速推进、挤压、涌动、叠加,直抵峡谷底部,仿佛一头被追赶的巨兽,无路可走,一头撞在冰冷的礁石上。"嘭——"刚才听到的就是这声音。脚底下的地面摇晃了一下,沉闷,压抑,混沌,震动,巨响。声音为两边崖壁夹击,在峡谷里回荡,往上冲,能量泄出。瞬间,"巨兽"把自己撞得粉碎,变成一团白色浪花,抛向空中,烟花一般盛开、散落。浪花复归海水,复归平静。谷底的海水又轻轻涌动,不停地蹭向崖壁,溅起白色的浪花。水的表面,浮着一层白色水沫。

峡谷之上,一座漂亮的单孔石拱桥,桥的一头插在对面巨大的礁石上,不设桥墩。连接桥头两端是台阶。人们爬过一段台阶,到石桥上,再爬过一段台阶,登上对面巨礁上的台风登陆亭。亭子双檐八角,像一只欲飞的大鸟。我仍在底下路边踟蹰,看着对面巨礁上"观浪听涛"四字,等待再一个浪头杀进峡谷。这是温岭市石塘镇台风登陆亭下面的浪。

上午,洞头海滨浴场。冬天的海滨浴场没有一个泳者,冷清,灰色,空荡荡。海浪不分冬夏,一如既往地往浴场的沙滩冲,平直,舒坦,沉着,笃定,有条不紊,冲到沙滩上,仿佛变成一条泥鳅，游动几下身体，复归海里。在浴场高处，看见远处海平面上，海浪出现，一排排渐近，像一根根缆绳。我设想，海浪是从地球背面过来的，背面是太平洋彼岸，到了洞头海滨浴场，已经累了，趴在沙滩上，像一头刚卸下犁铧的牛。

  海滨浴场有一片河石，外面是沙滩，再外面是大海。沙滩上有三个捡羊栖菜的人。沙滩上散落了很多羊栖菜，是被海浪从海里冲上来的。三个捡羊栖菜的人，都穿着橘红色的上衣，套着水靴，从远处看像三个彩球，点缀在海边。三个穿橘红色上衣的人离海水很近，每一个浪头几乎都打到他们的脚跟，带上羊栖菜，然后从他们的脚底下悄然溜走，把羊栖菜留下。他们是海滨浴场的员工？冬天浴场不开张，显然他们不是浴场的员工。那么，他们就是附近渔村的渔民了。他们在我们到来之前的某一时刻就来到这里了。羊栖菜是藻类植物，生长在低潮带岩石上，有很高的营养保健价值。之前我不认识这种植物，看到同行里有人拾起沙滩上一株羊栖菜兴奋地叫，才知道这是羊栖菜。起初，我不敢踏上这一片被海水反复冲洗过的沙滩，害怕脚陷进沙里弄湿鞋子。洞头的施立松说，这是铁板沙，放心踩上去，没事。她这么说着，就挥动着一根彩色围巾踩上去了，很好看。我也抬脚踩上去了，真的没事，大家都踩上去了，兴趣转移到沙滩上。被海浪冲洗过的沙滩瓷实，真的像一块铁板。我朝三个捡羊栖菜的人走去。他们两男一女。我走近那个戴草帽的年长者跟前，他有一只放在沙滩上的篾箩筐，里面有大半筐羊栖菜。该有五十斤了吧？我想要捡这么多羊栖菜，大概要小半天时间了。老人捡这么多羊栖菜肯定不是自己吃的,是出售的。他肯定经常在这里捡羊栖菜,也许整个冬天都在这里捡。他每天都捡了许多羊栖菜,带回家晾干、卖钱,用以填补家用。老人每天来到这浴场沙滩上的时候,内心可能会盘算,估计着他这一天可能会捡拾多少羊栖菜。因此,我想他的内心是专注的、喜悦的,对捡羊栖菜这事是在乎的。但他的表面又是平静的、随意的,甚或是满不在乎的。在他冬天的日子里,这事不屑提及,是空白的。这天下午没有太阳,不用戴草帽,另两位比他年轻的捡羊栖菜的人,没有戴草帽。老人戴草帽也许是老人的习惯。老人的草帽使我忽略了老人脸部的某些细节,忽略了其内心在脸上可能流露出的喜悦或者平静。

  本来这里的平静和专注、海浪和羊栖菜是属于三个穿橘红色上衣的人的。冬天的海滨浴场没有游客和泳者,我们一群人的介入是一个意外。因此,在沙滩这个平面上,所形成的动与静、无声与欢快的关系是暂时的。我们做了一些在三个捡羊栖菜的人看来是无关紧要的事情,甚至是荒唐的。他们司空见惯了我们这样的人,而我们对他们却充满了好奇。起码我对他们捡羊栖菜的行为是好奇的,我见识了在海里生长的羊栖菜,还见识了捡拾羊栖菜的部分细节。我们相对于三个捡羊栖菜的人是匆匆的过客。我们在这里闹过一阵之后就离开了,他们还在靠近海浪的地方徘徊,在继续捡拾被海浪冲上来的羊栖菜。海浪不停地把羊栖菜带到沙滩上,他们不停地捡拾下去,日复一日。

石

岩石，礁石，卵石。

温州洞头区海滨浴场有一片卵石，经海水和海风打磨，年深月久，便圆润、光滑、可人，得道成仙了，从海底来到岸边，匍匐在浴场金色的沙滩上面。这些卵石与瓯江上的卵石一般大小、颜色和质地，所异是它们经过海水浸泡、腐蚀，表面手感显得粗糙而已。我设想，它们是从八百里瓯江来的，随着江水一路来到海里，在海底修炼千年，再上到这一片海滩上。温州洞头诸岛屿处在瓯江口外海域。海上丝绸之路有一条支线的源头在龙泉。宋、元、明三朝，大量龙泉青瓷从各瓷器烧制窑口，送往瓯江上游各码头装船，用木帆船沿瓯江运至温州海岸，再改大船运往各大港口或他国。我想，海滨浴场上的卵石，是见证了海上丝绸之路这一事实的。白帆木舟，青瓷器，竹篙，桨声，船工，号子声……在龙泉至温州八百里瓯江上，在温州海岸至南海诸国，以至东非、欧洲，这些匍匐在洞头海滨浴场上的卵石想必是见证了当年海上航运的船影的。

见证这一历史事实，想必还有洞头诸岛上的山崖和礁石。

岩石，是山体的肌肉和骨骼。洞头区沿海山体岩石上有一条很长的栈道。我从山上一座海边小庙经过，下到栈道上。往前走，我的左边是山崖，右边是大海。在栈道下面，一部分岩石裸露，呈赭色，以各种形态延伸至海里；栈道上部植被葱郁，但没有大树，说明海边的山体是贫瘠的，表皮上只生长了一些荒草和滨栊、野桐、海桐、台湾相思树等矮灌木。在栈道上,可以清楚地看到山崖上大多裸露的岩石直接暴露在空气里。裸露的岩石破碎,或呈片状、块状,表面覆一层风化了的白色岩粉。这些白色岩粉想必是海风作用的结果。海风是咸的、腥的。腥味来自鱼的身体。在栈道上行走,我的右侧一直处于接近大海的位置,左侧接近山体,这使得我身体右半部分的所有器官——右眼、右耳、右鼻孔、右手、右腿、右脑等都更接近于大海。此时,我右侧的大海辽阔,阳光灿烂,远山含黛,紫菜种植一如水墨画一样,旁边的小船静止,风也静止。我想,我的右侧大海里一定生活了无数的鱼,各种各样的鱼。鱼是渔民的根本、上天的恩赐。渔民打鱼,跟农民种地是一样的,如此存在,繁衍生命,绵延香火。据洞头和温岭的朋友介绍,浙江沿海一带渔民,在三百多前年,有很多来自福建福州、泉州一带。据说,三百多年前,浙江沿海一带少有渔村和渔民,一些福建渔民沿着海岸线打鱼过来,发现浙江沿海鱼群众多,便陆续定居下来,形成一个个渔村。现在,洞头、温岭,以及浙江其他沿海一带很多渔村的渔民都是闽南人。他们依然保留了纯正的闽南日常生活习惯,以及语言、风俗。

山体延伸到海里的一部分岩石,我想该叫礁石。它们像一群从山上下来卧在海边饮水的野牛,在海岸线上一路排列开。它们中的一些把一部分身体浸泡在海水里,一部分露出海面。这样,不难看出这些礁石与山体的关系和连接。还有一些礁石,它们把身体全都浸泡在海水里,使人难以发现这些礁石与山体的连接关系,只在离山体很远的地方,突然从海水里冒出一个头,像要呼吸空气一样。

这种地形构造的专业术语叫大陆架。我觉得这是一个象形名词,对于大陆与大海之间的结构说明得非常形象。在大陆架上,可以看到各种各样、千奇百态的礁石,像一个动物园一样,有鳄鱼、蟾蜍、蟒蛇、蜥蜴、水牛、猛虎、斑马、猕猴、秃鹫等。它们身体的一部分都浸泡在海水里,与日月同在,与时间同在,日出日落,见证了历史,见证了海上丝绸之路船只的航行。我设想,在宋、元、明时期,大量的龙泉青瓷从温州海岸运往世界各地的船只,它们是目睹的。

屋

屋瓦上覆盖一层石块,以致不被强风吹走,是渔村石屋的普遍做法。海边风大,石屋经得住台风袭击。石塘镇的里箬村、东山村、车关村、前红村,以及其他一些村落,都还保留了很多过去的石屋。石屋四面石墙,面朝大海,依山而筑,是海边渔村一度存在的主要形态。这些石屋看上去像一些坐在山坡上望海的老人,岁月的影子重叠在它们身上,显得苍老。我想,渔村石屋的出现,是经历了草屋、泥屋、木屋的过程,是渔村在进化演绎中对大自然的一种适应和抵达。现在,石屋为混凝土建筑挤兑、替换,多数住户离开曾经的抵达,住进僵硬的、苍白的现代水泥建筑。在这些石屋之间行走,小路高低不平,便有诸多细微感受。我能感受到从这些石屋里散发出来的悠长气息。这种气息是特殊的,是无法在现代建筑中所能感受到的。如果停下来,在其中一座石屋的墙体上靠一下,就会有一种特殊的感觉传递过来。其传递已在时空里进行了几十年甚或上百年，因此，在传递到我们身上的时候是柔软和漫漶的，没有火气和尖锐，没有乖戾和造作。如果此时在我们停靠的石屋旁恰巧有一根藤萝从墙脚顺着石墙爬到窗户上，又从窗户上垂挂下来，那么这根藤萝的梢头会正好垂挂在我们的头顶上方，一场来自内心深处的交流便无可避免地要发生了。

我顺便走进一间石屋的内部。里面的陈设和堆放稍显零乱，但它的采光、通风良好。屋里住着一个老妪，她的微笑和热情使我想起屋外那根爬在石墙上的藤萝。在里箬村，我还走进一座石屋。这座石屋内部最大的呈现是一个天井。建造天井的材料全是规整的大块石，可见其主人曾经的殷实和讲究。石屋内部构造是木质的，柱子、墙壁、窗户、房门、楼层都是木质的。在东山村，我们看到一些石屋已经无人居住、内部破败，而这一座石屋依然保留了诸多生活元素和日常烟火。天井四周的石臼、水缸、陶瓮、塑料桶都是日常生活的摆放，堆放在廊道上的两垒圆形网篓，整齐地从地上摞到楼板，流露出更多的生产和生活的气息。这屋里也住着一个老妪，她正在洗衣服。老妪对我的闯入既不招呼，也不拒绝。我想，对于生活里偶尔闯入的一件与己无关的事物，未必都要表示自己的态度。离开石屋的时候，我想这石屋不是老妪一个人居住的，应该还有她的儿孙们，他们还没有被现代建筑带走。这是一座比混凝土建筑更加坚固、厚重、柔软的石屋。

里箬村有一个海洋民俗博物馆，用图片、文字、实物展示了石塘镇渔民从过去到现在诸多捕鱼、生活、祭祀、节庆的情况和习俗。这些陈列和展示占据了两座大石屋。这里我想说的不是博物馆内部陈列的具体内容，而是容纳这些内容的石屋。这前后两座规模庞大的石屋建筑，还有周围关联的附属石屋所组合的石屋群，本身就是一种石屋陈列和展示，它们全由大量方正的浅赭色大块石垒砌而成。里箬村的陈支书在讲述博物馆所陈列的内容的同时，也讲述了这些石屋的原主人。他说这些石屋是陈和隆旧宅。陈和隆是民国时期里箬村的乡绅，祖上来自闽南。里箬村很多渔民祖上都来自闽南。陈支书的讲述流畅、清晰，显然，他在这里的讲述已不止一次。在他所营造的语境里，我获悉陈和隆是一个仁义厚道、乐善好施的人。陈支书还带我们参观了这些石屋的主楼"旭昇楼"及其地下室。主楼分地上两层、地下一层。地下一层与陈家私家码头连接，码头直通外面渔港，码头之上，有一个瞭望台。"旭昇楼"建造繁复、坚实、厚重、考究、精湛，堪称一绝。

在另一个叫车关村的渔村，大约有二十几座石屋。它们面海朝阳，相互独立又相互呼应。之前，它们的主人相继搬入新居，将其空置海边，任其风吹雨打，渐渐衰败。这一天傍晚，我们走进这片石屋，看见它们不再是空置的、衰败的、寂寞的了。它们的门窗、内部以及它们之间的巷道，都已经改变和正在改变。它们被很好地利用了。做这件事的人，据说是一个外来老板。这个老板用合理的价格长期租用了这些石屋，进行全面的装修改造，做成一个时尚的、别具海边渔村风情的现代酒店，取名"栖衡石舍"。在这家酒店里，它的女主管领我们参观了酒店的部分客房。酒店的每一个客房都是一座独立的石屋。石屋之间的路径和环境做了适当的整修，石屋外部保持了原貌，内部因地制宜，进行了大幅度的改动。地面，墙壁、屋顶、门窗、廊道，采用了新型材料重新铺设和装潢；卧室、浴室、起居、餐厅、厨房、门庭，都赋予了新的设计理念和制作；设施、用品、用具、陈设，以及各种饰物、挂件都赋予了业主和设计者所追求的品质、品位和情调。路过一座小石屋时，女主管告诉我们，这座石屋原来是一个猪圈，现在改造成咖啡屋了。人坐在大幅落地玻璃窗后面，喝着咖啡，望着大海，其意味设想一下就已经无穷尽了。这是一个吸引人的所在。如若在此小住一两日，便是没有牵挂、压力、喧嚣、庸俗和烦忧的。在这里，读书，看海，看闲云，喝茶，喝咖啡。如果愿意，去码头直接向渔民买来刚捕上来的鱼虾，自己烹饪。坐在海边，吃海鲜，喝小酒，整个世界该都是逍遥和惬意的。这个酒店的每一座石屋、每一个房间都有一扇开向大海的窗，不用走出石屋，也可以看到大海，或者大海都会毫无遮拦地进入每一个房间。即使泡在某座石屋二楼的大浴缸里，顺手推开一扇窗扉，窗外的大海，大海上的渔船和海鸥，以及渔船上面的蓝天和云朵就都来到大浴缸跟前了。这时，可以头枕大海的景致，泡着热水，闭目养神，或者读几页闲书。当然，这里的价格不菲。女主管说，大套房日价两千元左右，小套房一千五百元左右。不过我还是想，如果有机会，去住上几日。这种收复旧事物、对废弃物的重组和利用对于一个怀旧之人来说，太有吸引力了。

2016.12.10

两个书院

黄泥岭村之前是有路与外界连接的。20世纪70年代末，乌溪江水库蓄水，村子所在的山头四周淹没，成了孤岛，村人进出村子只能摆渡了。那一天，一个外乡人来到乌溪江水库，雇了一条木船，让艄公划着，在库区里看山水、野鸭和头顶上的浮云，任一条木船在水上漫无目的地游弋。他在船头上，或站或坐，或懒洋洋地斜靠在船帮上，细眯眼睛，似睡非睡、沐风浴日的样子。远方云端下，几座黛色山峦，犹如笔架一般。山峦之下，湖水粼粼，仿佛一方砚台抑或洗笔池。他不由得心头微微一颤，转身问艄公：这是什么地方？艄公指着一旁的山头说：黄泥岭。山上有一个村子，叫黄泥岭村。外乡人听罢，让艄公靠岸，登上码头。

黄泥路歪歪斜斜，从码头一直往山里延伸。外乡人沿着黄泥路进入黄泥岭村。村子里六畜兴旺、五谷丰登，空气里弥漫着宁静的气息和栀子花的香味。外乡人在村子里转了一圈，又转到村后一个黄土丘上。背后大山，将大片田畴和一个小村子拢在怀里。前方，几座山峦犹如笔架又出现在他眼前。黛山绿水，笔架砚台，桑亩良田,炊烟缭绕,村人于静谧中劳作,鸭群在荷塘里觅食,狗在村巷里散步,犹如世外桃源。

头一天晚餐席上,一个负责接待的遂昌县宣传部干部,兴致勃勃地跟一班来自全省各地的作家谈起行将探访的躬耕书院。

他说,那个外乡人后来成了黄泥岭村躬耕书院的主人。

那个外乡人与黄泥岭村签订了一份合同,租赁村里土地田亩,盖起一个书院,用以读书、习字、讲课、授业、接待宾客,还用传统的农耕方法,养鸡、养鸭、养鱼、种菜、种花、种草、种树、种谷子。租赁三十年,期满归还村子,包括书院也归村子所有。书院雇用了名校毕业生担任高管,雇用村民打理日常饮食起居、稼穑、养殖、修葺、采撷、伐木。他们统一穿戴古代服饰,冠名管家、家丁、女佣,习《三字经》《弟子规》《论语》,言谈举止,温文尔雅。宣传部干部说得大家心痒痒。

次日上午,乘游艇抵达黄泥岭村。在书院,一个戴眼镜的儒雅的青年接待了我们。门楣匾额上的"躬耕书院",由西蜀九十九岁国学大师杜道生先生题写。一副对联:"耕读立本,家国遂昌",将主人言内之意表达了,也将言外之意流露出来。书院建筑仿古,颇具规模,按江南传统民居修建,三进三开间两横厢穿斗结构,供奉孔圣人雕像,鱼池、庭院、假山、花坛、草木、寿山石布置有序,会客厅、读书厅、琴房,还有什么我没有记下来,功能齐全。在后院廊房下,视线越过前庭屋脊,可见蓝天下的笔架山处在书院中轴线上,与书院遥相呼应。书院后面,大片梯状田畴,稻谷已经收割,稻草垛一捆一捆地置于田塍上。部分田畴已做成菜垄，植上菜苗，剩余的，露出稻草蒂，像一件旧衣裳，暂时闲置着，想必会种上什么。荷田里，莲蓬已经收获，余下一池残荷。几丘水田，锦鲤游弋。一丛芭蕉，几株栗树、无患子、杜英于田畴之间绿着、红着、黄着，树叶在阳光下仿佛透明一般。在一株无患子后面，听到剪刀声，绕过去，见一个园丁在修剪一丛黄素馨。他穿褚色直襟唐装、黑色长裤，脸上是阳光留下的古铜色。我问他："你是本村人吗？"他说是的。

"一个月有多少钱？"我又问。

"一千五。"

"有五保？"

"有三保。"

"现在书院里有多少人？"

"有七八个人。"

"都是本村的？"

"是的。"

书院后面树木掩映，芳草鲜美，阡陌交通，鸡犬相闻，阳光灿烂，刚才还听到远处传来同行的说话声，不一会儿，却没有了，想必已经走远。忙问回去的路怎么走，园丁便带我走到一个三岔路口。我还想再问什么，但前面有人叫了，说要开船了，有人要赶火车。我想，这个在后院修剪黄素馨的男人，是躬耕书院的家丁吧。黄素馨枝条柔软，从石礅上成片披散下来，黄花点点，远看像在无

数碧绿灌木丛里舞动的萤火虫。不过这是春天的事物,现在是秋天,它不开花,但它仍然那么葱郁。我喜欢这种植物,一直以为是迎春花。那个家丁告诉我,这是黄素馨,为木樨科茉莉属。

"也难怪,它跟迎春花很像,也叫野迎春。"那家丁说道。

遂昌县还有一个书院,叫鞍山书院,坐落在近郊长濂村一面山坡上。它建于明万历年间,结构与躬耕书院主建筑相似,也是三进三开间横厢穿斗结构,规模比躬耕书院小。书院青石高台,木架构,灰草瓦,做工简洁,没有过多雕梁画栋,深灰色材质在时间里泡久了,露出铁线筋脉。它清秀、雅致、安静,犹如古代一个素面书生。据说,在明代,进士郑秉厚曾在此读书,状元杨守勤曾在此执教。且不论有无名士曾在此读书、执书,作为一个历史悠久的书院,它仍然真实地存活到今天，这是难能可贵的。书院用以读书，即便不曾有名人雅士，也是一个令人肃然起敬的地方。

> 这里我去过三次了，两次在去年，和很多人去
> 一次，是一个人去的
> 在四百年前
>
> 我骑了一匹白马去
> 与一个忧郁的教书匠相遇了，他接过我手上的马绳
> 拴在书院前，一棵落花的海棠树下
>
> 书院里，玉兰树和读书声一样安静
> 后院阁楼上的一把琴，和木板上的蛀虫
> 一样安静
>
> 雨的旁边，那个教书匠骑走了我的马
> 把琴和读书人的骨头丢下
> 把我丢下

离开了，意犹未尽，写了这首《鞍山书院》小诗。一个陋室，一间草屋，只要有一群人，甚或一个人在那读书，那儿便有了书卷的气息和意味。

松阳三章

我是一个侵略者

跨入门槛，右转，穿过一条不长的房廊。漆黑一片，感觉像掉进一个陌生的黑洞里了。适应片刻，发现黑暗为一个伙房占据，有一个灶台、一张八仙桌。一点微弱的光，概括性地表现出伙房的存在。陈先我而到，在八仙桌那边招呼我。我向八仙桌移动过去。方形的八仙桌有两边被空出来，下面各有一条三尺凳，一边已为陈占据，我坐到另一边上。

我暂时还处于因黑暗的压迫所产生的不适之中。不知道造成黑暗的原因是伙房结构上的问题，还是人为。我让自己努力适应这里的黑暗，在陌生的黑暗里寻找光明。

我找到了一个光的来源。一个残缺的黢黑的窗棂，高挂在远一点的微光里。伙房里的微弱光是通过高处的窗棂爬进来的。光的作用，使窗格子黑白分明。我判断，那是一扇木制的窗棂，下面的墙壁也是木制的，是一堵木板墙。借助微光，我发现窗棂附近有一架栅栏一样的木梯。事实上,我只发现了木梯子的中部,头尾两部只是凭借想象,可能隐藏在黑暗之中。木梯子上横了一根竹竿或者木杆,上面挂着几件衣物。竹竿或者木杆,以及几件衣物的大部分也隐藏在黑暗里。我设想,黑暗里肯定还隐藏了一些我无法识别的什么。

隔着方形的八仙桌,我发现了一个小姑娘,她无声无息地隐在黑暗之中。之前在穿越那条不算太长的房廊时(那条房廊也是黑暗的),感觉有人从我身边经过,还听到一声轻语,好像是在跟我打招呼。当时我专心于黑暗中的摸索,无暇顾及那一声轻语本身的内容。现在,我想从我身边经过的就是这个小姑娘。她站在我对面,方形八仙桌子的另一边。她的跟前有两个杯子,玻璃制成的杯子。小姑娘往两个玻璃杯里放了什么?好像不是茶叶。对了,是糖,白糖。小姑娘还站在两个玻璃杯子跟前,没有离开,手上换了一个罐子。我看不清罐子的材质,金属的、玻璃的、塑料的,抑或竹木之类的,我肯定那是一个茶叶罐。她可能还要往玻璃杯里放茶叶,小姑娘在为我和陈泡茶。泡糖茶,是乡村隆重的待客规格。

泡糖茶是小姑娘的意思吗?还是出于老妪?离八仙桌稍远的暗处是灶台,灶台后面,我发现了一个老妪和一个老汉。我听到了小姑娘与老妪的对话,才看见灶台后面有两位老叟。老汉坐着,深陷在黑暗中。老妪站着,浮现在黑暗的表面。老妪与小姑娘的对话用松阳方言。松阳与龙泉邻县,同一个语系,但发音有较大的区别。我不能完全听懂她们说话的内容,借助小姑娘在两个玻璃杯跟前的动作，我明白了她俩的对话与泡糖茶有关。我设想泡糖茶是小姑娘的意思，没有理由，只是愿意如此设想。但陈和我谢绝了，这除了我们不喜欢喝糖茶外，更是觉得糖茶的情分有点儿重了。我们赶紧说不习惯喝糖茶，只要放茶叶就行。

显然，在主人和我们之间，我感觉到存在着一种不对称，抑或距离，并在短时间里扩散到整个伙房的黑暗之中。这种感觉在陈的身上似乎愈加明显，我们试图做出一些改变，不接受主人的糖茶是一种努力。我们继续努力着跟小姑娘说话，慢慢向小姑娘靠近。

"小姑娘几岁？"

"十五岁。"

"在读中学？"

"读初三。"

"这是你爷爷奶奶？"

"是的。"

"他们多大了？"

"七十多了。"

"爸爸呢？"

"做事去了。"

"妈妈呢？"

……

对话在小心谨慎中进，小姑娘始终被动。

妈妈呢？小姑娘没有马上回答，对话在黑暗中停顿下来。

继续停顿……

黑暗中,我和陈的目光都投向别处,不敢看着小姑娘。我们意识到了自己的冒失,不小心闯入了小姑娘小心翼翼所设防的禁地——一个十五岁女孩圈设的隐痛。

其实,停顿的时间不过一至三秒,但是,对于对话双方来说,一秒钟的停顿也会感觉到长。小姑娘回答了:

"妈妈不在家……"

小姑娘没有直接回答我们的问题,巧妙地回避了问题的沉重指向。声音清脆,但我明显感觉到她的声音经过修饰,带有压迫的颤抖的痕迹。我们不再问了,不敢再向小姑娘靠近了。我们犯了一个严重的错误。我们太自以为然了,以为是关心小姑娘,其实不是。对于小姑娘而言,我们这是侵犯。

茶泡好了,没有加糖。小姑娘离开了伙房。茶烫,在等待茶凉的过程中,我们跟陷在黑暗里的两位老叟聊了起来。两位老叟的态度与小姑娘截然不同,他们在我们靠过去的同时,也主动靠过来。两位老叟只会方言,这使我们双方所进行的靠近变得困难。他们的话始终绕着疾病、贫困和艰辛旋转。小姑娘的秘密被两位老叟毫无顾忌地一次次撕开,且声音响亮:小孩没有妈妈了,她妈妈不在了。这使我以及陈都感到很不自在。小姑娘的妈妈可能因为意外、疾病离开了这个世界,或者因为贫困出走了,但我不想知道这些,陈也不想知道,我们尊重小姑娘的秘密,不想深入下去。我们知道,妈妈对于一个十五岁的少女将意味着什么,是一座山、一条河、一个世界啊！是一个少女心灵的全部依傍。

在与两位老叟的靠近中，陈几次表达了对伙房黑暗的不适和怀疑。这么黑究竟出于什么原因呢？我从三尺凳上站起来，离开八仙桌，在伙房里寻找新的光源。在伙房的一面泥墙上，我发现了一扇木门，虚掩着。我伸手把门打开，外面的光哗的一声涌了进来，把屋里的黑暗中和了。我探头看了一眼屋外，伙房靠近山体，一道竹篱在伙房和山体之间隔出一个空间，里面有一只白色的鸭子、三只彩色的鸡。我没有把门关上，想使光在屋里持续。我回到方形的桌子旁边，坐到原来的位置上。老妪继续向我们唠叨她的贫困生活。使我感到不解的是，唠叨中，她走向那道被我打开的木门，重又关上，把光赶出伙房，将黑暗留下。

伙房立即又暗了下来。我们不知道屋主为何要这样做。临走时，我莫名其妙地掏出一百块钱，递给老妪。是茶钱吗？显然不是。是想接济他们？也不是。是怜悯？更不是。陈看见了，也掏出了一百块钱递给老妪。老妪推却了一下，收下了两百块钱。相对于干旱的土地，两百块钱不过一杯水而已，我想，其中有一点水可能会渗到小姑娘的身上。

屋外，有一棵梨树，叶子掉光了，枝条留在上面。一些枝条上挂着梨子，而另一些枝条却开着梨花。白色的梨花在阳光下通透明亮。梨子与梨花奇异地同处于一个季节里、一棵梨树上。小姑娘没有走远，她就站在那棵奇异的梨树下。我向她打了一声招呼，她微笑了一下。我感觉到，小姑娘在离开伙房之后就一直站在这里，她在这里等待着我们离开。

2014.10.24

老妪和橘子

老宅外面，有一个石头圈成的菜园子，再外面有一堆阳光。一个老妪坐在阳光上。我们哗啦哗啦十几个人，朝老妪走去，去她身后的老宅。老妪从阳光里站起来，朝我们怔怔地看了一眼，转身，像一把弓，走在我们的前头。老宅门额上有"芝田挺秀"四个字，苍劲有力。我们停下来欣赏这四个字，以及考究的门额。老妪没有停下来，她已经从这四个字下面跨进去了，我们还停在门口欣赏。

我把目光从大门上拿下来，发现她在门里平静地看着我们。她的脸是圆的，像一个风干了的柚子；披发，一顶黑色线帽没有把披发全部盖住，下面露出一把白色的头发。她的上衣是一件茄紫色金丝绒棉外套，上面系了一条蓝围裙，左右袖也套了一双蓝袖筒，围裙和袖筒把金丝绒棉外套保护得很好。我想，这是一个爱干净的、健康的老妪。她把我们引进老宅的内部，她这样做是把我们当客人了。在天井中，谁问了一句："这房子多久了？""两百多年了。"老妪说。这是一座清朝传下来的老宅，时间在天井、横厢、正堂、左右房廊上，在木质的门、窗、梁、柱、壁、槛、檐、桁、椽、牛脚上，在坚硬的经久不衰的石条、石础和黑瓦片上，一层一层地依次堆积着。

老妪在领我们进入老宅之后，某一时刻，我们还饶有兴趣地处于老宅灰色的繁复的时间堆积之中，她已然离开我们一会儿，去了老宅内部的某一个房间。我们没有注意到她的离去。她再次出现时，是在老宅右侧厢房与房廊的接合部。一扇窗棂的木板壁下面，有一条木凳子。老妪站在那条木凳子里侧。非常突出的是，在木凳子上有一个透明塑料袋，里面是一袋鲜艳的橘子，大概有十多斤。老妪左手拉着塑料袋口，右手往袋子里拿橘子。她要给我们橘子。陈在老妪身边，先拿到了一个橘子。陈将橘子举过头顶，那儿就像有一盏红色的被点亮了的灯。

这是一个好客的老妪。刚才她的短暂消逝，是去拿橘子了。一群陌生人突然出现在她的老宅里，想必令她欢喜。也许老宅已经很久没有来客人了，尤其是这么一大帮客人，因此，她要想办法用什么来招待我们这些客人。用什么招待呢？这个问题在她的头脑里肯定转过好几圈了，她想到了屋子里有一袋橘子。这袋橘子可能是她的儿女，或者什么亲戚送来给她吃的。现在，她决定把给她吃的这些橘子用来招待客人。面对她的橘子和热情，大家一时都犹豫起来，有几个赶紧说不要不要。见此，她便有些儿着急了。陈赶紧出来解围："吃了老人的橘子，会延年益寿。"一句话，便让大家不再客气，都走过去拿了老妪的一个橘子。大家拿了橘子又四下散开，老宅便像布满了一盏盏红色的电灯，一下子亮了起来。我最后一个走近老妪，她的一只手在塑料袋里摸索，再摸索，拣出一个很大的橘子递给我。我没有要老妪递过来的大橘子,把它放回了塑料袋,再在里面拣了一只小橘子。经验告诉我,个小、皮薄的橘子更甜。

　　左厢房,也有一个老妪。此时,她坐在门里一条木凳子上。相对于右厢房,左厢房要冷清一些。我握着橘子走近左厢房的老妪。她戴着蓝线帽,下缘露出一把黑头发,浅紫色碎花棉袄上也系了一条围裙,两只袖子也套着一双袖筒,圆脸上一双细眯的眼睛,看着我朝她走去。一时间我不由得犯疑:这是在右房廊里给我们橘子的老妪?转过身,视线越过天井,那给我们橘子的老妪还站在右厢房的房廊下。我转过身问左厢房里的老妪:"你们是姐妹俩?"左厢房里的老妪回答我说不是。"您多大了?""八十三。""对面那位呢?""八十二。"一座老宅里,竟然孤零零地住着两位如此相像的老妪。我设想,她们在这座老宅里一定住很久了。她们是以媳妇的身份住进这座老宅的。从少妇到中年再到老年,她们一直都住在这座老宅里,生儿育女相夫,她们的身体已然深深嵌入这座老宅的肌体里了,是这座老宅的一部分,或者一个细节了。我继续设想,两个老妪,一个住左厢房,一个住右厢房,相隔一个天井,每天开门就相见,喂鸡喂鸭喂猪,洗衣做饭下地,每一天的生活和劳动是相似的。她们长年累月地相处在一座老宅里,一定是互相影响、渗透和模仿的,或许还有比较、嫉妒和口角。不过,她们之间大多应该是和谐的,是相互依存和照应的。这种长期与共的和谐,使她们在饮食上、穿戴上,甚至外表上都越来越接近了。我这么想着,把手上的橘子递给她,她笑笑:不吃,你吃。

我走到天井中间，走到大门口，转过身，再看坐在左右厢房里的两个老妪。她们隔着天井，坐成对应的样子，仿佛老宅里的两幅旧年画，对称地挂在天井两边的厢房里。她们坐成了静止，不说话，只有在问她们问题的时候，才开口说话。我不知道她们处于静止的时候，有什么内心活动，想必她们是温暖的、安宁的、知足的、无所忧虑的，她们就这么平静地坐在一座年代久远的老宅里，年复一年，坐成了一幅年画。到了大门外，我突然想到了一个奇怪的问题：右厢房的老妪会把橘子给一个左厢房的老妪吗？

2014.12.28

我带你们去看风景

下午四点，顺着伏叶村一条斜径往下走。前面有一个年轻女子向我们靠过来。年轻女子穿着鲜艳的鸭黄色羽绒服，张鼓鼓的，像路边飘着的一个大气球。短发，圆脸粉嘟嘟的，像大气球上面的一个小气球。她说：村子外面有好看的风景，我带你们去看风景。

走在我前面的记不起是谁了，好像没有理会，往前走开了。她就向我靠过来：村子那边的风景很好看，我带你们看风景去。我说哪里，她用手指了一下远处两座大山，说就在前面。那是村子后面，两座高山像两个马铃薯。高山之上是蓝天，挂着一朵像铝锅一样的云。要爬山吗？不要爬。我决定跟她走，陈也决定跟她走。我决定跟她走不完全是要看风景，是觉得遇上了一个热心的村民。年轻女子在前面带路，左腕上挎着一个红色皮包和一个藏青蓝袋子。鸭黄色羽绒服是新的，下身的牛仔裤也是新的，圆圆的像蓄满了活力。

我下意识地觉得自己真的是随着一只鸭黄色的气球往前走。走下斜径，到了大马路上，左拐，沿着水泥大马路往村子底部走。大马路下面有一条小溪，自北向南，沿着大马路流经伏叶村，流向村外。我转身看了一眼刚才走过的斜径和身后的陈。时间不早了，我们加快了脚步，逆着水的方向继续往村子底部走。两座像马铃薯一样的大山在村后。年轻女子不停地跟我们说话，她说我的村子叫潘寮，在前面山上。村里有大树、瀑布、梯田，有很多好看的风景。

"村里人多吗？"

"不多，就三户人家。"

"山上很远吧？"

"是的，要爬两个小时的岭。"

"这么远啊，我们这是要去你的村子看风景？"

顿了一下，看她没有回答，我又说，这么远就不去了。她听我说不去了，赶紧说，不远的，就在村子后面、山的前面，那里的风景很好看。

水泥马路对面是阡陌。过了一座水泥桥，沿着阡陌继续往前，往村后的大山走。阡陌一边是溪，一边是空空的田野。现在是休耕期，原来的农作物已经收获，新的还没有播种。阡陌比较窄，年轻女子在前面走,我在后面,陈在我后面。鸭黄色羽绒服在我前面不停地飘动着,像气球一样地飘动着。年轻女子不停地跟我和陈说着她的村子、她的父亲:

"我的村子叫潘寮,我爸爸叫雷松林。"

"你叫什么?"陈问。

"我叫雷爱娟。我爸爸叫雷松林,我叫雷爱娟,我的村子叫潘寮。"

她不时地重复着说过的话。"我爸爸是抗美援朝回来的,立过功的。"话里,她流露出对父亲的崇拜。"我爸爸抗美援朝回来,立过功。"她又重复了一句,重复着父亲的辉煌。

"我爸爸有一块劳力士手表,有一块金勋章,都放在老屋里。老屋拆了,爸爸的手表没有了,勋章没有了,我只找到父亲的功劳证。"

"房子怎么拆了?"

"人下山了,房子就要拆掉。"

"房子拆了,你们住哪里?"

"我在杭州。我在杭州做服装生意,做外贸的。我十五岁就去杭州做事了。"她对自己的工作有一种自豪感。

"你爸爸妈妈呢?"

"我妈妈没有了,爸爸也没有了。我还有一个弟弟。"

"你弟弟呢?"

我们快步地走着说着,关于她弟弟的问题,她没有回答。雷爱娟似乎有很多话要跟我们说,她一边往前走,一边不时转过脸看着我说。她转过脸的时候,另一个"气球"也飘了起来,圆圆的、粉嘟嘟的。

"你几岁了?"

"我四十多了。"

不会吧?这使我惊讶,陈也惊讶。我一直以为她是一个大姑娘。她看我们诧异,就停下来,打开腕上的包,从里头掏出一个钱夹子,再从里面捡出一张身份证。其实,我们不是怀疑她,而是觉得她四十多岁了看上去还这么年轻,感到好奇而已,更无意要看她的身份证。她的这个举动使我有点儿措手不及。她已经将身份证递到我眼前了,我就顺势看了一眼,是她的照片。还有出生年月,是上世纪七十年代初期。

我们走到村后。在山脚下,看到一条涧水从山里流出来,经过一座老桥,向村子里流去。老桥爬满苍老的藤生植物,桥对面有六个水泥台阶,上面枯草、枯叶凌乱,还有石绿色枯苔。台阶后面的山径,只露出一小段,拐一个弯,就不见了,为繁芜的灌木丛所淹没。这里寂静、荒凉、偏僻、没有阳光。雷爱娟说,我的村子从这里上去。村里有三户人家,我家姓雷,一家姓杨,一家姓徐,他们两家是亲戚。根据她的叙述,我设想着在眼前两座马铃薯一样的高山上,有一个叫潘寮的小村落,住着三户人家,分别是雷姓、徐姓、杨姓。之前,也许还有潘姓。雷爱娟的话比较含蓄,我隐约感觉到这村落虽小,三姓之间却有一点儿微妙。

雷爱娟不再往前走了,我们都停了下来。我说,好风景就是这里吗？她没有回答，不吱声了。这里是通向她老家的入口，在她四十多岁的时间里，她有无数次从这里经过。在她内心，这里存在着好风景，有她非常熟稔又舍弃不下的记忆。事实上，对我们而言，尽管这里荒凉，而我们又何曾是真的要看风景？或者说，我们在意的风景不是眼前的山水草木，而在她的述说之中。雷爱娟要带我们看的风景，可能就是她内心的叙述需要吧。

"我们合个影好吗？"陈说。她妞捏着，显然不愿意。我就给她照了一张单人像，照片里她笑得像一朵南瓜花。

时候不早了，三个人在这片荒凉的山脚下停留片刻，便起身往回赶。路上，雷爱娟重又说起她的村子、父亲和往事。"我家的房子被拆了，昨天我去村里，找到父亲的功劳证。"听得出，她为此感到欣慰。"可以看一下你父亲的功劳证吗？"她犹豫了一下，从腕上的红皮包里掏出一个小本子，深红色，表面有些磨损。我接过本子一页一页地翻看。前面是毛泽东、朱德、刘少奇头像及其题词，还有周恩来的题词。后面的内容用钢笔填写，原来他的父亲在部队执行烧开水、担石头的任务时，立过一次三等功。

突然，雷爱娟好像感觉到有什么不妥，不等我细看就急着要把功劳证拿回去。我跟她开玩笑，"把本子给我好吗？"她说不。"卖给我呢？"她又说不。"这是我爸爸的东西，给再多的钱我也不卖。"

此时，下午四点二十分。

2014.12.29

龙泉四章

炉岙

炉岙村在凤阳山上，海拔一千一百六十米。坐车去，沿路可观青山、云雾、绝壁、奇松，观悬于远山上的瀑布。起雾了，白雾一浪一浪，车在雾里行，不见山，山在雾的深处。汽车从雾里出来，已在险峰。雾在远山飘，像一群被驱赶的羊。阳光出来了，先照在远山上，与高山气流摩擦，变成橘黄色，再越过空旷山谷，从树篱外面进来，跑到马路上、山坡上，像山里一群顽皮的孩子。

也可以不要都坐车上去，在官埔垟电站下车，走山路。山路是炉岙人过去的路，没有汽车的年代，炉岙人通过这条山路与外界联系。是的，人类都是这样走过来的，从古代走到现代，走到有了汽车，就懒得再走了。

路要人走，要人养护。这条山路没什么人走了，它退化了、萎缩了，草木横生。在草木茂盛的路段，路面全被覆盖。有些路段倒塌了，经过时，需要跳跃或者攀爬。走山路是辛苦的，是悠然、舒畅的。在植物葱郁的山间行走，锻炼身体、舒展心情，是一件好事情。累了，歇一下，凉风吹拂，悠然望远。山峦起伏，云雾萦绕，青松翠竹，莺飞草长。

走老路要有熟人带路。文联的季丽云是炉岙人。她说，她的小学和中学，都是经过这条山路去外面的学校读书，每星期两趟。季丽云离开炉岙多年，仍保留了山里人诸多可贵的东西。路上，她说起儿时的故事，说路边的野生植物。鱼腥草、苦凉瓣、雪里开、猪血藤、箬叶、厚朴……这些植物，都是经她介绍，我才认识。山路尽头是炉岙老村口，一片竹林子，四棵大柳杉。四棵大柳杉下面，有一座禹王庙，四百多年了。浙西南一带农村，无论在水边还是在山上，大多要建一座禹王庙，祈求风调雨顺。自古以来，农民对水的敬畏和渴望是深邃的。

有人说炉岙地形像一只香炉，所以得名。我远看近看，觉得不像香炉。像什么呢？这不重要，不影响它是一个美丽山村。炉岙的美丽在于青山不绝、云雾缭绕、松奇竹翠、空气清新、村容整洁、民风淳朴，在于村民们对故乡的坚守。当然，也在于它处在江浙第一高峰海拔一千九百二十九米之下、国家自然保护区之内、著名龙泉山景区外围的得天独厚。

那一年，有朋从远方来，我们去山上，夜宿炉岙。炉岙离龙泉山景区只有四公里，次日一早即可去景区。朋友热爱山水，热爱乡村。炉岙自然、纯朴、安静，是朋友所喜欢的。朋友是一个知性、优雅的人，村中农家乐洁净、安静，是朋友所喜欢的。晚餐，主人烧了几碗农家菜,加一个木炭泥炉子火锅、一壶家酿酒。夜色黏稠,灯光昏黄,屋外一片蛙声,夜虫低鸣,几声犬吠。悠悠然喝着家酿,话就说到深处去了。桌底下一只土犬在啃骨头,灯影里是主人热情的招呼,几件农具静卧在屋角,散发出乡村浓郁而琐碎的时光。

夜里下起了大雨。躺在被褥里,听风雨在屋瓦上走过,雨声潇潇,似无边无际,翻来覆去,突然有了要写诗的冲动。但那时我与诗还存在某些问题没有解决,似隔着一座山。

> 有一只手敲打着黑夜
> 执拗地,在我的睡眠之上敲打
> 一声,一声……
> 像一个一个悬浮的问号
> 风停雨住,晨曦洒进寝室,女主人
> 在窗外朝我莞尔一笑
> 取下一挂咸肉,炒辣椒

两年之后,我写下这首诗,是那个雨夜的一个细节,而那个雨夜的诗意还盘踞在我的头脑里,至今还难以成诗,也不愿离去。那个早晨,吃过稀饭、番薯、玉米、青菜和咸肉炒辣椒,走出屋子,山更青,竹更翠,村前梯田如镜,春耕正忙。

靠山吃山,炉岙人把自己的住房和山都利用起来,做农家乐,全村四十七户人家，有二十二家农家乐。现在他们又进了一步，做民宿、旅游，把村子改造成花园一样，依托自身自然资源，开辟旅游景点，打造美丽乡村品牌，吸引城里人来休闲度假、吃喝娱乐。

猕猴谷，村里一条生态沟，还在开发。村两委派了三个村民给我们带路，去看猕猴谷。通向猕猴谷的路已经开辟，用石头或者树木做成简易踏步，沿路不时有一丛丛野生猕猴桃，还没有熟。生态沟是原始的，没有路和桥。过山沟时，就踩着露出水面的石头一路跳跃。生态沟很长，我们只走了一小段，约莫两三公里，山重水复。山沟尽头是一个大瀑布，像一个惊叹号，猕猴谷的点睛之笔都落在这个"惊叹号"上。拍照，嬉水，叫喊，过山沟的队伍像一串断线的散珠，一下子乱了。我身处热闹之外，在一块石头上小憩，看瀑布，看"散珠"，看天上的云。天被四周的山林遮挡了，只露出一小块，看到的云只有一小朵。瀑布水量充沛，像天上走路的河，走着走着，一个跟斗栽下来，在底下砸出一个坑，一潭碧水，水花飞溅。水雾飘过我的身体，覆盖在肌肤上，凉丝丝的。瀑布背后，天上走路的河还在走，走到八百里瓯江源头。

  三个村民在前面带路，手上的柴刀
  像一钩月亮
  在林子里挥舞
  涧水走出稠密的树林，水底的石子红得
  像猴子的屁股

> 猕猴桃熟了，像睾丸，挂在我路过的头顶上
> 是猴子们越冬的食物

炉岙村到处是诗，我坐在石头上，诌了几句，不像诗。

2014年8月16日，我三上炉岙。这一次，炉岙天高、云淡、风轻、气爽、人和。进入村子，前面远远飘来读书声。是一群孩子的声音，像山间水一样淙淙流淌过来。好久没有听到这种琅琅读书声了！寻声而去，到了炉岙村文化礼堂。宽畅，古朴，干净，五个男孩，四个女孩，坐成正方形的三条边，一个年长的妇人坐在另一条边上。孩子们十二三岁，穿着干净的衣服和鞋子，手上各一本《弟子规》。年长的妇人手上也一本《弟子规》，她整洁、朴素、清瘦、头发花白，戴一副老花眼镜。他们在齐声背诵《弟子规》。引颈，高声，流畅，悦耳，时间似乎一下子回到了义学的古代。孩子们朗诵完一节《弟子规》，年长的妇人要求孩子们站起来解说背诵的内容。孩子们纷纷举手，被指定的女孩镇定自若地站起来，口气清楚，解说正确，把背诵的内容解释了一遍。有人好奇地走近年长的妇人，跟她攀谈。她说自己姓葛，从上海一家检察机关退休，一个人过来，在村里已住了一个半月。她说她的身体非常需要这里的空气和环境。《弟子规》是一本中华传统文化教育的启蒙读物，是儒学弟子在家、出外、待人、接物以及学习的守则规范。她说自己闲着也是闲着，就教村里的孩子们读《弟子规》《三字经》《千字文》等。这是一件功德之事，炉岙村的孩子们在暑假里能接受这种传统文化辅

导,是幸运的。

　　观音揽月台是村对面的一座孤山,炉岙村又一个景点,俗称竹山尖。午饭后,村民陶朝水老人带我们上山,沿着山径走了一圈。山上有多个小景点,都取了名字,立了木牌。小景点比较勉强,没有特别之处,倒是山上几处传统的香菇栽培更为难得。龙泉是传统香菇发源地,在龙泉南乡,还生活着一批年长的菇民,但他们已不再栽培传统香菇,香菇砍花法已几近灭绝。我一直有写香菇题材的念头,因没有体验,缺乏了解,而迟迟不敢动笔。现在意外相遇,兴奋之中,我与陶朝水老人的话里就多了许多香菇的内容。

　　老鼠会吃香菇,在菇山,菇民们用土法捕老鼠。观音揽月台林子里,不时有土法老鼠夹出现。用几根短树枝做成夹子,埋伏在老鼠出没的路径上,通过一根藤条与一根弯曲的树枝连接,树枝被弯成一把弓,威力很大。老鼠经过老鼠夹,触动机关,小树枝弹开,牵动似强弩一般的树枝迅速弹起,老鼠夹瞬即收紧,夹住老鼠。陶朝水老人走近一个老鼠夹,向我们演示了老鼠夹的威力。老鼠为了生存和种类延续,吃香菇,毙命在鼠夹上。人向自然取食,含辛茹苦,也难免有不测风云。在严酷的大自然跟前,人和老鼠都是平等的、脆弱的,强中自有强中手,人是老鼠的强者,但在巨大灾难面前,人就是弱者了。

　　　菇民做香菇,老鼠吃香菇
　　　菇民在老鼠的密径上设下重重埋伏。老鼠夹暗藏杀机

树枝被弯成一把弓
　　陶朝水老人虚构了一场捕杀老鼠的过程
　　人和鼠，都是上帝的孩子
　　诗人请不要嚼舌，批评和诅咒
　　都毫无意义

　　下山路上，陶朝水老人无意间说起一件事。
　　他说，城里人小气。一次，有六个客人，开着高级轿车来，在他家住了一个星期，菜是客人自己带来的，放他家烧，离开时，只付了三百块钱。我说："你怎么不开价？起码成本得收回来。"老人说："不好意思要的。我们不是生意人，一辈子都住在山里，没见过世面，做农家乐，房子、锅灶、粮食、蔬菜都是现成的，不过添几张床、多几只碗罢了。"我想，陶朝水老人话虽然这么说，内心还是犯嘀咕的。
　　离开炉岙，在村巷遇到上午两个背诵《弟子规》的女孩，我要她们背《弟子规》。两个女孩也不犹豫，开口便背诵起来：

　　　父母呼　应勿缓
　　　父母命　行勿懒
　　　父母教　须敬听
　　　父母责　须顺承
　　　……

阳光下,两个背诵《弟子规》的女孩,好像山谷里初开的野百合。

2014.8.29

肖　庄

肖庄像一个钱袋子。前往肖庄的路,是钱袋子上那根细绳子,在峡谷里、在陡峭的山崖之间缠绕着。在村口,钱袋子打开,眼前豁然开朗,里面满满一袋子稻田、毛竹和村舍。冬天了,稻田处于休耕期,裸露的稻田布满了稻草蒂;四周竹林如海,绵延起伏,即便冬季,也是满目青翠;村舍盖在东西两侧的山坡上,一层一层往上叠,错落而有致。两个自然村,背靠竹林,遥相呼应,共同拥抱着眼前大片肥沃的田野。

现在,通往西边村舍的路口,阳光如金,一个男子在爆米花。他坐在一只矮凳子上,一手牵动风箱,一手摇动黑葫芦爆米机,悠然自得的样子。老式黑葫芦爆米机早已淡出人们的记忆,现在,它又出现在肖庄西边村舍的路口。路口有十多个人,以爆米花为中心,形成一个群体。除了爆米花男子是外乡人,其他都是肖庄人。这些肖庄人大体上可以分成两种:一种与爆米花有直接关系,他们大多是妇女,手上拎着塑料袋、簸箕斗什么的,爆米,爆玉米,爆豆子。有的已经爆好了,还在路口的场景里不想离开,有的还在等待之中；一种与爆米花是间接关系，表面上看，他们似乎只与午后温暖的阳光有关，散落在几条长木凳上，抑或站着，说话或不说话，闲散、安逸的样子，像稻田里那些闲静的稻草垛一样，爆米花因为他们而富有气场，或者爆米花成了他们聚集这里的理由。

除了爆米花男子，以及那些要爆米花或者不要爆米花的肖庄男人女人之外，我和D的贸然闯入，成了这个路口的第三种人。上面说过，黑葫芦爆米花让我回到了童年。我捏着一部旧相机，在这种老式的乡村场景里，让我感受到了犹如往昔一般淳厚的时光。我用普通话和龙泉话分别跟那个外乡人和几个肖庄人攀谈，给这个场景拍照。逆光，侧光，顺光，我拍了许多爆米花的场景、肖庄人的阳光，还拍了一个热情的老妪。

路口有一间矮房子，在黑葫芦爆米机对面。那老妪从这间矮房子里出来，手上拎着一只方形铁皮箱子。阳光下，老妪的形象很上镜头，我赶紧抓拍了几张。老妪走到我跟前，取下铁皮箱上的圆盖子，要我们吃玉米花。原来她的玉米花是在我们来此之前就爆好的，之前已经拎回屋里了。现在，她见到有外人来了，又把玉米花拎出来，让我们吃。铁皮箱子里有大半箱玉米花，我伸手在里面里抓了一把出来。她要我再抓一把：玉米花贱，尽管吃，多吃。于是，我又伸手抓了一把。两把玉米花都吃过了，她又把铁皮箱子送到我跟前，圆口朝向我，要我再吃。我推辞了几下，但盛情难却，又伸手抓了半把出来。我在她的铁皮箱子里抓了三次玉米花，她还是没有离去，还站在我身边，手上拎着那只圆口方形的铁皮箱子说：玉米花贱，多吃，尽管吃。我不好意思了，走开了，担心她会无休止地要我吃下去。

  黑葫芦爆米机一如既往地转动着，像村里人简单而安逸的日子。在人群外围，我想到了一个问题，就在人群里寻找打听的对象。我注意到一个坐在墙角里的男子，他在抽烟，袅袅升起的蓝烟仿佛在说他在思考。我朝他走去。我手指西边的村舍问他："这边叫什么？"

"周边。"

"什么周？"

"周恩来的周。"

"那边呢？"我手指东边的村舍。

"柳边。"

"什么柳？"

"杨柳的柳。"

  一旁几个村民听我打听这事，也都围过来周边、柳边地附和着说开了。

"这么说周边人家都姓周？"

"是的是的。"

"柳边人家都姓柳？"

"是的是的。大部分是这样，也有少数几户既不姓周，也不姓柳。"坐在墙角里抽烟的男子补充道。

"肖庄有多少人口？"

"五百多。"几个村民又抢着回答。

好了,我们先去周边。周边的村舍都在西山那一大片竹林子下面。爬上通往周边那道歪斜的石头岭,阳光已经离开西坡上的周边,到东坡上的柳边去了,把柳边的屋舍、竹林子以及中间地带的田野依次照得十分温暖和明亮。西坡上的周边房屋高高低低,村巷交错。我在周边部分村巷里转悠,每到一个村庄,我都要去寻找那里的老房子,寻找一个村庄的往事和文化记忆。周边的房屋大都是时间不长的普通建筑,只在一处,我看到了一座老屋的残骸。老屋只剩一堵马头墙、一间雕饰了祥云纹饰的木屋架,一抹来不及退下的阳光趴在马头墙上,无声地告诉我它曾经的身份和富庶。

穿过宽阔的田野,再去柳边。我又想起一个问题:村人怎么没有说到肖姓?肖庄的原居民应该是肖氏。在柳边,我与D走散了,我在一幢村舍跟前停了下来。这幢村舍没有特别之处,两层,土木结构,屋前庭院宽敞。庭院里坐着三个人,两女一男:两女穿着红色棉睡衣,坐在同一条长木凳上,脚跋毛茸茸的棉拖鞋,对我的到来似乎没什么反应;那个男的坐在一张竹椅上,与两女构成某种空间关系。一男看到我在他们的空间关系里停下来,就起身去屋里拎出一把竹椅子给我,然后又坐到他原来的位置上。我的闯入,使他们的空间关系发生了改变,构成了一个类似于三角形的新型空间关系。在这个关系里,我开始判断那个给我搬竹椅的男人:他是这屋子的主人?再又判断那两个沉默的女人:她们比男人年轻一些,是男人的邻居?或者远一点,是柳边人?我把在路上想到的那个问题

跟男人提出来:"肖庄原住民是姓肖吗?"男人马上说是的是的。"现在村里还有肖姓吗?"男人马上指着长木凳上其中一个女的说:"她的男人姓肖,肖庄只有她一户姓肖了。"我打量了一眼那个肖姓媳妇,想找出一点有如其孤姓一样与众不同之处,但表面上看不出什么。又问男人:"肖庄的历史有多久了?""两百来年。"我问这个问题,还有一层意思,是想就此揣测肖姓衰败的时间,以及揣测肖姓香火稀薄的原因所在。男人看我认真的样子,补充说:"两百来年只是柳姓的历史,肖庄有多少年历史,我也不知道。"我问:"你知道柳姓祖先吗?为我搬椅子的男人因此说起了一个肖庄柳氏的传说。

两百来年前,周姓是这里的大户。在周家,有一个长工姓柳,从景宁过来,忠厚老实,没有娶妻。周家有一个女儿,瘸腿,嫁给了柳姓长工,给了一些田地,还资助女儿女婿做豆腐。

故事被时间浓缩了,没有细枝末节。我想,这个从邻县景宁来的柳姓长工就是肖庄柳氏始祖了。刚才在周边看到的那座老宅残骸,会不会就是两百来年前大户周家的大屋?这么说来,柳边的柳氏始祖是靠做豆腐起家的。两百多年来,这柳氏人丁兴旺,家业发达,在肖庄形成了一支血脉和一个家族,与周姓相当。周氏,柳氏,一西一东,在肖庄形成两个遥相呼应的村落。而另一个重要的姓氏肖氏,却在时间的淘洗中渐渐淡出,只剩一户人家。我想起一个家族的符号——祠堂,问那男人:"柳氏祠堂在哪里?"他说:"我们柳边很穷,没有祠堂。""周边有祠堂吗?""周边的祠堂在龙泉城,肖庄没有祠堂。"我知道,这周氏祠堂在龙泉城有两座,皆属龙泉石板巷汝南周氏。

男人说到这里就感叹起来:"柳边人没有出息,至今没有一个当官的,也没有一个千万元人家。"看来,百姓眼里还是这两样东西。

2015.1.9

源　底

据说,源底村原名贵溪村。贵溪从龙头山过来,经过飞龙山,迤逦百里,从村内穿过,与村外的龙泉溪汇合。后来,因村庄坐落在贵溪源底部，改名源底村。

贵溪与龙泉溪交汇，形成一片冲积水域。一座小山丘，独立一侧，形似乌龟，头朝村里，臀露村外，树木繁茂，名曰龟山。龟山是源底村的风水口，村人视之为神秘之地，传说为千年龟精所变，驻守村口，只吃进，不拉出，村里的财富积聚而不散失。源底村有七百年历史，人丁兴旺，能人辈出，为龙泉西乡名村。史上，富户之山林田地遍布龙泉各乡，生意远至温州、杭州、上海，有钱人家甚多。至今，村内仍有三十六幢保存较完好的大屋，见证往昔富足。

现在，贵溪从村里出来的河道被做了调整，取直，两边筑堤。进村的路，沿贵溪修成混凝土双车道，道路两边桑田如许。我没有把车直接开进村里，而是停在龟山对岸路口，再步行绕右侧山脚小路进村，看看这个出现过诸多财主的古村落曾经的遗留和现在的面貌。

看门牌，知道村口一带叫溪口。沿路一排新建楼房，新农村模样，找不到泥墙黑瓦。春分中气，上一季香菇还在收获，新一季香菇已开始备料。路上，不时遇到村民的劳动。走近一个大棚，三个村民像猫捉老鼠一样埋在一大堆木屑里，分别使用拌料机、洒水皮管、塑料锹三件工具在拌香菇料。这是一个黄金组合，场面为飞扬的木屑和喷洒的水珠所笼罩。我停下来看了一会儿，问一旁手握皮管的男子，这木屑里需要添加哪些成分。答曰：麦麸，石膏。走到一部农用卡车旁，一个村妇爬在车背上，一袋袋木屑被她掀下车来。我驻足问这木屑来自哪里，村妇说，从云和运来（邻县云和，号称木制玩具城）。我又问这木屑要多少钱一袋，村妇说，木屑十五元，木糠二十元。再往前，机器声喧嚣，午后的逆光里，一个男人正往一部机器里喂木棍，木棍变成木糠，在机器旁边像无数的黄蜂一样飞飞扬扬。我欲趋近再问点什么，但机器噪声太大，放弃了。看来，培植菌种香菇、黑木耳，是源底村普通农户的主要劳动和经济来源。

源底村有三个自然村：溪口，源底，手掌会。其实，它们已经连成一片，分不出明显界至，或许，它们本无界至。对于一个外乡人而言，这般分割并不重要，我何时离开溪口，进入源底，便不可知，只是于不知不觉之间，所见村舍已经发生变化，楼房变成瓦屋，新房变成旧屋，单一变成繁复，生硬变成柔软；之前繁忙的劳作时光变得暗了、远了、静了、淡了；脚下的石子路也细致而深邃起来；许多属于旧时光的元素，如泥墙、黑瓦、飞檐、石门、砖雕、石刻、窗花、天井、雕梁、画栋、牛脚、雀替，还有安静、悠闲、自在、古朴，都从幽深的村巷里、墙角之间和庭院内幽雅地呈现出来。喧嚣，流汗的劳动，繁忙，浮躁，似乎都在村外了。

一百多年前，源底村有一个清朝光绪年间的举人，叫徐仰山，是辛亥革命烈士。他东渡日本求学，加入同盟会，参加各种革命活动，兴学救国，1913年在杭州为袁世凯势力所杀害。至今，徐仰山故居还在，一幢老屋，就在那些古建筑群里。我在一条逼仄的村巷里找到了这幢老屋，老屋保存完好。在门口，龙泉市政府于1999年竖了一块花岗岩石碑，上书"徐仰山烈士故居"。老屋门口做得十分考究，青石门框，两侧一对石刻大花瓶，寓意出入平安；一副石刻对联，勉励从善读书；门楣上，砖雕石刻繁复、考究；老屋内，二进结构，雕梁窗花，比之源底村其他雍容华贵大屋，是小家碧玉。天井中，一个抱小孩的妇女指着右横厢一排雕花门窗告诉我，这是徐仰山家。午后斜阳从天井上方泼洒下来，一部分落在门窗上，一部分落在卵石拼花的天井上，冷清，无声。整幢老屋好像已无人居住，物是人非。我走近这一排门窗，门关着，没有上锁，出于对一种幽暗和陌生的谨慎，我没有推开那两扇虚掩的房门，只是探头从花窗格子往里粗粗看了一眼，黑乎乎的，看不见什么东西。

在天井中，我想到一个问题，我觉得抱小孩的妇女所说的话不够精确，一百多年前，这幢房屋应该全是徐仰山家的（回来查阅资料，此屋为徐仰山祖先在两百年前建造）。抱小孩的妇女为何说只有那一部分是徐家的呢？转过身，看见抱小孩的妇女还在，问：徐仰山还有后人吗？抱小孩的妇女回答：只一个孙子了，五十多岁，在龙泉城里某单位工作。过一会儿，抱小孩的妇女又说，他的孙子是抱养的。这妇女是邻居，平常耳闻目睹，当然知道其中一些事情。这一百多年，有过很多变数，徐仰山惨遭杀害，英年早逝，家道中落，至今，他的后人拥有一份房产，或许还是"土改"时所得。如是，便圆其说。

徐氏是源底村大姓，全村两千多人口，徐氏占了五成中的两成。一些老房子门楣上的"东海旧家"石刻，说明徐氏源于东海郡。村内中西合璧的"洋房"、"新屋"也都为徐氏子孙所造。徐氏宗祠更是气宇轩昂，建得十分气派。据说，祠堂内供奉着许多徐氏祖先灵牌，走到祠堂跟前，大门紧闭，不去也罢。

源底村的古屋保护较好，大多有人居住，这难能可贵。不似某些村落，古屋破坏严重，即使不是人为，也是无人管理维护，人去楼空，任其倒塌，破败不堪。某些古屋虽有维修，也是简单粗糙，没有达到修旧如旧、恢复加固的目的。相比之下，源底村拥有前人遗留下来的一批古屋，是不可多得、不可再生的资源。但对于这批古屋资源如何继续保护并予以利用，是亟待源底村广大村民、地方政府以及相关部门解决的问题。穿行在这些古屋之间，看到了垃圾、村民临时搭建的简易建筑、蜘蛛网一样的黑色纤维网和乱拉的电线，看到了一些不卫生、不文明的行为和破烂，这些都对这个古村落形成了负面包围，村容堪忧。

还是有一片古屋被整理了出来，古屋四周和沿路挂满红灯笼，出现开发利用的迹象，可能是民宿、休闲娱乐之所。进入内部，发现是一个空壳，没有我想象的饮食民宿、休闲娱乐设施、客人和服务管理，冷清，空荡荡。三四个摄影人，两个女模特，在古巷里摆拍。源底村就在旅游做得热火的青瓷小镇范围，却何以这般冷清呢？

一块空地上，十几个妇女和老人在分拣香菇。一块一块篾簟被连接起来，分成一排一排，有七八排篾簟，上面堆满无数像金字塔一样的鲜香菇。想必这十几个妇女和老人是源底村民，他们散落在每一排篾簟的空隙里，用剪刀剪去香菇蒂，再将鲜香菇分级。这里是香菇种植的一个劳动环节，夕阳把这个劳动环节的影子拉长，投在黑色的土地上。十几个村民沉浸在自己简单、熟练的劳动之中，背景是在时间里浸淫了几百年的泥墙、黑瓦、飞檐，还有前景——贵溪，从村后的深山里流出来，跳动着，发出潺潺的声音。我觉得他们在这样的环境下劳动有多奢侈啊，心生羡慕。

2015.5.24

阳山头

站在2014年10月2日中午的阳光下，面对龙南乡阳山头村余氏菇民大屋，我要对其先作一番描述，别无选择。

大屋坐北朝南，正面石礅泥墙。大门偏开，不在中轴线上。青石条门框、门楣、门槛，略有雕琢，草瓦覆顶。大屋梁、柱、门槛、隔板、楼板、楼梯、门、窗等所有构件均为杉木材料，用材简单、节约，无雕梁画栋。内部结构如"非"字。两条平行房廊，如"非"字的两竖，是大屋内部两条主通道，将大屋划分出生活区和公共区。生活区在两条房廊外侧，即"非"字左右两边，上下两层。十四条小房廊，像毛细血管一样分布在大屋内部，皆略宽于一个成年人肩膀，只容一人通行。如果两人相遇，必须一人退出房廊，或者退至房间内，否则，就得紧贴着侧身而过。每条小房廊有房间六个，内住两户人家，每户有楼梯通向二楼。每个房间大小一致，正方形，不足十平方米，像一个火柴盒。房间相互之间只一块木板相隔，且有暗门相通。两条大房廊内侧，即中轴线部分，依次为前天井、中堂、后天井、正堂。这部分为大屋公共活动区域，用以祭祀、议事、休闲，以及红白喜事仪式、设宴等。大屋正面为村路，背面为晒场、仓橱、牛栏、猪圈、茅厕等生产生活设施，右侧也有部分生活设施，左侧与另一座废弃大屋相邻。鸡埘安在两条大房廊一侧，每户一个。余盛芳老汉的屋子在大屋西北部，他说这座大屋有一百多个房间，这是底层的房间数，不包括二层。我在大屋里待了大约三个小时，前后走了两圈，仍没有计算出那些像火柴盒一样的房间的准确数字。

  我们在余盛芳老汉的屋子里喝茶，喝他老伴泡上来的农家粗茶，茶香氤氲。余盛芳老汉的屋子光线充足，阳光不能直接照进屋子，窗外也没有遮挡之物，相较于大屋内其他幽暗房间，他的屋子诸细节都被照得一览无余。板壁裱糊了一层旧报纸，贴着陈旧的年画和孩子的奖状，挂着镜框和多年的照片，几串辣椒和山上采撷来的几把草药也挂在板壁上。靠板壁而立的有椅子、柜子、桌子，柜子底下躺着两双旧鞋。窗外有一排低矮的木建筑，想必是猪圈和茅厕。从低矮建筑物瓦背上望出去，稻谷成熟了，豆子成熟了，大片金黄色绵延至远山脚下，有待开镰。余盛芳老汉走近窗口，指着远山三棵高出树丛的柳杉，说柳杉下面有一条古道，通往龙泉城。阳山头村有三条这样的古道，从三个不同的方向通向龙泉、庆元、景宁三县，每条古道都有九十余里。余盛芳老汉在说这番话的时候，我不由得联想，山高路远，这是一个多么偏远的地方啊！

阳山头村处在龙泉、庆元、景宁三县交界山区，远离喧嚣，森林茂密，是菇民生活集居地。他们农时耕作，闲时外出栽培香菇。砍花法是菇民们栽培香菇的唯一方法，传说为南宋庆元龙岩村吴三公发明，至上个世纪八十年代，逐渐为菌棒香菇取代，菇民也不再出远门栽培香菇了。后来，我专门采访了阳山头村党支部书记余后辉。他平常在龙泉城里，这天我邀请他在市文联喝茶，请他谈余氏大屋和菇民生活。余后辉说，菇民们栽培香菇都要去很远的地方，福建、安徽、江西、广西、湖南、湖北，最远到四川，路上近的要走半个月，远的要走一个月。这使我想起余盛芳老汉说的阳山头三条古道，之初，想必无须如此远行，而是几百年来，周围树木资源越来越稀，菇民们越走越远，路也越走越长了。在龙泉、庆元、景宁三地交界一带的菇民村落里，流传着两句歌谣："枫树落叶，夫妻分别。枫树抽芽，丈夫回家。"在余盛芳老汉的屋子里，看不见通往龙泉、庆元、景宁方向的古道，但古道在群山中绵延，通向外界和远方的情景，以及菇民们成群结队、肩挑斧头、柴刀、草鞋、衣被、干粮远去的离愁和回家的喜悦，尽在阳山头村余氏大屋的房梁下弥留萦绕。

中午，我们在余盛芳老汉家吃午饭。碰巧，这天是重阳节，菇民有祭祀佛神的风俗。余盛芳老汉家做了很多菜肴，我们在这个平常的日子里遇到了菇民的一顿丰盛午餐。席间，余盛芳老汉说，余氏大屋人丁最旺的时候住了三十六户人家，一百零八人，现在，大家都离开大屋，去龙泉，或去更远的地方了，现在大屋里只有六个人了。余盛芳老汉还说，他有三儿一女，分别在龙泉、丽水、台州，日子都过得不错。明年，他与老伴要去儿女家住，难得回来了。大屋里其他几人也都要跟儿女们去生活了，余氏大屋将不再有人居住，成为空屋。听余盛芳老汉说这话时，我不由得联想到这偌大的一幢房子，在没有一个人居住的情况下是如何的情景。仿佛一具横尸荒野的庞然大物，它的体内很快会长出密密麻麻的蛆虫，肌体腐烂，骨架坍塌，面目全非。没有人居住的房子，会更快走向死亡。不难想象，在它走过的岁月和人丁兴旺时期，众多人畜聚集在一个屋檐下，其情景是何等的拥挤、热闹。

我曾去过闽南的客家土楼，它与阳山头菇民大屋的建筑结构截然不同。两种建筑反映出两种不同的地域文化和建筑背景，客家土楼或方或圆，围绕一个中心，四向合围，外墙厚实坚固，以抵御外来侵扰，是向外的。菇民大屋外部不设坚固屋墙，内部木架构外延至屋外，住宅部分功能也外延，呈带状。每家每户紧挨在一起，每个房间由小房廊、暗门连接相通，是向内的，趋向于内部的联系和防范。阳山头村余氏祖先在建造此屋时，我想不外乎两种考虑。一是节约用材用地。他们聪明勤劳，却地处偏远，生活艰辛，即便造大屋，钱财也是平常省吃俭用积攒下来，奢侈不得。二是便于相互照应。每年秋收之后，农耕结束，青壮年男劳力去远方栽培香菇，至次年农历三四月回来。这半年时间里，留在家里的都是老人、妇女、孩子或病残人员，他们在一幢大屋里紧密地相邻相依，为的是相互照应和联系。至于防范，过去曾听到一些民间传说，但在我与余盛芳老汉和余后辉书记交谈中几次含蓄提及，他们都缄口不言。枫树落叶，夫妻分别。长达半年的别离，对于孤守长夜的年轻媳妇而言，菇民大屋的这种内向结构，也许是一种限制和监督吧。

关于阳山头村余氏家族的起源和先祖们的生产生活情况，后来我在写《垟尾记》一文时，从垟尾村余氏族谱中获悉，其始祖来自龙泉县城西街。至于余氏大屋落成时间，余后辉说得很清楚，是清乾隆五十九年，这是公元1794年，迄今正好二百二十年。在这二百二十年时间里，有多少房屋倒塌或毁于火灾，而余氏大屋能保留至今，也是难能可贵。这幢完全由木头建造的大屋，内部拥挤繁密，犹如一堆干柴，火灾的威胁无时无刻不存在着。余后辉书记告诉我，他家也在这幢大屋里，他是在大屋里长大的。自古以来，大屋有规定，每夜安排两户人家值夜。值夜人家晚上不睡觉，夜里每家每户巡逻过去，至少三次。过去巡逻照明用火把、灯笼、煤油灯，后来用手电筒。这种夜间巡逻一直持续到上世纪九十年代，菇民们逐渐离开家园，进入城市生活才慢慢放弃。余盛芳老汉也说，历史上曾有过几次火灾的威胁，但都在未然之时被扑灭。

午饭后，我们在天井、正堂、中堂之间转悠。看到大门口两扇木门后面，有一个方形大石缸。问余盛芳老汉石缸何用，他说是大屋蓄水用的。过去，大屋家家户户都在这里取水。水源为远处山泉，用毛竹筒连接过来。我想，大屋众多人口都在这一个石器里汲水，供水势必紧张。在水源枯竭季节，大屋应该有某个约束，人人自觉遵守，不可乱了程式。在大门的另一侧，余盛芳老汉说那里曾经有一个踏碓，用以舂米。现在，踏碓上方的木架和石杵都没有了，地上只剩一个石臼，里面有一洼积水。大屋的功能齐全，一群人居住在里面，就像一个部落。我们还看到，在中堂和正堂之间的天井四周，以及左右两条过道旁边，摆满了橙色的大南瓜。在天井四周的凉杆上，挂满了橙色的玉米。这些收获的农作物，有余盛芳老汉一份，也有他说的其他几户人家一份。这些收获，是他们留守在阳山头村大屋里的劳动果实。空洞而寂寥的余氏大屋，因为这些农作物的存在，以及天井里几只鸡的存在，经过午后阳光的照耀，显得鲜活而有温度起来。

阳山头村余氏大屋于2012年列入浙江省文物保护单位，村内另一幢柳氏大屋也同时列入省文物保护单位。柳氏大屋与余氏大屋在结构上基本一致，区别是余氏大屋在两个天井之间多出一个中堂，形成三进两天井的格局；柳氏大屋只有一个大天井，房廊绕天井一圈，像围屋。余盛芳老汉说，柳氏大屋的历史不长，曾经的大屋于五六十年前毁于一场大火，我们看到的是后来在旧址上新建的。在柳氏大屋里，我们看见一个老妪，她说自己八十九岁了，耳聪目明，头脑清楚，手脚灵便。起初，她坐在大屋外面一个木亭子里，我们想给她拍照，她不愿意拍。在她的屋里，我们看到一张八仙桌上有几个玻璃瓶子，里面是几样腌菜，还有一碗豆腐，已经发霉。

老人的双手黝黑，指节粗大，她用一双筷子在豆腐碗里拨弄着，似乎说这是她的菜。余盛芳老汉告诉我们，柳氏大屋里的人都走了，只剩她一个孤老太婆。老太婆育有五儿一女，五个儿子已多年没有回家，只有嫁在丽水的女儿每年还会回来看一次母亲。老人长期一人独居柳氏大屋里，平常下地干活，种一点蔬菜、花生之类，自食其力。

天井上有一簟花生，是老妪的收获。房廊一面发黄的板壁上，插着十二朵纸红花，想必也是老妪插在上面的。纸红花做工精细，老妪做不出来，那么，是她从某个冥场的纸花圈上捡回来的？老人已经没有太多的忌讳了，她可能觉得这些纸红花好看，就捡回来插在大屋里。老人苍老的内心仍然爱美，这些沾染了死亡气息的纸红花，就在柳氏大屋里长期存在，不枯不凋，陪伴着老人迟暮的爱美之心。

柳氏大屋后山，有一座五显大帝小庙。之前，余盛芳老汉带我们去过那里。现在，午后的阳光从小庙的屋檐上泼洒过来，哗啦啦地从柳氏大屋的天井落下来，大屋有了一些温度，像一头垂暮老牛的体温和鼻息。大屋，菇民生活的一抹余晖……

2014.12.10

三个故事和十八个半

金兆锋老人的三个故事

或许，村长把我当作掌握某种社会资源的公职人员了，一见面就说起两个红军伤员的故事。说北公村曾经救助和掩护过两个红军伤员。面对村长的热情，我感到尴尬和心虚，甚至惭愧。欲言，我不是手握某种社会资源的公职人员，顶多只会写一点文字，且这文字会往哪写，写出来是什么状况也未知。我写字任性、随意，不可寄予厚望。村长是这意思吗？他没说，也许是我多心了。村长只是向来客宣传自己的村子而已。一个山村有旧岁月的红色故事，是一个看点，值得宣传。你不说，人家又怎么知道？我问村长这事发生在什么时候，村长说，见证此事的老人还健在，就住在村里。

一栋双披顶泥木房子，屋前有三棵大栗树。刚下过一阵小雨，三棵大栗树是湿的，通向泥木房子的石径也是湿的。村长把我们领到这里，经过堂屋，直接到了左侧膳房，见到一位老人。老人似乎知道我们要来，吃饭兼待客用的八仙桌上已泡好几杯绿茶，还有几盘瓜子,这阵势有点儿隆重,老人把我们当客人了。膳房里光线弱,不通风,有股霉味沉凝在屋里。大家站了一会儿,退到堂屋。老人也跟了出来。堂屋直通大门,空气和光线从两扇敞开的门洞泄进来,清新,明亮。

老人的乡音很重,他说他叫金兆锋,九十岁了。金兆锋老人个子不高,身子骨硬朗,头脑清醒,方形的爬满皱纹的脸盆,像一只风干的柚子。大门口内有一条三尺凳,他让给了我们,自己坐到石门槛上。屋内走出一个女人,是老人的女儿,从膳房里搬出几条三尺凳,让大家坐,茶和瓜子也一一搬出来,放在三尺凳上。之前村长可能跟老人说过我们要听他讲那个救助红军伤员的故事。老人一坐下来,没等我们提及,就直接说开了,中间没有初次见面的客套话。

我的注意力还停留在金兆峰老人的身后。一道矮栅栏,一串挂在门楣上的柏柿橘(谐音百事吉),一幅春节时候留下来的对联。老人上身斜靠在左侧门框上,那里有对联,下面两个字给他的后背压住了。老人的开门见山使我有点措手不及,等我意识到他的故事已经说开了的时候,故事开头已经过去,我不得不要求老人重说一遍。

"在岙门山,搭寮,住了一个月。"老人的故事是这样开头的,没有时间、人物方面的交代和过场,直接进入故事内核。

"日子长了怕暴露,就转移到雷公岩去了。"

"两个人。早上,看到屋顶上的炊烟,爬进屋里,要吃的。"

"我老婆9岁,那两人叫我老婆吃饱些。"

老人的故事是这么说的，面对我们，他把当年两个红军伤员在北公村的情景，用几个简单的、独立的句子做了讲述，像几颗砾石子，零乱、生硬、不连贯，没有必要的交代。看来老人不大会讲故事，我一时难以适应，跟不上他的节奏。我在笔记本上努力记下这几个句子，梳理了一下，大体上得出一个故事的梗概。

金兆锋安仁人，他老婆北公人，他大老婆一岁。十五岁时被拉去当兵，在前往县城的路上，一个叫丫叉丘的地方，他逃了出来。不敢回安仁家里，就逃到北公村，藏了下来，后来成了北公村发生故事那户人家的上门女婿。故事发生在他到北公村的五年前，该是一九三五年。老人在说这故事的时候，没有说故事里的两位主人公是红军。一九三五年，红军挺进师粟裕、刘英部队从福建进入庆元、龙泉，在浙南一带农村建立了多个苏维埃革命政权，活动频繁，后来遭国民党部队围剿，撤出浙南一带。听了金兆锋老人的故事，我设想，这是两个红军伤员，在与国民党部队围剿的战斗中受伤，脱离了部队。

"当地有个人要告我爷，要把我爷送到乡公所去。"老人从衣袋里摸出一根香烟，一个个递过去，大家都说不会抽烟。

"有个高人走出来教我爷办了一桌饭，请那人吃了一顿，事情就免过去了。"

这个情节进一步说明，他岳丈救助的人是当时执政者需要查办的人，是危险的行为。老人的故事已经八十年，在时间大河里沉降太久，血肉没有了，只剩几根骨头。

"夜间他们去大户人家抢吃的,十个人。一个人的脚被东家的弓打断了。"

"弓埋在门后,他们不知道。"

暮春了,老人还穿着黑色羽绒服,看上去像一个鼓胀的皮囊。屋外三棵湿漉漉的栗子树,之前爬满了阳光,现在,又为天上飘落的小雨覆盖了。

"怎么有十个人?"

天气变化无常,老人的故事已经转换。我的思维还停留在原来的故事上面,一时没有听懂。

"东家把脚断了那人送县城治。招出了同伙。"

"你这是讲另一个故事?"我不得不又插嘴问了一句。

老人左手上的食指和中指夹着一棵香烟,送到嘴上吸了一口:"十人都给清乡团抓起来了。枪毙了八个。"

老人似乎对我的提问并不理会,继续平静地说着记忆里的一些片断。故事依然凌乱、突兀,我努力记录着。老人的乡音太重,有些发音我只能猜测。

"有两兄弟都要杀,村人去乡公所求情。杀了一个,留下一个做种。"

十个人杀了八个,除了一个留下来传宗接代的兄弟之外,还有一个没杀是谁呢?是那个脚被弓打断的人吗?如果是这人,他又如何面对村人、面对这八户人家?他活得下去吗?老人的故事没有说到这个问题。至此,第二个故事讲完了,没有时间和地点,只是一个大概，且某些句子由于匆促和难以辨别，被我遗漏。故事像一棵掉光叶子的树，光秃秃的。我想，金兆锋老人讲的第二个故事可能与第一个故事有某种联系。当年粟裕挺进师从福建转移到龙泉一带还有五百多人，这五百多人不可能集中在一个地方，必须分散到各地去，隐藏起来，做群众宣传、发动工作。很多乡村都在红军的发动下，分田、分地、分粮，发生在北公村这起去财主家抢东西的事件，或许是红军的一次发动，或许是红军撤退之后，村人的一次行动，饥饿使人变得无畏，但除了饥饿，还有其他原因吗？人杀太多了。

事实上，金兆锋老人讲了三个故事。讲第三个故事的时候，他的女婿从外面回来，出现在他的身后。屋外的雨不知什么时候停了，三棵栗树在阳光的照耀下，又亮了起来，树叶发出浅绿色的光芒。老人女婿约莫六十几岁，头戴一顶平顶箬笠，手上有一只鼓囊囊的编织袋，像是从地里或者山上回来。里面装的什么？他越过门槛，经过老人身边走进堂屋时，我一度走神，离开老人的故事，去探究这男人手上的袋子。阳光好像也被这男人带进了屋里，一部分洒在老人身上，一部分洒在我跟前的泥地上，印出一条条木栅栏的影子。一度晦暗下去的堂屋又明亮了起来。

"江西德兴做香菇。头一天，山下打了一仗。"金兆锋老人第三个故事是这样开始叙述的，依然突兀。

"保长送来两个伤兵，叫我们收留下来。"说着，他又从羽绒服口袋里摸出一根香烟。这次，他没有递给大家，而是自己直接把香烟点燃。"两个伤兵在香菇寮住了十八天。我们的衣服给他们穿,他们的给我们穿。"

"还送了我一双手套。"末了,老人念念不忘那双手套,反复说着:"皮手套,里面有毛,很暖和。"老人的第三个故事依然是彻头彻尾,寥寥几句,但故事内核显而易见。

现在,老人女婿把手里的编织袋抖开了,从里面倒出很多竹笋。老人女儿又出现在堂屋上了。在这对夫妻跟前,除了刚倒出来的一堆竹笋之外,还有一只木墩子。男人用一把柴刀在木墩子上将一根根竹笋的尾部砍去。女人一旁剥着笋壳,去壳的竹笋像女人的小腿,白皙、细嫩。这对夫妻在做这些事情的时候是无声的。

老人的故事什么时候讲完的?我有点不知所然。突然而起,嘎然而落。呈现跟前的是零碎的、模糊的、像一堆从地下挖出来的瓷片。而这一堆零碎的瓷片又分别属于三个瓷器。我努力在头脑里梳理着、修复着,试图看清三个瓷器本来的形状。

后来,我把这些故事碎片带回家,像一个考古学家一样,对它们进行重新整理和修复,得出如下几点:一是老人讲的三个故事,只有最后一个是他的亲身经历,前两个都是间接的,他本人没有直接参与。第二个故事如果老人是直接参与者,那么有一种可能,那个脚被弓打断的人或许是他,当然,这是假设;二是三个故事都与饥饿有关,饥饿又与杀戮有关,关键词是:人命,死活之间,善性,凶恶。故事社会背景是残酷的,只是被时间抹去了细节,闻不到太多血腥味了,像地上几点已经风干的暗色血迹;三是三个故事人物代表了三种不同的身份，如果用颜色来表示，为红色、灰色和黑色，但又是模糊和混淆的；四是金兆锋老人本不姓金，金姓是后来改姓的，他是上门女婿，或为北公村某金氏所收容。他的女婿也是上门女婿。至于他的女婿是否改姓金氏，这个问题没有涉及。

北公村的居民姓金。在出村的时候，我再次看到村口竖立的金氏宗祠。宗祠的一面泥墙倒塌了，屋瓦倾覆，亟待修缮。

2014.8.27

十八个半

鹤溪村是一个小山村，村前有一条小溪，叫鹤溪，村因溪而名，听去有一种仙气。村内空落落，很静，一根针掉到地上，都能听到跳两下的声音。这一天下午，在村路上走，遇到一个老人，一只黄狗，几只土鸡。都已经年关了，村子还这么冷清。老人后腰上挂着一把刀，砍柴的那种刀，头部有钩，木柄，大约五十厘米长，刀刃磨得雪亮，寒气逼人。老人走动时，刀在木鞘里发出均匀的响声，像有一个无形的人在劈柴。

老人见我们是陌生人，而陌生使人兴趣。老人主动与我们搭讪，还热情地把我们领进路边一户人家。起初，我以为是他家，他说不是，是村长家。我们就参观起了屋子。村长的屋子全用木头做，没有现代装饰材料，这比较符合越来越多的城里人的消费需求。屋里有一个上了年纪的男人,老人说,他是村长的父亲。老人要村长父亲给我们泡茶,对此我们默认了。在阳光里走了几个小时,也想喝一口茶,农村的粗茶具有诱惑力。随后,我们被引到客厅,在一张长条木沙发上坐下来,等泡茶。村长父亲在两只玻璃茶杯里放进一些茶叶,从一只绿壳塑料热水瓶里倒出一些开水,然后把两只玻璃茶杯放到我们跟前,杯口上浮满茶叶。这是隔夜开水还是水瓶保暖不好?老人和村长父亲也坐了下来,坐在我们的斜对面,那里有一个窗户,窗户下面有两张单人木沙发,两位老人分别坐在两张单人木沙发上。我们自然地就聊了起来。

现在,我知道领我们进屋的老人叫傅金水,鹤溪村原支部书记。傅金水老书记似乎有很多话要说,不用我们问起,他就说开了。这是一个爱说话的老人。村长父亲话少,偶尔插上一二句,是对老书记之言的肯定,或者证明,不是补充。

傅金水老书记报出一串人名,问我们是否认识。都是一些在地方上有一点头面的人物,我们就微笑着,没有作答。他见我们没有什么反应,就把话题转到自己身上,说自己七十多岁了,在村支书的位置上干了二十八年。村长父亲就一旁附和、点头。

"从十七岁开始,我就当村干部了,从副大队长开始当,当到村支书,现在退下来了,让年轻人干了。"村长父亲又一边附和,点头。我想,这是一个有故事的老人。

傅老书记会抽烟,他掏出一根香烟让我抽,我说不会,他又看看旁边的D,D摆摆手,他就把烟给了村长父亲,自己再掏出一根,与村长父亲抽了起来。我们喝茶，温开水泡的茶不出味。村长父亲在我们的茶杯里续了一次水，还是不出味。之后，傅金水老人说到了十八个半。

一九三五年，红军挺进师在龙泉一带乡村活动，鹤溪也是红军活动的范围。红军遭到国民党部队围剿，撤出龙泉后，所有红军活动过的乡村都遭到清洗。几天里，鹤溪村的山后源自然村，先后有十八个参与分田分粮的农民被枪杀，其中一个农会妇女委员叫方金翠，十月怀胎就将分娩，也被杀害了。这个妇女委员死后，肚皮裸露出来，能看见肚皮下面的孩子还在动，在母亲的肚子里挣扎，很久才死去，才停止了不动。傅金水老书记这么说着，村长父亲在一边附和，是的是的，还使劲点了点头。为进一步说明鹤溪村是革命老区，傅金水老书记又说："过去的张子斌县长（其实是副县长）你认识？"我说我知道。他说："当年张子斌打游击就在我们这一带。""文革"期间，张子斌副县长赋闲在家，画一点山水花鸟，那时我在念小学，爱画画，父亲曾领我去他西街的老屋请他点拨。

这故事里那一个和半个，听得让人心悸。一个不曾走出生命之门的婴儿，在一个已经死亡的、封闭的世界里蠕动、挣扎，从强到弱，渐渐地、慢慢地死去。呈现在世人眼前的是一个裸露的、隆起的、没有生命体征的肚皮，还有一滩风干了血迹。这像一个丑陋、残酷的标签，贴在一个时代的页面上，令人难以置信。我想看这故事的文字记载，傅金水老书记说没有，村长父亲也附和说没有，摇了摇头。至于这十八个人的后代，两位老人没有言及。

后来有一天在龙泉党史办,偶尔尔说起这十八个半的故事,毛明库副主任说确有其事,并找出龙泉党史研究室编辑的《中国共产党龙泉历史》第一卷,深红色封面,第90页有一段与这故事相近的话。我想,这该是正史了。

2015.5.20

春晚词语：季山头的季

大 会 堂

季山头村的大会堂，比之该村诸多做工精良、结构繁复的老房子，它是晚辈。它简单、结实，门楣上一个红五星，里面一个大戏台。晚会时，村长站在大戏台上，胸前挂一根大红围巾，向台下面几百号黑压压的村民们汇报2014年村委财政来源和去向。说到大会堂的装修，用了20万元。于是我知道，焕然一新的大会堂内部是去年装修的。

大会堂用以吃饭，摆十八桌。用以开会，坐三百人。这天正月初三，新春晚会，站着挤着，可容纳五百人。过年了，外出打工的季山头人回来了；在外工作、做生意，定居城里或者他乡的季山头人也回来了。这一天，全村有五百多人。大家聚在一起吃年饭，看自己的春晚。吃饭摆了五十桌，大会堂摆不下，就摆到附近的景观廊里，摆到村两委会议室。吃饭，热热闹闹。看戏，热热闹闹。

大会堂外面，一块空地。空地外面，两棵柿子树。空地是进入大会堂的过渡，或者是大会堂的外延，像大剧院的休息厅。这里，可以看远山之黛，梯田之绿，老树之苍桑。这天阴有雨，可以看雾霭在远山和梯田之上飘拂，在老树之上萦绕。

大 编 导

季山头人姓季。律师季明环姓季，季山头的季。季律师毕业于某政法大学，在龙泉城开浙江金言律师事务所，定居城里。村里办春晚，他担当编导。我看见他的时候，他很忙，很投入，在彩排节目，当春晚主持人。第二天，我从朋友处打听到他的手机号，打给他，了解晚会背后的事情。他说，晚会在国庆之后就着手准备了，而排练，是在年前农历十二月廿七，等演员们都回村了才开始。"只一个星期，太紧了，很粗糙。"他说。

季步高姓季，季山头的季，黄埔军校第四期学员，1928年1月担任中共广州市委书记，7月不幸被捕，严刑拷打，坚贞不屈，8月在广州红花岗就义，时年22岁，革命烈士，是季山头的骄傲，也是龙泉的骄傲。季山头春晚，有一个《季步高》节目，是晚会的重头戏。下午，在大会堂戏台子上，《季步高》在彩排。演员队伍庞大，十几个大小演员，都是季山头村民，扮演剧中各个角色。走场，打斗，对白，个个神情投入，一招一式，煞有介事，紧锣密鼓地进行着。季律师季导演手上攥一只黄版纸大号资料袋（我想，里面是晚会材料），一旁说戏，示范，调整，手舞足蹈，看上去，就像一个大导演。我在电话里赞扬他编导的节目。电话那头,他有些不好意思,又说,很粗糙,很粗糙。

季警官以及两个小演员

演季步高有两个演员,少年季步高和青年季步高。青年季步高的演员是丽水市交警支队的季警官。我问他贵姓,他说,免贵姓季,季山头的季。季警官人高马大,台前一站,把其他演员都比下去了,英烈形象彰明较著。

演小年季步高是一个小男孩。头戴黑礼帽,身着黑马甲、灰长袍。台上彩排暂时没有他的戏,就在台下玩。台下有很多人,大人、小孩、年轻人、老年人、男人女人,人人都穿着过年的新衣服,嗑瓜子、吃花生、吃茶,边吃、边聊、边看彩排,把年味张扬得到处都是。

"你是演员吗?"起初,我被这个一身民国装的小男孩所吸引。

"是的。"

"你演什么?"

"我演少年季步高。"小男孩的回答干脆利落,有几分小少爷的派头。我想,这切合少年季步高人物个性,又问,"你几岁了?"

"年过了十一岁。"

"你是谁家的孩子?"

旁边一个年轻男子忙凑过来:"我的我的。"脸上堆满了笑。我想，这父子俩也姓季吧，季山头的季。

晚饭吃得早。吃过晚饭，天还明着，路灯就亮了。我们在村路上随便走。在一排装饰性比较强的路灯下面走，看见之前那个小演员。礼帽、马甲、长袍，这行头不演戏时他也穿着，没有脱下来。小男孩喜爱他今天的身份和扮演的角色。路边四五个男孩，在玩鞭炮，把一个一个鞭炮点着掷到暮色将合的空中，炸出一声一声脆响，一团一团青烟。之前在戏台子上彩排扮演小兵卒的男孩也在，鹅黄色的戎装和帽子（帽上一颗青天白日徽章），依然穿着戴着。我走过去，给两个小演员照相。他们就抱作一团，笑嘻嘻地给我来了一句："台上是敌人，台下是朋友。"

茶庄女老板要唱一支歌

在大会堂吃晚饭。一个身材高挑的美女走到我们桌子跟前，是来跟流泉、朱丽勇几个打招呼的。流泉忙介绍：丽水著名的伯温茶庄老板，季山头人。看来他们很熟。美女老板很热情，与我们一一打过招呼。热情里面有生意场的套路，也有季山头人的淳朴。女老板自我介绍：我走出季山头已经十五年，生意、父母都在丽水，难得回来。村里有爷爷奶奶、叔伯姑妈。我边听心里边想，女老板也姓季。"十五年了，这是第一次回村过年。"她说。末了，她莞尔一笑："我也有一个节目，上台喝一支歌。"我们打算听她的歌。

晚会开始了，村民们把大会堂挤得水泄不通。中间的人坐着看,两边的以及后面的人站着看,站到楼梯上、凳子上看。晚会先由七个老年人来一段《欢天喜地闹新春》器乐合奏。统一的红底铜钱绣花唐装,锣、鼓、钹、笛、二胡各色乐器齐鸣,算是闹场,序幕拉开。尔后,支书讲话,镇长讲话,村长讲话,村两委给80岁以上老人发压岁钱。尔后,各个节目按顺序接踵而上,小品,双簧,武术,三句半,相声,顺口溜,广场舞,一个接一个往下演,都是季山头村民喜闻乐见的节目,季山头的土特产,自产自销。

茶庄女老板的节目还在后面。同行里有人等不及了,要早点回城。季山头距龙泉城七十里,高速四十五里,乡道二十五里。离开时,我们不无遗憾地跟美女老板道别,嘱咐她把唱歌视频录下来,发微信上看。

粗糙之美

季律师的谦虚之词——粗糙。放之乡村春晚舞台上,我觉得,是一种粗糙之美。是乡村春晚的一种特色,粗糙之贬义可以去之。拙笨,粗疏,木讷,简单,模糊,不够完整,也许更接近于乡村的本质,接近于真实。瑕疵的实质是真实的、自然的、朴素的,来自村民生活,是村民自己的。地里挖出来的土豆、番薯,藤上结出来的南瓜、豇豆,粘着泥土和露珠,粘着村民们额头上滴落的汗水和乡土气息,本色,不雕琢。

舞蹈《回娘家》。三个演员。农夫,老太婆,小男孩。村长演农夫、荷锄、锄草、施肥、播种、抽烟、擦汗，几个动作，几个台步，都是平常的劳作，没有刻意摆弄。一个小青年演老太婆，瘦小、驼背、瘪嘴，戴一副老花眼镜、一块黑头帕，甩一根白手巾，扭着腰身，充满喜感。小男孩天真、烂漫、无邪，蹦蹦跳跳，像春天里一朵花，是希望和未来。如果用专业的尺度衡量，这个舞蹈还不够完整和完美，但它是村民自编自导自演的，是自己种出来的东西，是草根、土豆、南瓜，没有距离，没有如央视春晚那种遥远和陌生感。舞蹈反映农耕快乐生活，很有戏，群众喜欢，博得阵阵笑声和热烈掌声。我想，这种节目，这种乡村春晚形式，某种程度上，也是对日益僵化、形式化、麻木化的央视春晚的补充吧。

他们不曾离开过

村路上，遇到林业局季总工。他把车子停在我们跟前，从车窗里探出一个头，用季山头人的口吻跟我们打招呼：晚饭在村里吃，吃过一起看春晚。

大会堂旁边一幢清代建筑是建设局季副局长的老家。三层楼房，西式窗户，由父母住着。他邀我们去他家做客。搬凳子，递烟，沏茶，端果子，以乡村人的方式热情款待我们。

季山头春晚五百观众，来自本村。季总工和季副局长是我认识的两位。他们与季律师、季警官、季老板，以及许多我尚不认识的季山头的季，都是浙西南山区这个偏远的、文化底蕴深厚的小山村

的村民。他们表面上似乎离开了山村，在外工作、经商，定居他乡。但每逢过年，或者村里有重大事项，他们就会回来，或者说，他们根本不曾离开。季山头是国家公布的中国传统村落，耕读是季山头人的立村之本、立家之本，立身之本，上千年来，从季山头村走出许多名人雅士官员。近现代史，就有革命家、政治家、文学家、教授、律师、学者，他们都是季山头的骄傲。他们无论走多远、多高，都不曾忘记自己是季山头人，姓季，季山头的季。他们是季山头村一股强大的外围力量，像那两个小演员，身上始终穿着季山头的服装，不肯脱下来。

2015.2.25

一个村庄的词语

廊　桥

村口，一座单孔石拱廊桥，村人叫它棺材桥。我表示疑惑，毛明库说，村人一直都是这么叫的。事实令我无言，也跟着这么叫了一声。

棺材桥离村舍约一里。水泥小路（过去可能是石头路，或者泥路）从村里出来，走过一些田畴、菜地和山坡，从桥头一间桥屋下穿过。棺材桥下面的山涧也从村子里出来，过了桥，沉降到前面的峡谷。也许是枯水季节，山涧没有流动的水。在廊桥外侧，经过廊桥的水泥小路变成石头岭，也与山坑一起沉降到深谷。谷底是著名的瑞垟水库。

横坑头村地势高远。棺材桥处在村尾，周围没有大树。即便没有大树，历史上，也是横坑头的村口。再往前，是深山，景象荒凉，没有村庄的迹象。

棺材桥单脊双坡顶，桥身两侧木板覆盖。桥头一间是过道。南北走向的小路穿过廊桥，进入村子，或者走向村外。其除各间为村民用以存放物料，占五分之四，有板壁与过道隔开。在过道上，通过门框，可以看到里面存放之物。十八副一式的荷头棺材，白坯五副，上过黑漆的十三副。上过漆的棺材荷头上有金字和彩绘。为节约空间，棺材放在一个木架上，上下两层，靠门口右侧往里整齐排列开。一些木头、柴禾、豆扞、农具把剩余的空间塞满。

棺材，既官又财，本是两个好字，因为用途，蒙上了神秘的色彩。活着的人，对它心存敬畏。棺材桥里的棺材是空匣子，不曾使用，散发出阴冷而诡异的气息。毛明库是横坑头村人，他说，廊桥一直是村人存放备用棺材的地方。

廊桥上没有桥名、修建年月字样。当初横坑头人没有给它起一个正名，也不知其修建时间。桥的另一头紧贴山涧对面山体，一堵泥墙封堵了去路。对岸是山崖，本无路，不过是一座独头断桥而已。显然，修建此桥不是为了行走，是另有用意。

毛明库讲到了一个传说。说过去这里两边的山是活动的，白天，两山打开；夜晚，两山合拢。晚上进出村子的路被堵了，给村人造成很大的不便。人们就请来会法术的道士，在此做法，修建此桥，把两山隔开，从此两山不再合拢。想必这个传说在横坑头村流传了很久。村人修建此桥，可能还是从风水方面考虑，村口也多了一道风景。至于后来村民将廊桥用以存放棺材、农具、杂物，不过是闲物利用罢了。

村 门

村庄东南，有一座土木结构单体建筑。长方形、双层、泥墙、木架构、单脊双坡顶，南北对开门洞，没有门扇，类似于亭。南北走向的村路从廊桥方向过来，经过此屋，进入村子，反之，走向村外。建筑里侧村舍，外侧田畴、庄稼、廊桥以及山群。横坑头人谓之村大门。民国时，这里做过学堂，孩子们在二楼识字念书。

横坑头村在通公路之前，有三条路与外界联系。唯在南北走向这条村路上，修建了这幢建筑。此建筑的伫立，横坑头村诸多风俗习惯因此确立，不可动摇，赋予此屋某些坚硬的做法和意义，绵延至今，犹如法律一般为村民们所自觉遵守，经久不衰。

娶媳。新娘无论走哪一条路，即便从东北方沿新修的公路过来，也要绕到东南，从大门进入村子。经过此门，意味着此女子已是横坑头村的媳妇。

嫁女。新娘在村内祠堂，或者大屋上堂拜过祖先，由亲兄弟，或者堂表兄弟从家里背到村大门，从此门出村，才意味着姑娘已经出嫁。

丧葬。如果村人在村外去世，回村不得经过村门。办完丧事出殡，灵柩也不能从村门出去。不经过村门，就意味着亡灵没有进村，意味着外面不干净的东西没有带进村里。

村大门在婚丧嫁娶、红白喜事中，其固执的做法和含意自古至今没有改变。讫今，如果村人去世，须要火化，可以不择吉日，不经过村门，从公路直接去殡仪馆。火化回来，也不经过村门。待择安葬吉日，举行仪式，吹吹打打，哭哭啼啼，再从村大门隆重而出，入土为安。

事实上，横坑头村大门，具有了一座城门，或者一座大宅院大门的象征意义。我走访过许多村庄，极少见过哪个村庄竖一个大门，赋予如此严格而深重的习俗和含义。2014年12月27日下午，当毛明库带我们从这个建筑物内部穿过，在其外侧停留下来的时候，其在时间里伫立已大约三百年。现在，内部楼板没有了，外部泥墙正在剥落，但它依然坚固。这里的光照十分充足，村大门仿佛一个威严的族长，日夜守在村口，把持着村内族上诸多规矩。我与此建筑对面而立，不由得陷入其中。

横坑头村没有城郭，却有一道无形的城郭，村大门是这道无形城郭中的城门，婚丧喜事，经由此门，得以某种意义上的精神抵达。

老 屋

龙泉方言里，"坑"有溪涧的含意。横坑头村有一条坑，从山顶上下来，经过村庄，进入瑞垟水库。坑两边竹林绵延、繁茂，因此，过去的横坑头不叫横坑头，叫竹溪（高山上的人，把山涧放大了一点）。后来叫横坑头，是因为此坑自北向南，相对于河流西东走向而言，有横的意思。

横坑头的村舍集中在山涧两边，顺坡而筑。有意思的是，这条经过村庄的山涧，古人筑石拱将其覆盖，上筑大屋。被覆盖的山涧约一百多米，连栋接宇，盖了八幢大屋。这些房屋大多是清代建筑，或者更早。每幢房屋都做得富贵、考究。高大门，马头墙，砖雕石刻，雕梁画栋。它们在时间里已经伫立太久，逐渐为今天的主人舍弃。现在，它们已经倾覆，或者正在快速倾覆。里面很少有人居住，主人都另建新屋，或者去了城里。在一方"厚德载物"门额下面，我小心推开两扇破败的大门。里面是空的，没有屋顶、屋架，只有四壁，养了一群鸡。几只公鸡见门开了，便冲了过来，要夺门而出，我赶紧关上大门。

这排老屋对面，也是一排老屋。沿着山涧走势，形成一条狭长的村巷。即使如此逼仄村巷，一幢大屋前面还设了一道照壁，偏开小门。大门上有"瑞溢门阑"四字。毛明库说，这里曾是建国初期龙泉县瑞垟乡的乡公所，村人叫它老公社。我们在老公社内部逗留片刻，所见除了满屋破烂和凌乱，还有当年留在墙壁上的标志口号，这些字，加深了时间的纵深度。

山涧到了村庄南面，还原本来形状，上面不再有石拱覆盖，不再有老屋。我仔细察看露在南头一堵老墙下面的山涧口，古人将其做成涵洞。涵洞上部呈半圆石拱，两壁石砌，底部铺砌石头。严密，牢固，幽深。涵洞口内，有村民架起横木，上面摆放木料、箱子之类杂物。

在村庄南面，我作为这些山涧上的老屋的对立面，不由得想到了以下几个问题。

泄洪。在山涧上建屋，古人是否考虑过泄洪问题？如果遭遇山洪，山涧上的房屋将岌岌可危？现在，这个问题经过时间验证，显然是多余的。横坑头的祖先们在覆盖山涧、建造房屋时，已对山上冲下来的涧水做到胸有成竹。

感受。置身于涧上老屋里的人，每天吃饭、睡觉、做事、走路，立着、坐着、靠着、躺着，身体下面日夜涧水淙淙，感觉是流水喃喃自语，还是大水高歌？寝食可安否？这问题似乎又多余了，这些房屋的主人已在上面住了几百年，即便担忧底下暗流汹涌，也已成过去。

需要。其一，横坑头村地处高山，可耕种和造屋土地稀少，他们须要把山涧覆盖造屋。其二，横坑头村是传统菇民村，青壮年有半年时间在外栽培香菇，留在村里的都是妇幼老弱，为防外扰，为互相照顾，他们的房屋必须集中、紧凑、密集、联系。

富足。之前我去过南乡菇村阳山头，相比之下，横坑头的古建筑群，自是富足、气派许多。想当年横坑头的祖先们在香菇上发了财，户户家底殷实。同在一个县的两个村，其历史在房屋呈现上所出现的差异，自有许多复杂的因素，难以简单蔽之。

技术。在一百多米的山涧上垒石拱，做涵洞，且这般严实、牢固，工匠技术精湛，非常了得。最南面的一幢，露出的涵洞石头与墙基石头相互交错，浑然一体，二者的结合部，分不出哪块石头属于涵洞，哪块石头属于墙基。我想，当时建造这些房屋，单基础工程所耗费的人力财力就相当可观。这使我对古代工匠和横坑头村的祖先们肃然起敬。

水 井

从一条小巷往前走，再往前走，没几步，就到水井了。水井隐蔽在一个三面泥墙的旯旮里。三幢错开的房屋，形成一个长方形凹口，是横坑头村这口著名的水井的位置。水井分两部分。一部分是井眼，呈正方形，大约三平方米；另一部分是石砌空地，也是正方形，也大约三平方米。水井一边靠小巷，半堵石墙将水井与小巷隔开，有井栏的作用；两边借用了两面墙脚，靠在石礅上；一边是敞开的井沿，与石砌空地连接，汲水、濯洗，各种与水井有关的活动都在石砌空地一边上进行。

我在水井旁边踌躇，想到了一个水井与房屋的关系问题。是先有水井，还是先有房屋？我想，是先有井，再有房屋吧。井边错开的三幢房屋已经很老，其中一幢是毛明库家的老屋。他说，已经三百多年了，另两幢大概也在三百年左右。想必这些房屋原先的主人在此造屋时，水井或者泉眼就已经存在，于是，留出水井的位置，将其保护和利用起来。几百年来，他们的日子便有了这口水井的慧赠。

井水清澈见底，约一二米深，井沿石头颜色幽暗。石缝里长出四五根蕨萁，倒影水中。同行里谁说了一句，没有鱼啊。说话的人是把这口水井视作鱼池了，从景观上看，这口水井若有几枚锦鲤，会很好看。但是，如果井里有鱼，井水就不好用了。毛明库家的老房子已拆多年，只留几面马头墙，周围几幢老房子也不再住人，这一片老房子好像已很少有人居住，也很少有人再用这口井水，但它依然被保护得很好，没有人在里面养鱼，更没有人往里乱丢东西。井水冰凉、甘甜、明净，像一面安装在地面上的镜子。

一抹阳光从小巷逼仄的天空上落下来，停在水井边，像一个害羞的小姑娘一样。我赶紧举起相机，它又跑开了，消失在小巷尽头。我惦记着一抹阳光与水井的结合。想象着村人在井边舀水、挑水、喝水、濯衣、说笑，抑或拌嘴等诸多细碎往事；想象着横坑头村在井边流传的某些经久不变的传说；想象着曾经的村民，譬如毛明库的祖母、祖父以及更远的毛氏祖先们在井边渐渐拉长的身影。现在，想必这些都已经沉入水井内部。缄默。静谧。清澈。幽深。久远。

香　火

"毛氏宗祠"。门楣上四个被涂成景泰蓝的石刻隶书，如同坐落在村舍外面这座宗祠本身，除了醒目，似乎有点儿突兀。毛氏祠堂没有盖在村舍密集的村内，可能是村里房子太挤了，没有地盘盖。它被盖在村大门和棺材桥之间一片空旷的田野上，四周没有房屋，孤零零的。分上下两幢，中间天井。从对面小路上看过去，像高原上一座孤独的寺院。祠堂附近没有大树，茂盛的树林在祠堂后面的山上。只有左前方有一棵小树，冬天了，它落光了叶子。祠堂两头山墙包桁，做成龙脊，正面看像两条腾龙。毛氏祠堂建于1923年，时间久了，部分外墙倒塌，屋顶漏雨。新上任的村长牵头在族群里搞捐款，捐了很多款，用来修葺祠堂。现在修葺好了，重新覆盖的铅色琉璃瓦，流光溢彩，散发出工业化的气息。祠堂坐西朝东，前面封闭式围墙，同时有照壁作用。去祠堂内部要走北边一道小门，七步石阶往下沉，正好沉到大门口。四个涂成景泰蓝的隶书在头顶上，豪华的门楣砖刻、石刻和砖头拼花也在头顶上。两个工人在大门口搬弄一个铁架子，他们要爬上去，可能是门楣上还有什么没有收工。

祠堂内部的柱子、牛脚、栋梁、桁椽漆成暗红色，墙壁刷成白色，如同它的外墙。上堂灵位上摆放着毛氏三位祖先的灵牌，肃穆，凝重，散发出神秘的气息。修葺接近尾声，还没有打扫干净，看上去有点凌乱，空气里弥漫着一股石灰、油漆和粉尘的混合气体。一个偏门，也是朝北。我从那里出来，看到一个老农在烧灰碱。阳光下，白烟飘向虚无，火焰成了虚幻之物，火堆旁边的老农也虚幻起来。过年前，龙泉农村每户人家都要做黄粿，灰碱是黄粿的原料。想必烧灰碱是春节将临的最早一条信息了。在横坑头村毛氏宗祠外面，我看见了2015年春节朝我们远远走来的身影。

村里还有一个香火堂，在水井右侧，隔一道泥墙。香火堂是一间简易的木屋，敞开式，前面没有墙或者栅栏，里面新摆进几排连体靠椅，像一个议事厅。连体靠椅是现代的铝合金材料，与古老的香火堂不协调，想必是做事的人图省事了。香火堂和祠堂两处建筑，前者年份要长久许多，起码有三百年了。香火堂外面有一小块空地,风水上称之明堂,在土地紧缺的村内,这样一块空地算是很大了。香火堂也在修葺,几个族人在做扫尾工作。我跟他们搭讪。我问他们,那种烧灰碱的柴禾叫什么?一个正好经过这里的村民听见了,马上说:"旦乃"。这自然是横坑头一带村庄称之的土名,至于它的学名,仍不得而知。我不知道这两个字怎么写,念了两遍,觉得发音很好听。烧灰碱有好几种柴禾,只有"旦乃"烧的灰碱,做出的黄粿品质好,口味好。

横坑头人姓毛。六百年前,他们的祖先从龙南西坪村迁居这里。从东乡到南乡,毛氏香火也带到了这里。横坑头村毛氏子嗣众多,香火兴旺。毛明库说,农历十一月廿八日,村里要搞修葺竣工仪式,祭祀祖先。很多在外的族人都要回来,参加祭祀活动。

老 人

下午一点三十五分,阳光暂时离开了两位老人,同时离开了两位老人身后的一堵老墙。这对于两位老人而言,不意味着什么,也不对她们构成丝毫影响。她们依然坐在老墙下面,那里有一条长木凳。她们中的一位手上有针线,好像在做针线活。另一位没有做什么,双臂交叉抱在胸前,头微微侧仰,仿佛在看天上某一朵云。老墙上部泥墙,下部石墙磡。墙土严重剥落,表面坑坑洼洼。石墙磡依然坚硬,纹丝不动的样子,却掩饰不了苍老。两位老人坐在老墙前面,犹如坐在深重的时间里。老人和老墙构成了一幅画,背景当然是老墙。前景有两幅晾衣竿（空的），以及晾衣竿下面的四筚番薯干，金黄色，晒到一半干的样子。

我们从对面一条小巷里出来，走近两位老人的空间。如果不是我们来了，两位老人还会如之前那么安静，坐在老墙下，做针线，看云，直到需要回屋做饭，或者喂鸡的时候。不过，现在她们还是安静地坐在老墙下面的长木凳上，没有站起来。我用相机在金黄色的番薯干后面拍她们。她们没有看见似的，或者是装作没有看见。我们走到两位老人跟前，她们才站起来，离开墙脚下的长木凳，放弃了之前的安静。我们站在了同一个空间里。

我发现两位老人其实是两代人。做针线的老人不过六十几岁，不算很老，农村人显老而已。她站在另一位老人身后，个子比较高，像儿媳妇的样子。另一位确实很老了，毛明库说她八十五岁了。人比较矮，很精神。她站在我们跟前，保持着之前的姿势看我们。微微斜仰，双臂交叉抱在胸口上。头上有一块头帕，黑色，可以保暖。起初，我以为她的颈部有问题，后来发现她颈部没有问题。她保持微微斜仰的样子，也不是看云，是人太矮的缘故。人矮了看上面的东西要仰头，她可能经常以这样的姿势看人、看物，或者看云，就形成了这样的习惯姿势。

年长老人身上有许多银饰。围裙吊带是一根银链子，很粗，从后颈挂到胸前，两头各一个精致的银花扣。左腕上一只银镯子，左手中指和右手无名指上各一只银戒指，两只银耳环，后脑发髻上插了一枚银簪。左腕戴着一只男式手表，表链也是银色的。看上去老人就像是一个银光宝气的人。这是一个爱美的老人。她身上的银饰令我联想起逝去的美丽。我们的眼光都被她身上的银饰吸引过去了。我们的手上都有一只相机或者手机，我们为两位老人拍照，主要为年长的老人拍照。老人很配合，事后还要看我们给她拍的照片。相机里的人儿太小，她就拿谁的手机看，看得很认真，很沉醉，这使我再度联想到老人逝去的美。另一位老人手上拿着针线，始终站在年长老人身后，真的像一个儿媳妇的样子。

离开的阳光又回来了，依旧照在两位老人身上，照在一堵老墙身上，照在两幅空空的晾衣竿以及四箪番薯干上。阳光下的番薯干越发金亮了，我经不住诱惑，在篾箪上捡了一根放到嘴里。番薯干有阳光的味道，有横坑头村烟火的味道。

厝后林

厝，浙南方言，与闽语中的厝在字意和发音上相近，指房屋，或者居住地。去横坑头，在进村的公路上，看到对面村舍密集，村后大片树木葱郁。毛明库说，那是横坑头村的厝后林，三百多亩，百分之七十是黄山松，大多四五十厘米以上，数量比国家级自然保护区龙泉山还多，其余为榆树、荷木、枫树、乌冈栎、蓝果树。有几棵已延伸到村路边，与村舍交错，从村路上经过，它们巨大的躯干和叶冠使人感到渺小。我想，它们已经大到不能再大了，像几百岁的老人，它们看人，会是看小孩一样。

村路上，看不到黄山松，众多的黄山松在厝后林。我想进入这片树林。除了陡峭的山崖和茂密的树木封锁，进入这片树林应该有多个方向和线路。毛明库带我踏上一条石径，想必是一条捷径。但这条石径不是深入厝后林的，是上山的路，在树林外围。石径外侧，有梯状山地，一些山地已被村民种上了四季豆，有几畦土表已长出两行绿苗，布好豆扦；一些处于荒芜之中，想必是休种期。这是我第二次跟毛明库去横坑头，天还下着雨，雨伞只能使上身不至于淋湿，裤脚和鞋子还是被雨打湿了。

在林子外围的石径上攀行没多久，看见七八棵或者八九棵黄山松。灰色的雨幕里，黄山松像擎天柱一样，粗壮，苍劲，挺拔，旺盛，强悍，有如披了盔甲一般的褐色树干，高出其他乔木和灌木，一根一根不动声色地将辽阔的天空撑起来，浓郁、遒劲的枝叶像擎天柱上好看的斗栱和图案。松树下面的山坡上，有一些方形的木制蜂房，由于石径与蜂房之间存在一些灌木的距离，我没有走近它们，我只是想象，在松花盛开的季节，这里的天空一定繁忙，以及弥漫着浓郁的松香气息和蜂蜜的味道。

通向厝后林的石径很陡，很窄，破损严重，不时为路边的野草侵占，加上雨天路滑，我们的攀行显得艰难。毛明库走在前头，他在一个岔口前面停了下来。他指着岔口说，我们不要进去吧。岔口灌木丛生，潮湿、幽深、诡谲的样子，这是厝后林的入口？他说是的。我说，那就不要进去吧。入口草木丛生，人其实是难以进去的，当然也不敢贸然进去。在树林外面，我顺着毛明库的描述，仿佛已进到树林内部。树林的内部干净，树木有序，疏密有致，阳光被连片的巨大的树冠挡在林子外面，照不进树林，偶尔洒落的只是斑驳的光影。雨也一样进不了树林，进入的是改变了形状的水滴。松鼠是树林里的长住居民，它们不为人在它们的地盘上出现而惊慌，它们不怕人，睁开两只好奇的眼睛，看人好像看某个体态笨重的动物一样。地面上布满了厚如棉被的金黄色松针，还有少数阔叶，脚踏在上面，如同地毯一样松软。树林里某一些地方，生长了许多野蘑菇，野蘑菇非常好吃，但谁都不敢轻易去吃。毛明库说，厝后林不但没有人砍树，野蘑菇也没有人采，一些野蘑菇有毒，村人在过去被野蘑菇吃怕了。

  我想到了一个问题，横坑头村口没有风水树，可能是因为风水树都在这里了，这里是横坑头的风水林。风水树是一个村子神秘的物种，是一个村庄的图腾，世代延续，神圣不可侵犯。毛明库说到村里有一条保护厝后林的戒规。过去，村里也有糊涂之人，上山砍了树木，犯了戒规，要被处罚。处罚的方法很有意思，砍树人要煮上很多白米饭，搓成饭团，全村挨家挨户送去，向每一户人家赔理、道歉、认错，接受全村人的批评。还想到一个问题，厝后林是横坑头村的保护林。想必这片树林在建村时就在古人手上栽种了，使山上水土不至于流失，保护了山下村庄。不难想象，如果没有这片原始厝后林，横坑头村的房屋可能会处于危险之中。

四 季 豆

　　菜豆是中文学名，四季豆是别名，十几年前从四川等华中地区引进。它还叫三性豆，是当地的老品种。三性、四季都是指菜豆开花、结荚的大概次数，或者生长期。四季豆是高山绿色蔬菜，品质优，无污染，在龙泉高海拔地区普遍种植。龙泉在长三角地区外缘，物流便利，高山四季豆销往杭州、上海、宁波、温州四地。采撷、分拣、包装、收购、运输、上柜，全过程不超过二十个小时，保鲜。价格不菲，往年收购价每斤低者二块多，高者有四块，平均价有三块五六。好价钱激励了农民种四季豆的积极性。横坑头村家家户户都种四季豆。5月25日，是村里种四季豆相对集中的日子。村路上，遇到一个青年农民，他平常住城里，种豆的季节回村里种豆，这是第五个年头了。可观的收入吸引了多个外出打工的年轻人回村种豆，还吸引了外乡人。过去，种四季豆都是村里留守老人。

　　横坑头村海拔1170米，是龙泉种植四季豆海拔最高几个村庄之一，高海拔，高品质的高山蔬菜为城市居民乐于接受，横坑头村的四季豆种植长兴不衰。该村耕地面积282亩，都是肥沃的梯状土地，每年一半土地用以四季豆种植，一半种玉米、地瓜、水稻等作物，或者休耕。土地有度的生育规律限制了人的过度索取，也调节了农作物之间的稼穑平衡。

　　毛金德是毛明库的大哥，60岁，不曾离开过村庄，儿女都不在身边，与老伴二人每年都种一定数量的四季豆。今年种了一亩多，约一千八百株,加上毛竹、笋等其他方面收入,一年下来不比在城里打工收入少,吃的粮食蔬菜也自己种,省去在城里食住行方面的开销,日子过得安闲而充裕。事先,毛明库已跟他大哥说明我们的来意,到了村里,他就带我们去村后山地看种豆。

上午有雨,或紧或慢,气温比城里低了好几度,好在我们都带了外套,到村里一下车就把外套穿上。村后山地是一片规模较大的缓坡,梯田层层叠叠,细雨润物,迷雾茫茫,山体、土地、树木如雾里看花一般。梯状的土地一部分已种上四季豆,一部分种了玉米,还有一部分处于休耕期的土地,表面为黄色枯草所覆盖。雨雾里,看见有两人在播种。走近了,是两个青壮农民,身穿雨衣,把土地做成菜畦,铲窝,施肥,复土,下种,再复土。我一边看着他们播种的过程,一边与之攀谈。知道他们不是本村农民,来自西乡山源村,大概有五六十公里路程。他们向本村农民租种土地,已是第三年了,今年他们租了六七亩,可种万把株。两个外乡青壮农民的做法,似乎使四季豆种植出现专业化、规模化倾向。

毛金德告诉我,高山地区气温低,植物生长缓慢,有利于四季豆种植。四季豆的生长周期一般从小满到霜降,约一百五十天。播种后六七天发芽,一个半月开花、结荚,再十三四天就可以收成了,头季可采豆半个月。然后,加强田间管理,摘叶,施肥,除虫,二十天后,进入二季菜豆采摘。这二季豆期较长,产量、品质都好于头季,采摘时间可持续到秋分前后。之后,四季豆还有一个月左右的生长期,将继续开花、结荚,但已出现稀疏景象,品质、数量都迅速下降，收购价相差很多，商贩一般也不再收购，这个时候的豆子农民一般都自己吃或者供应本地市场，不再销往大城市了。我问毛金德，一株能结多少豆子，他说，长势好的豆株每株可摘五六斤，卖二十多元，一般的豆株也有十多元。我想这自然界里任何一个物种，都是这般有趣，似乎都是对勤劳的馈赠。

　　毛明库还带我去看了村里另几处规模较大的四季豆基地。遇到了村里两位老人。一位毛日隆，七十三岁，他说自己种了一亩地，有1400株。一位毛仁乾，七十七岁，他也种一亩左右。两位老人布衣、花发、清瘦，闲云野鹤一般，在老照片一般的村舍背景前面，我似乎看到了他们丰收之后的喜悦，以及某些古老的活化石一般的乡村沉淀。两位老人见到我，都掏出香烟来要敬烟，我婉拒了。他们听毛明库说我是一位作家，是专门来了解四季豆的，要写一篇四季豆的文章，便流露出感动和期待的热情。我想，可能会在某个收获的日子里，我会搭乘秋日的阳光，再去看他们。

龙井记

1

最先看见龙门架。还在施工。现实中的龙井村。之前，我没有去过龙井村，读吴梅英老师一组诗，知道龙井村。意象中的龙井村，在龙泉东乡。东乡山高，江浙最高峰雄踞东乡。省城杭州也有一个龙井村，龙井茶闻名遐迩，我没有去过，也是一个意象。当龙井二字以村庄的形式出现在吴梅英的诗里的时候，两个意象上的龙井村不由自主地串联起来，叠加，交错，概括，不清晰和没有细节。2016年1月16日下午，吴梅英带我们去她的龙井村。真实的龙井村。龙泉东乡，一个神秘的菇村，一个以男人外出做香菇著称的村庄。龙庆景（龙泉、庆元、景宁）三县交界地带，世界香菇发源地。

龙门架还在施工，还没有形成既定的模样。浇灌混凝土的钢管支架呈网状将马路封锁。三四个村民在卸钢管支架。龙门架须要两幅对联，同行里有两位楹联高手，对联任务当场落到两位同行身上。

这里离村庄约一公里,山下是龙井潭。这意味着,龙井村的村口将外延一公里。

2

如果不计在建的龙门架,五显庙是进村见到的第一座建筑物。最隆重的建筑物。典型的清代寺庙建筑风格,光绪二十二年建造,依山傍水。山涧从村里出来,与马路平行。马路往村里去。我们在马路上,隔着简易的水泥桥,望对面五显庙巨大的身躯。白墙、灰瓦,如神兽一般腾空而起的飞檐。里面供奉着五显大帝。进入这座建筑物内部,想是已进入菇民信仰和祈求的内部。从边门进入。大门关闭着,沉重而肃穆。神的地方,菇民祈福的地方。前厅,戏台,天井,春亭,后厅,天井两侧厢房,二层观戏楼,美人靠。庙内部做工考究,雕像、木刻、彩绘、红漆、山水、花鸟、人物。神秘,幽谧,肃穆,隆重,弥漫着神的气息和庙宇的幽暗,弥漫着陈旧的香火味和建筑物自身的霉味。门楼青石青砖,石雕,砖浮雕,工艺精湛,极尽豪华、精细、气派,无与伦比。一个深山里的村落和村民,是闭塞的、保守的,世代传承的理念、习俗、做法相对固定,又不断演绎和进化。耕作,平安,健康,富庶,风雨,子嗣,是舍弃不下、又时刻保持在日子里的温度。菇民半年在村里耕作,半年去远方山林栽培香菇。祖祖辈辈,栽培香菇事情十分隆重,艰苦,又是富庶的希望。苦辛、危险、运气、偶然、思念、寄盼,都寄托于神灵的保佑。五显大帝是民间重要的神，菇民的神，春厅上方四块匾额："威灵显应""德溥南天""降魔祛邪""有求必应"，既是神的威力，也是人的愿望。一百二十年前，龙井村建造了这座神庙，龙井村是富庶的。龙泉境内，龙井五显庙，似乎最为隆重。

这里是狭义上的村口，老村口（广义上的、现在的村口，正在往龙井潭上方的公路延伸，龙门架，是龙井村的新村口）。一棵柳杉，一座禹王社。老村口平面上，又一个神秘之地。山涧水从一侧淙淙流过。禹王神掌管雨水，村民建社庙供奉，祈求风调雨顺，田禾大熟。禹王社伏在柳杉巨大的树冠下面，比之五显庙，如大户人家和小户人家的区别，却精致、牢固、久远。禹王社在村口的位置上，与一棵大柳杉严整组合，一个界限，一道屏障，是村庄的风水口，意义超乎禹王社本身，有了更多神秘的内容。大柳杉是风水树，歪斜身子，在时间里站了很久，站成沧桑。这里，有形无形，成了村庄一道戒律、一种威慑，也是村庄一道风景；在风水上，以致人们的心理上，形成一种遵守和满足；赋予了一种神力，阻挡村外邪气入侵，保护村内财气不至于泄漏。走近看，禹王社一侧社门紧闭，一张条桌临时香案堵在门口，案上烛痕残留。案上一只香炉，香灰满出，插满香梗。我心存疑惑，问吴梅英老师的父亲，一个开心的小老头。他说，每年春社日做醮，禹王社门打开，村人在社里祭祀，举行各种活动，场面热烈。龙井社虽小，却有一奇，吴梅英父亲又说，尽管关了一年，里面每一个角落不见鸟雀筑巢、蜘蛛悬梁、蚊虫蚂蚁，甚至灰尘也很少积淀，上年祭祀时候悬挂的字符、条幅还像新的一样。

马夫人是龙井村敬奉的第三个神。马氏仙宫建在龙井潭附近。龙井潭在龙门架施工工地的山脚下。简易平房，正面六扇窗格木门，漆紫红色，两头白墙，琉璃瓦灰色、发光、太过现代，建于二〇〇三年。山涧水从跟前流过，沉降到不远处的龙井潭。这里离村舍较远、冷清，没有五显庙和禹王社的位置和显赫。两扇活动木门之间悬挂一把铁锁，一张条桌临时香案同样设在门外，香案上一样有祈祷之后的残留，香灰、香梗、烛痕。木门窗上插了四束鲜艳的塑料花，杜鹃、玫瑰，花红叶绿，可能是村里某位妇女随意所为。女性的地方，被女性化。

龙井村村民敬神，传承道教精神。村内没有寺，观世音菩萨供在五显庙一隅。还有，村前有一座张氏宗祠，建于清道光壬辰年，一百八十多年了。张氏是龙井村的大姓，是龙井村原住民。吴、梁、叶少数姓氏来自外村，与张氏融入、深化。张氏宗祠也上了锁。白墙灰瓦，大门左右各一小门，也是一处上规模的建筑。吴梅英兴奋地告诉我们，她在宗祠里读过一年书，小学升中学补习。这一年于其至关重要，从此知道努力读书，由混沌而开窍。

3

走过老村口，忽然想到一只盘子，或者一只葫芦，它们的特点是可以放置和贮存物品。龙井村的地形像这样一个器物，里面放置了很多房子和菇民的生活。密集的房子,摩肩接踵。从村口往里走,这些房子像丰收的香菇一样依次呈现。龙井村是典型的菇民栖居地。男人出远门,做香菇去,妇女、小孩、老人留在村里,相互照应,屋舍挨着一起盖。龙井村的房子基本保持了旧貌,泥墙、草瓦、木架结构,布局繁复,村巷交错,可见时间里的龙井曾经富庶、殷实、热闹,弥漫着朴素的山村民居气息和奥妙的香菇文化。神秘的香菇栽培技术,曾经为龙井村拥有一条持久的财富通道。村内有一支涧水,在路边和墙脚之间走了很久,走出村口,经过禹王社、五显庙,流向远处,注入龙井潭。吴梅英说龙井村不止一支水,有三支水。我想是的,之前走得匆忙,看得粗略。涧水到了村庄外围,沟渠加宽,涧水多了。在村长家吃晚饭,村长告诉我们龙井村有一百六十多户,六百多人口,当然,平常住村里也就几个老人了。

吴梅英说,她家在龙井村有过三处房子。一处在公路边,是村里的第一栋屋舍,二层砖木独栋小楼。有二十多年了吧,现在闲置着。吴梅英父亲是传统香菇栽培最后一代传人,与其小酌时,他除了讲香菇栽培技术、文化和自己的香菇经历,更多流露出对一个物种、一门技艺在时间皱褶里流失的无奈。他几次发出感叹,希望砍花法香菇技艺能引起主流社会重视,希望这一神奇的栽培技术得以延续。为此,我们之间生发共鸣,但面对巨大的国家法令和新物种的普遍挤兑,我们又感到渺茫和渺小。吴老先生感叹,历史上龙庆景菇民之所以能在全国各地做香菇而不受干扰,曾是刘伯温向朱元璋皇帝讨得一道许可圣旨的,香菇栽培得以延续和发展。这一天晚上,我们喝着一碗家酿酒,微醺中,我意识到这个可爱的小老头,其割舍不下的香菇情结,已超乎其个人部分,而更多是一个物种和一种文化的深邃和深远所至。我意识到,自己遇到一个真正的香菇人了。一个勤苦的、耐劳的、能干的、又有一点于苦辛中生发的精明和小算计的香菇人。我喜欢这样的人,他曾是一村之长,曾是全市香菇大会的菇民代表,但不是因为这,而是因为他是延续了几百年的香菇栽培技艺的传承人,一个纯正的、淳朴的、沧桑的菇民。在荒僻的菇山里,他曾经含辛茹苦,又略显技艺高明和盘算,做香菇,赚钱,供养儿女,在村中盖楼房。香菇几百年,菇民们遵循的似乎就是这样一道法则,千辛万苦做香菇,赚钱,盖大屋,置田买地耕读,极力发达,显赫乡里。曾经在其他菇村,看到那些从时间里流传下来的大屋,气派,显赫。古代如此,现代亦如此。想到龙井村至今还保留的那些大屋,也都遵循了这道法则,墨守成规。沿着公路,有五栋这样的独栋小楼,看样子都是差不多年代所建,想必当年在龙井村都是殷实之家。

另两处在村里,吴梅英带我们一一看过。这些房子都已年代久远,天井,厢房,厅堂,院落,空空的,静静的,比较破败。在这些房子里,吴梅英跟我们说她的童年,说这些房子的往事,村子的往事。吴梅英的故事都与这些房子有关,与这些房子混合在一起。从门缝、窗口、滴雨下飘出来,从蛀虫叮咬过的好看的纹路里飘出来,从烟火熏陶过的房梁下飘起来。一个门框、一个窗户,一个房间，一个天井，一个庭院，一根房柱，一堵泥墙，一块墙板，一块石头，一排檐雨，仿佛都浮动着一个山里孩子瘦弱的身影和梦。在吴梅英最早居住的房子里，她带我们看屋后的水井。逼仄幽暗的小弄，很高的石挡墙，绿油油的苔藓，潮湿的空气和诡异的气息。水井被一道临时木门封闭了，藏在木门的内部。我在木门外面，想象水井的细节。井水清澈、冰凉、甘甜，发出幽光；井的四周，石头光滑发亮；井的一侧，一个大木槽，一只小木桶，木桶上系了一根棕绳；住在大屋里的人们，在这里汲水、洗濯；石挡墙上，有一丛兰草，一束阳光，从屋檐上方狭窄的空间泻下来，落在正在开花的兰草上。这屋里有一个女孩，她在哭，她想要墙上一朵兰花。

在吴梅英的介绍下，我们还看过叶家堂、梁家堂，都是清代留下来的大房子。吴梅英说，其人生第一本书——《闪闪红星》——是在梁家堂读到的，灵魂为之开窍。很有意思，我的少年也读了这本书，这是一本不错的少年读物。有一种叫羊耳朵的草，多年生草本。生于山坡、路旁、林缘、斜坡、旷野草地上，叶片像羊耳朵，约十几厘米长，一年四季常绿，性寒，无毒。在往村子一处小山岗的路上，吴梅英给我指认了这种植物。她说她是跟奶奶长大的，跟奶奶有着某种特殊的感情。奶奶曾带她上这小山岗。小山岗上长满了羊耳朵草。早晨，嫩绿的羊耳朵草还沾着露珠，晶莹的会发光的露珠，我想羊耳朵草更像龙井村的女孩。站在小山岗上，我看见龙井村的屋舍都伏在底部，犹如一口井。

4

著名的龙井潭，被赋予某种神秘的色彩和象征。往龙井潭丢一块石头，叮叮咚咚，石头掉入邻县景宁某个村庄。这当然是龙井人的虚构。附近的马氏仙宫，原来建在南岸，真仙神像却于夜间跨过涧水，移至北岸，村人只好把仙宫建到北岸。这又是龙井人的虚构。村长五十几岁，平常在安徽祁县做种植业，精干，热情，他驱车带我们去看龙井潭。从龙门架施工工地一侧沿山坡下去，龙井潭在山下。下山的石岭是新修的，窄小，陡峻，一折两折，下到底部。右边去马氏仙宫，左边去龙井潭。我们先去右边。看过马夫人后，雨来了，一阵不大不小的雨，冷雨。这天阴天，深山里的冬天如果阴，比城里要冷好几度，有雨，更要冷好几度。好在没有风，不然又要冷好几度。我没有带伞，把脖子上的围巾解下来，包住头部，下雨的时候，保护头部显得尤为重要。好在雨适可而止，仿佛一面旗子在头顶上飘过一阵便没有了。

龙井潭还要往下。新修的石子岭是去马氏仙宫的。往左去龙井潭的路面是老路，石头路面湿滑，是考验人的时候。这段路不长，行走艰难，却也不费多大力气，就到底部龙井潭了。一条山涧。宁静，清幽，水气弥漫。两边青山，狭窄处，一泄白水飞落，跌落底部，形成一潭。龙井潭。看那一泻瀑布，没有龙泉下樟村的长和飘逸，没有九寨沟的气势磅礴，形似一条飞龙，从村里出来，冲出山谷，俯首探水。周围没有大树，只一棵小松树，其他是灌木，郁郁葱葱。吴梅英老师说起村里一个传说。很久以前，村内有一条龙，盘点在石桥下的水潭里。村人喜龙，惧龙，尤其小孩惧龙。便有人取过一只公鸡，在桥头杀鸡滴血，龙惧之，沿着山涧，落荒而逃，移居村外的龙井潭，龙井村因之而名。这当然又是龙井人的虚构。走近看，龙井潭不深，我拾起一块石头，丢进潭里，溅起几点水花和一声响。石块沉没，不见影子，我想，是落到景宁的某个村庄了？

同行中的两位楹联高手已把龙门架上的对联写出来了，王慧的这幅是这样的，用来作本文结尾：

龙井起烟霞，雨润风滋，承平千载
山川荣草木，民康俗阜，如意四时

2016.2.12

垟尾记

村　坊

　　混沌之中的盘古，突然醒来，抡起两柄板斧朝黑暗一阵猛劈。日月星辰、江河山川涌现，天地分。垟尾，深处高山，田地之尾，在远古的这一场造山运动中形成。

　　东山，西山，二山合抱，中间一片沃土，形如木舟，一条溪流自北向南从沃土之上迤逦而过。一场等待，蛮荒中过去亿万年。公元1725年，雍正三年，距垟尾三十里开外的阳山头村有一个人，遍访周围山川，终于为此地森林茂密、风水览胜所感动，停下登然前行的脚步，决意迁居此地。筑庐，开田，培菇，种谷。刀耕火种。繁衍后代。

　　此公余春锡，龙南乡垟尾村余氏一世祖。

　　《史记·孔子世家》载："季桓子穿井，获一土缶，其中有羊。"可能这是"垟"字的起源，用之垟尾村尤为妥帖。垟尾地形如船，也如一只圆腹小口土缶，内中有羊。羊，财富也。垟尾村内蓄如瓮，外泄如丝，财富积聚。

隔壁就是景宁县粗砻村了。初次去垟尾，余雯的一句话，帮助了我对"尾"字的理解，一垄田地浩浩荡荡从蛟垟方向过来，至此，已是垟之尾。

几百年繁衍生息，余姓人丁兴旺，在垟之尾，形成一个大家族，后又吸引和接纳了陈、刘、连等诸氏入住，洋洋洒洒1500多人口，成为龙南乡首屈一指的大村落。屋舍依了自然地形，多盖在东山下，坐东朝西，大门多偏开，齐齐朝向溪流的方向，得一溪之惠泽，桑梓风生水起。引水入池，村前一个荷花池，木廊绕池半周，锦鲤，荷花，绿水，老人，孩子，妇女。乃是凭栏可采莲，鱼戏莲叶间。

寻找垟尾出口，顺流而行，两山葱郁之间，就是村尾。村尾古树参天，犹如屏障；一座廊桥，设佛龛，供观世音菩萨。廊桥既是交通，又是风水意义上的拦蓄，宛如一纸封条。桥头再修一座社庙，一个春亭。庙内住着吴三公和白鹤仙。垟尾村原住民皆菇民，吴三公是他们的祖师爷，传授香菇秘籍、生财之道。白鹤仙师鹤发童颜，传说是九天玄女徒弟，乃是有求必应之道神。

垟尾百姓敬奉神佛。村四周多佛堂、寺庙。除村尾的佛龛、社庙之外；东山上有福善寺、钟楼；西山上有修葺一新、颇具规模的道观，住着马氏天仙和四位大神；村头北向，路边有一座观音堂，山上有一座禹王庙；还有村中，重新修葺的余氏宗祠：前堂，后堂，天井，戏台，横厢。这些是洗涤心灵和祈福之所，垟尾人精神和信仰的象征。

钟　楼

一年一度，垱尾村迎神祈福：风调雨顺，五谷丰登，国泰民安。

小暑，村里提前一天热闹起来。杀猪，做豆腐，置办各种菜肴；喝酒，吃肉，家长里短。村前停满了回乡人的汽车，还有凑热闹的外乡人。

写东街，写到崇因寺，以及寺内的钟楼，但东街崇因寺的钟楼没有了，连同整座寺院和两座佛塔。1994年《龙泉县志》里有垱尾村钟楼记载，建于道光二十年。崇因寺钟楼几祀几修，最后一次修葺是嘉庆十二年，比垱尾钟楼早33年。同在一邑，相隔时间不远，想去看看，从中或许有所启发。

余雯二哥是村支书。余支书听说我们要去看钟楼，安排村民提前把钟楼打扫出来。余雯说，平常钟楼难得有人上去，满是灰尘、蜘蛛网。难怪我们看到的钟楼这般干净。

钟楼有175年了，还非常结实，没有丝毫腐朽之象。全木结构，三层，上下呈塔形，平面方形，九脊歇山顶，翼角起翘，二三层封闭，开窗采光。柱子十六根，分里外两层，里层四根大柱，外层十二根。两层木柱之间，架楼梯，铺楼板。这种结构合理，牢固，我设想，崇因寺的钟楼可能也是这种结构。不过，垱尾的钟楼肯定要小得多罢了。悬于顶部那口铜钟，垱尾村的0.85米通高，崇因寺的有1.87米，重达2000公斤。铜钟样子也差不多，皆圆顶、六瓣弧口、龙形钮、钟身横棱装饰、成上下两部分，区别在细节上。

垟尾村的铜钟铸满铭文,多为人名,跟当年修寺、修楼、铸钟之募捐有关。

余雯母亲说:铜钟声音能传五里。

有一个传说。钟楼建成之初,师傅有言,等他离村三天后,钟楼方可启用。但村里有人太过性急,不等三天就敲钟。师傅才走出五里,耳边传来钟声,不禁一声叹息。余妈妈惋惜地说:否则,钟声不止五里。

四十年前,福善寺做了学堂。现在,学堂已撤多年,只有一座"凹"字形的两层空校舍和一座钟楼。站远一点看阳光下的钟楼,仿佛那个经久不衰的传说还挂在翼角上。

余 妈 妈

"垟尾厝后好横山,未读诗书先做官。"

余妈妈这么说着走出村文化礼堂,来到小暑的阳光下。这是一个健康、开朗、热情的老人家。穿一件印花绿底长裙,一只黑色小背包斜挎身体右侧。路上,她抓住我的手臂,像拉着一个相熟已久的晚辈,说她的村庄风水好,读书人多,能人多,说村里单是科级以上的官就有八个。边上谁插了一句:你的儿子里就有两个了,好福气。她就开心地笑起来。做官,赚钱,乃是普通百姓世代相传的心思和追求。

余妈妈让我们去她家喝茶。走到村前那条新开通的公路上,余妈妈说：为开通这条公路，村两委用了两个星期，做通了153户人家的思想工作，土地征下来了，都上了浙江新闻。

公路通向景宁，也联动村外大片"旱改水"高山梯田。后来，我了解到，垟尾村过去没有公路，只有东山脚下一条小路，距离邻县景宁粗砻村3.8公里，不通汽车，村民们的生产生活多有不便。村两委干部在书记、村长带领下，与两县、市相关部门打交道，争取来农村公路连接线项目。但公路需要征迁土地24亩，涉及153户人家。征迁土地是一个棘手的活，村两委仅用了两周时间，完成了征迁政策处理，又用了8个月，完成了工程建设，打通了两地的断头路。

走过一片菜园，进入一条村巷，有一幢木结构房屋，建于20世纪七八十年代。两层，三开间，房屋坐向与大门朝向成夹角，如同村里所有的老屋，大门都朝向溪水流来的方向。屋内一个天井，阳光、空气、光线，以及山间的气息和禅意从天井里下来，进入屋里；雨也从天井里下来；天空和月亮在天井之上。房屋与自然没有阻隔，保持了中国传统造屋理念。

这是余妈妈的房屋。走入屋里，一股凉爽的感觉迎面扑来。偏开的大门有一间过道，在过道的泥墙上，整齐地挂着十几把农具，铁铲、锄头、铁耙，还挂着三根铁钩扁担、两担畚箕、一领棕蓑衣。据说，余妈妈当年是村里的妇女主任，全村妇女里头，干农活、犁田、插田、打谷、挑担，她都是第一，全村男女劳力里头，她居第二。

余妈妈把茶泡好了。我喜欢喝农家炒的绿茶。写过一篇《外婆茶》，从小目染外婆炒茶的情景，知道这茶须在文火里慢工细作，才会入味、香醇，茶的品质全在焙茶人对火候的掌握和所花的功夫上。

垟尾厝后好横山，未读诗书先做官。这俚语是说村庄的风水好，而不是轻视读书。要读书，读好书乃是中华几千年来的金规铁律。余妈妈没有读过书，但她深明其义，决意要把子女们都送出去读书，就是下跪，也要把儿女们培养成才，一个母亲的苦心令人动容。可是，当年生活实在太苦，最后，还是牺牲了老二，初中毕业，把他留下来做事，保证了弟妹们的学业。也许正是这原因，余妈妈对老二便多了一份念叨。这老二后来当了垟尾村的支书，造梯田、修公路、建水库、建文化礼堂、修葺宗祠社庙，视村事为家事一般的领头人。

余妈妈也是很受村人羡慕和尊重。余雯说起一件有趣的事。村里谁家生小孩了，要把余妈妈的鞋子要去，让小孩穿一下，借余妈妈之福气，裨益儿女。村民们朴素的做法，是对余妈妈的一种认可。

梯　田

西山上的马氏仙宫门庭开阔，站在这里，可以看到对面"旱改水"高山梯田。绕山绕岗，层层叠叠，阡陌、水渠纵横，像一张撒开的网，错落，起伏，从远山一波一波地铺展过来，直到我们站立的山脚下。余书记告诉我们，这是垟尾村最大的项目，全市"旱改水"示范点，570亩，涉及土地300多户。集约化改造和耕作，前期的政策处理也是十分艰辛，现在都种上水稻了。

时序至小暑，就算进入三伏天气了，一年的光、热、水都将达到最高峰。在纵横交错的阡陌和沟渠之间，尽管地处高海拔，强烈的光照，仍使皮肤有一种灼痛感。水稻还没有分蘖，绿油油的，像无数列队的孩子。阳光在叶尖上跳动，底下田水盈盈，浮动着蓬勃向上的力量。

蓦然发生奇想。如果允许，就长住这里，做一个逍遥的农夫。村里租一间老屋，田间搭一个草棚。每天在田间踯躅，或者劳作。天气太热，就在草棚里喝茶、睡觉。在田间再种一百棵桃树，一百棵梨树，种上鸢尾花、金银花、忘忧草。到了眼下季节，桃红，梨熟，大家随便摘，随便吃。还想把草棚做大一点，铺几领竹席，请村里诸神来草棚做客，请好友来此谈诗作文、吃茶喝酒。

村尾以外，梯田之尾，是垟尾村十年前修建的大水库。蓝天白云，青山环拥，碧水泱泱。海拔千米之上，建水库实际意义甚多。如果说风水，村尾廊桥是一道蓄积，水库大坝又是一道。垟尾村的财富，正如这漫山漫岗的梯田和泱泱湖水。

"惠泽及飞走，农夫尽归耕。广汉水万里，长流玉琴声。"李白有一个族叔叫李阳冰，曾为缙云令，后为当涂令，这是李白写给他族叔一首诗中的四句。意思是，啊，你的恩惠遍及所有的生灵，农夫也都回来耕种稼穑。万里长江水啊，流淌着你的玉琴声。

一个水边的村庄

我那条记忆的旧木船,常常会来到瓯江上,泊在20世纪70年代末的上淤村。那时的上淤村,因为有一个水运站的存在而热闹,而非同凡响。

一栋单层的白房子,像旅馆一样常常住满排工。他们栗壳色的皮肤,油光发亮,操着外地口音,说话像吵架一样,尤其喝酒、划拳声,或者叫骂声会在村庄的夜空久久振荡。父亲说,他们是青田人和温州人。

房子内外墙都刷满了白石灰,20世纪六七十年代的农村,这种做法非常罕见。房子中间一条长廊,两边房门对开,那些充满酒气和野性的叫喊声,常常从这些房间里闯出来,穿过屋顶和白粉墙,在夜空里越走越远。

我很少走进这栋白房子,那些粗犷的散发着栗壳色酒气和亮光的身躯令我心生畏惧。

房子的东头有一间医务室,表面上,看似平心静气,还散发出一股好闻的药水味。一位穿白大褂的女医生,也是平静、和蔼,但我还是心生畏惧,从来不敢走进去。有时从它的窗口外面经过,会偶尔看见一个男人坐在很高的木凳上,把裤子褪下来一点,让那个女医生扎。一根长针就那样猛地一下扎下去,男人不皱一下眉头,女医生也不皱一下,都若无其事的样子。

还有一栋白房子,也是单层,两栋并列朝向路基下宽阔的大溪。这里住着另一群工人,他们是扎排工。扎排工经常泡在齐腰深的水里,用很长的搭钩,调动水面上的木头,把木头编排成"零夹",组成大排。冬天,他们站在水里,穿上连身雨裤,即使如此,溪里的水也是很冷。

这栋白房子西头一间屋子,有一台发电机,油渍渍、黑乎乎的。夜幕降临,发电机如期响起,强烈的轰鸣声,使全村每家每户都明亮了起来。尽管这种金属的声音每晚只响四个小时,但对于当年以油灯、火篾照明为主的广阔农村而言,已是十分稀罕,这里的村民享受了一份很大的福利。

那个发电工人住在里头的小间,跟我爸走得比较近。发电机经常会坏,他就把机器的部件拆下来如一地鸡毛,再装上去,晚上,就能听到它喜悦的轰鸣声了。

我爸在发电机附近那座徐氏老宅做裁缝。除了那个电工,跟我爸走得近的还有两个检尺工,他们的家属住在龙泉县城,自己在乡下,空闲的时候就去大溪上钓鱼,我爸生意清淡的时候,晚上也跟他们去钓鱼。

水运站站长姓马,据说十五岁就革命了,是山东南下干部。有一段时候,他被水运站里的人揪出来批斗。他在台上戴的那顶又高又尖的纸帽子是我爸糊的,上面有"打倒马某某"几个墨水字,还用朱笔打上一个叉。当然,这后面的事不是我爸干的,是水运站一些人弄来黑红墨水写上去的。马站长也不记仇我爸,"靠边站"了闲得无聊,还常到我爸做裁缝的徐氏老屋里坐坐,看我爸裁剪或者缝纫,偶尔说上几句,有一搭没一搭的,直到水运站食堂的钟声响了,他才离去。

水运站还有其它房子,食堂、办公楼、仓库等等,都近水而建。叫吃饭的铁钟挂在医务室外面的路头,钟摆上垂下来一根绳子,饭菜做好了,炊事员就一边撩起胸前的围巾擦手,一边往路头走去,站到铁钟下一块大石头上,扯起钟摆下的绳子,"咣咣咣——"地抽几下,钟声就在水运站的上空回荡开来。工人们听到钟声,就从白房子里出来,手上一只搪瓷碗,一个不锈钢汤匙,也"当当当"地一路敲着,往食堂走去。

食堂一侧有一棵大樟树,四周空旷。樟树外面的溪滩上布满了白色鹅卵石,以及蒺藜丛和九塔花。溪滩以外,湍急的溪水汤汤作响。大樟树有很多大树桠,上面搭一个架子,人爬上面编篾链,长长的篾链像蛇一样蠕动,从树上一点一点地爬下来,在树底下盘成一圈。溪滩上有几个临时烘房,用来烘排钉。烘房常常会起火,结果是里面的排钉全都变成焦炭。

水运站仓库设在圩头,周围是大片堆场,堆满了原条和原木,像一座一座山丘一样。有一年,大溪发洪水,浑黄,汹涌,辽阔,像一群奔腾的巨兽,上面漂满了从上游冲来的木头。堆场上的木头也被冲走了,加入到这场汹涌的飘流之中。

那个年代常常会有一些异常的事情发生,譬如说,热闹的水运站突然就冷清了下来,水运站的房子都空出来了,周围的农民也不再在堆场上搬木头,工人们不再收购检尺,水里不再有人扎排、不再有人放运,曾经繁忙而辽阔的大溪显得空空荡荡,有如集镇一样热闹的村庄,也暗了下去,空了下去。

一些事情的退出,便有另一些事情的跟进。大溪上,响起了炸鱼的炮声。这还是有限的伤害,更有另一种伤害:毒鱼,却是灭顶之灾。

那一年的某个夏夜,村前的大溪突然热闹起来,异常地热闹,发疯了一般地热闹。大溪一片火光,跳跃着、移动着、绵延着的火光,照亮无数的人影在大溪上移动、扑腾、呼喊。稠密而潮湿的黑暗,被火光和呼叫撕碎。

我的不谙水性的裁缝父亲,无比冲动地脱掉衣服,露出白白胖胖的身体,留一条裤衩,攥一只手电筒和一柄渔网,也杀进了沸腾的大溪。我被母亲控制住了,不然,也会杀进去。

我跟着母亲和许多村妇站在徐氏老屋高高的台阶上,看那片燃烧的黑暗。大溪被一群疯狂的人折腾、杀戮,鱼群蹿出水面,翻白、扑腾,痛苦地死去,大片大片地死去,尸体布满成条大溪。上到岸上的人们绘声绘色地描述着这场惨绝人寰的毒杀,他们的背篓里装满了死鱼。我父亲也拎回来两条死鱼,用一根竹篾串着,露出像父亲一样又白又胖的肚皮。

第二天早晨,硝烟已散,大溪依旧笼罩着死亡的气息。岸边漂浮着很多无法离去的死鱼,一些已开始腐烂,发出难闻的臭味。还有很多大鱼小鱼在浅水里痛苦地挣扎、呻吟,渐渐死去。我突然感到害怕,感到大溪也将死亡。

据说,这是有人在大溪上游倒入了鱼藤精,这是剧毒,但谁也不知道是谁干的。

水运站的工人都走了,一些人去革命了,一些人回了老家,父亲的生意十分清淡。这一年的冬天,父亲带上我和母亲,以及有限的家当,也离开了水边的上淤村,乘一条竹筏回到县城老屋。

乙未　二十四节气

立　春

即便乔迁之声，我仍视之为村里第一个迎接春天的人。黎明初启，一户人家点响了今天第一声鞭炮。鞭炮声持续了两分钟，处于睡梦中的我被惊醒。寝室熹微窗帘为烟花一次次照亮。阳阳受惊，在楼下推门（它肯定还是用右前足），急促的推门声持续了很久。

太阳上升的方向出现丹色，渐渐扩散，像朱砂在宣纸上平静洇开，至西边山峦之上，微明的天光还原本色。西山黑色，东山也黑色。东山的黑色已经有了朱砂红的成分。想必春天是从东边朝我们走来的，此时已在不远的路途。

早晨上班路上，天空飘起小雨，雾状，持续了两小时，将地面弄湿。我的眼镜片也布上了一层细密的水珠。从表面上看，所有的事物还都沉迷在冬天里。路边几畦豌豆，瘦弱的藤蔓已经窜出地面三四十厘米，结出几枚白色花萼，正沿着种豆人预备的细竹竿往上爬。这是一个与麦子同季节的越冬作物，立冬前后播种，谷雨前后收获。

　　随园的麻雀们很久没有在破晓时候歌唱了，似乎整个冬天都不曾听到。它们灰褐色的身影从未离开过随园。在冬天，它们只是更加勤奋地觅食，方向常常从树冠上转移到草丛里。这种做法很危险，阳阳随时会向它们扑去。天气好的时候，或者找到足够食物的时候，它们就跳跃着，相互打招呼，或者用叽叽喳喳的声音抒发好心情。它们从不迈步，脚上像装了两只弹簧，除了飞，去哪里都是蹦蹦跳跳。今天天气不好，我始终没有听到它们呼唤的声音。

　　春比年大，这句谚语包含了诸多关于立春的内容，为人们长期地遵守和沿用，在春天来临的时刻，隆重演绎。

　　十一点五十八分立春。在村里，接春仪式被村民们提前了四十分钟。谁家率先点响了三声闷响的烟火？一时间，鞭炮、烟火齐鸣，大规模的、沸沸扬扬的接春之声在村里响成一片。热烈，振奋，冲动，拥挤，嘈杂，喧闹，各自为政，争先恐后，村民们以这种方式迎接了春天的到来。也是纳福，以此表达对春天的尊重和敬畏。鞭炮声持续了一个多小时，在几声偶尔的、迟到的、零星零散的炸响声之后，接春仪式落下帷幕。村子恢复了之前的平静。屋顶上弥漫的硝烟和火药味持续了很久。地上、树上、屋瓦上留下了接春的红纸屑，以及村舍前袅袅的香火和燃烧的灯盘。

　　立春，犹如一座旧城刚被攻克，百废待举，但春天的旗帜已插上城头，其在寒风里猎猎作响的声音，向天下告示，一个万物复苏、莺飞草长、百花争艳的季节已然来临。

雨　水

今日正月初一，雨水，与乙未年春节相遇。

除夕的情景一如往年。对于坐在电视机前守岁的人们来说，央视春晚不过是打发时间的一种方式，内心记挂的，是半夜开年的事情。燃放鞭炮、烟花，吃隔岁。小孩惦记着父母的压岁钱。雨水也像一个羞涩的孩子，开年的热闹一过，就拉着春天的衣角，来到人们灯笼高挂的屋前，挨家挨户地拜年、讨赏钱来了。

随园的早晨一地吉祥。夜间燃放的一万响鞭炮碎屑，像红地毯一样从园门口延展到屋前海棠树下，雨水潮湿的身影覆盖上面。"百年难遇水浇春"，乙未年春节，名副其实的"春天的节日"。

这是一个星期前的现象：土豆在空气里发芽了。土豆在提醒人们，我要播种了。村里一个农民选择了那一天播种土豆。我尾随这个农民来到江边一片沙质土地上，对岸是著名的橡皮坝电站。阳光下，他以为我要学习种土豆，一边种一边细述种土豆的过程。其实，我更关心季节与作物的关系。我们讨论了一个关于麦子的问题。我请教他，为什么浙南农村不种麦子（之前，我一直怀疑是气候问题）。他说，种麦子效益不好。这个答案出乎我意料，导致我不愿意把讨论进行到底。

上午我用了足够多的时间去察看随园的植物们。金橘挂满枝头。水仙花开了。春兰开了。山茶花开了。墙角一棵开了多日的红梅，开始凋谢了。三株贴梗海棠已含苞多日，看样子还在酣睡。鱼池旁一株五年腊梅，飘到对岸的铁树上，开出两朵小花，蜡黄、丝状，像两只小佛手，甚喜，一树花的景象终于有了盼头。

下午晴到多云。驱车去东郊秋丰村，我的二十四节气观察点。村庄安静、闲淡、吉祥、喜气，散发出过年的气息和大地初春的味道。两个小孩在太阳里玩鞭炮，炸出一缕又一缕的青烟。三四只狗在一爿小商店门口聚众闹事，店主熟视无睹，只顾自己晒太阳。一条灰色的公路从村前绕过，一头去城里，一头去远方（我从城的那一头过来）。一条溪也从村前绕开，溪水枯瘦，几只白鸭漂浮在水面上，看起来非常悠闲的样子。"春江水暖鸭先知。"春寒天气即将过去，溪水也定然会满起来，只是还要等上一些日子罢了。

表面上看，村前休耕的稻田还处于沉默之中，没有绿意，也没有被翻动，周围的树木也都不动声色，表面平静。事实上，它们的内部已蓄满力量，蠢蠢欲动了，一场声势浩大的革命即将到来。

雨水是反映降水现象的节气，它告诉人们，往后将是多雨天气。晚上，雨淅沥、淅沥地来了，渐渐地，绵密的雨线，在夜幕里又加了一道雨幕。这是立春之后最大的一场春雨。春雨如膏，膏泽土壤，农民喜其润泽，嘉生繁荣。

惊 蛰

早春的旷野上，雷声滚动，蛰伏地里过冬的虫豸，被震动而惊醒，伸一个懒腰，眯眼撩起一角窗帘：啊，春风拂，树木吐绿，大地已然复苏。仲春一幅大自然的画卷，古人用了两个字来描述：惊蛰。我感叹这两个字的质感和对时空的穿透力，以及其所散发出来的文学意味。

2月23日亥时，也就是十天前，天空夜幕低垂，雨声寂静，大地为一张密密麻麻的雨网所笼罩。突然，一声惊雷滚进雨里，由远及近，由近及远。沉闷、确切、震撼、穿透、隆隆而响，不可拒绝。仿佛某鹤发童颜道者，运足气力，向大地呵了一声。过一会儿，又呵了一声。我坐在书房里，感觉到乙未年两声初雷已经落地，大地震动。地下的蛰虫，为之震动。

农谚：未过惊蛰先打雷，四十九天云不开。今年的初雷似乎操之过急，不按常规出牌，阴雨寒冷天气持续了半个月。"春寒多雨水。"半个月里，我八十七岁老母嘴上总是挂着这一句老话。

立春后的天气一度转暖，现在，满城又是旧模样。今日阴，气温4至6度。两日前气象预报，高山地区有雨夹雪。这种极端现象，犹如反动势力对一场革命的反扑和镇压。为雷声震动和感召的蛰虫，侧身看了一眼外界严酷现实，许是还处在犹豫之中。春回大地遭受挫折。

革命转入地下。石榴、腊梅、乌桕等落叶植物表面萧瑟，暗里悄悄地吐出雀舌一般的嫩芽。桂树、檵木、山荔枝等常绿植物在老叶的掩护下，把绿意一步步推上春梢。随园东墙上一棵樱桃树，俨然是一个不畏严寒的斗士了，将洁白的、带着红心蕊的花朵开得热烈，撒向沉郁的天空。小部分油菜花出现在旷野上，不成规模，却足以唤起人们对遍野油菜花的回忆和憧憬。

下午，随了两位旧友去北郊一个小山村挖笋。春笋还没有破土，大片竹林子里，不见一根牙笋。旧友经验丰富，挥锄丛篁，东扒拉一下，西扒拉一下，几支玉笋被挖了出来，像羊角儿。这笋犹如蛰虫，有待惊雷再次震动。

惊蛰，是一个鞭策、奋进的节气，富有预言意味。

春 分

6点45分07秒，春分。

我从睡梦中醒来，躺在床上。我躺在春天的中分点上。左侧，窗户微明。鸡鸣，鸟语，以及阳阳的几声狂吠（肯定有生人从园子外面经过），像流水一样淌过两个布面法式窗帘汩汩而进。右侧，橡木衣橱和房门，一如既往地保持静止和沉默。

寝室温馨、宁静、平和。床是寝室的中间部分。我躺在寝室的中间部分，感觉到春天奇妙的平静和平衡。身体从睡眠的一半里睁开眼睛，进入思想的一半。知识储备告诉我，此时，日光直射赤道，昼夜均等，寒暑平均，阴阳相半。春天的画卷，在此折成两半（我想起了黄公望的《富春山居图》）。我知道，这种平衡、平静和平分是暂时的，在它抵达这种局面的同时，就已经出现偏差。随着阳光直射位置逐渐北移，自然界这种一团和气、四平八稳的现象终将被打破，出现昼长夜短、寒去暑来、阳盛阴衰的新局面。

寒暑交替，一个重要的现象是气候多变，晴雨无常，气温随着晴雨变化而时冷时热。天热了，母亲就一边说"捂生冻久"，一边又脱去冬衣；天冷下来了，又赶紧把冬衣穿上（母亲爱穿妻子给她买的那件茄紫色暗花平绒外罩）。这天气，每天都这般折腾着善良的人们。尤其是小资女子，每次出门是都要有一些焦虑了。打开衣柜，面对一柜子各式各样的衣服，穿哪一件好呢？厚薄、颜色、款式、饰物、丝巾、拎包、鞋子、雨伞诸小件搭配，还有，内心某个角落里，暗暗盼望相遇的春光。"人间四月芳菲尽，山寺桃花始盛开。"一切都是那般湿漉漉的、暖洋洋的、粉红色的、悠悠然氤氲开来的春光和气息，与身体里某些苏醒来的躁动纠缠一起了。

气温升高，雨量增多，植物复苏，生机勃勃。仲春的旷野上，到处是性感而妩媚的春风，油菜花开，桃红李白，到处飞舞着蜜蜂们勤快的身影，以及它们发自肺腑的嗡嗡嗡的声音。春天坐稳江山的事实，已然像远处一群跳广场舞的大妈，令人无法拒绝。随园廊前那一株垂丝海棠，移植了五年，第一次开了这许多花，染了半树粉红。曹雪芹爱写西府海棠，垂丝海棠只好屈居第二了。

今天，农历二月初二，古代是"朝花节"。"二月二，炒粿箸。"是龙泉一带农村绵延了几百上千年的习俗。吃过炒黄粿，农事便追着屁股一件一件逼来了。

清 明

此时，天清地明，万物清洁而明净。百花已开，莺飞草长，遍地嫩黄色的新绿，犹如一窝一窝刚孵出的小鸡，"吱、吱、吱"地叫开了。这是清明以节气的身份所呈现的物候现象。

清明的另一个身份，民间传统节日，又是弥漫着诡异、神秘和慎终追远的色彩。堂屋上，八仙桌供案，摆上各样荤素菜肴、鼠鞠粿、茶酒、碗筷、酒杯、燃烛、点香、焚纸，请作古先人回来吃饭、喝酒，祈求护佑。这种凝滞而肃穆的生者与冥界亡灵对话的祭祀风俗，至今仍在某些农村延续。吃鼠鞠粿（清明粿）便是十分普遍，一道美食。

清明从节气演绎到节日，对于大多数人而言，直接的含义是祭扫、缅怀祖先。清明前一日的寒食节，当地流行吃鼠鞠粿是否与之有关？至今，寒食节已然淡出，融入清明节之中，春秋介子推的故事也沉入时间长河，但祭扫的风俗仍然绵延不绝，坚定不移，有如田径场上传接力棒一样一代代相传至今。少年时候，随父上坟，父亲老去，自然承担起这一份义务。不过一些老坟找不到了，只上到爷爷奶奶的合冢。祖上的事也知之甚少，只知来自江西，做买卖一度发迹，在龙泉济川桥北岸繁华地段盖起一座大屋，但至爷爷一代，大屋大部分已卖外姓，偏安大屋西北一隅，靠做小生意维持生计。每年清明将至，带上母亲早已准备好的香、纸、烛、茶、酒以及少许荤素食品，带上敬重和怀念，去爷爷奶奶、父亲、叔叔的墓地除草、添土、祭拜，唯有虔诚、敬畏和怀念。不过除了父亲，爷爷、奶奶、叔叔都是早逝，难以慎终追远，民德归厚了。

斗指丁，为清明。斗指乙，清明风至。古籍中说，春分后十五日，北斗柄指向天干丁或乙区域，就是清明节气了，刮东南风了，气清景明，吐故纳新，万物洁齐而清明了。此前数目，路上，山上，一个家庭，一个家族，男女老幼，成群结队，上坟、踏青正忙，"出其东门，有女如云"，到处是大自然之勃勃生机，生命之绵延旺盛的景象。

今年清明，我行走在古老的徽州大地上。于寒食日冒雨闯进呈坎村，古老，陌生，诡异，灰暗，有一种来自冥晦和阴雨的力量，一种说不出的失落和不安。夜色已重，灯影阑珊，一栋徽派老房子，一对青岛夫妇开的小酒肆，我在那里要了几样小菜、一杯粟米酒，喝到微醺处，想起晚唐杜牧。那时他也在徽州这一片土地上，身为异客，孤独喝酒、吟诗，在雨中，魂魄欲断。

清明是节气，是节日，是禅意。人在天地间，心清肚明，方可自渡彼岸。一夜无眠，于鸟鸣声中起床，雨霁天明。一座老桥旁边，见一群村民手提大红祭品盒如一阵风走过，隐遁在一片错落有致的白墙灰瓦后面，内心一根绵延千年的神经被触动。

深夜千里回家路。

谷 雨

谷雨的雨,像早已约定的故人,在头一天晚上就来了,且弄出很大动静。闪电、雷鸣、瓢泼一般,顷刻,大地一片汪洋。

谷雨无雨,为荒年之兆,民间忌惮。二十四节气不仅在时序、天况、物候上对应而准确,更有许多谚语如珍珠一般散落其间,散发出预言的神秘色彩:"明清明,暗谷雨。""雨水无雨天要旱","春分有雨病人稀","雷打惊蛰谷米贱"……试想,如果没有二十四节气,中国古代社会将会失去多少趣味,而中国一部农耕文明史,如果没有这些如数家珍一般的民间谚语,又将多么黯然失色。乙未年春季六个节气,或晴或雨,除立春外,其他无一例外与人的丰年愿望一一吻合,预示着乙未年将是一个好年成,给农民朋友带来丰收的希望。

这场暮春里的雷阵雨,持续了大约半个小时后,渐渐稀疏下来,淅淅沥沥,温柔而绵长的情绪,一直绵延到第二天黄昏。17时42分,谷雨来了。

在阴雨灰暗的村口,我遇到之前那个种土豆的农民,想起他在瓯江边那片沙质土壤上种下的土豆,问他土豆长势如何。他回答说:都可以收获了,不过,这几天没时间,还得让它们在地里多待几日。我认识到,在农作物里头,土豆的生长期较短。随园那一树樱桃,已结满果实,不等成熟的一天,就被急性子的鸟们偷吃光了。麻雀是首当其冲的一族,他们毛色灰褐、身形细小、成员众多,每天叽叽喳喳与我朝夕相处。喜鹊和乌鸫,是两个小家族,它们也逃不掉干系,分享了那一树美食。

　　时至谷雨,植物大家庭里的新叶已然长齐,踩着时序的节拍,从黄绿向碧绿和墨绿过渡,由浅入深,朝着夏天循序渐进。杨柳依依,无疑是四月春风的一面旗帜。发现一个现象,此时的杜英树显得有些另类,它们非但不长新叶,反而悄悄地将身上的红叶一片片褪去,放置地上。这种情景使我联想到一个头发稀疏的老男人,混迹一群小鲜肉当中,如此固执、苍老和不合时宜。随园的东墙脚下,一株从西乡深山来的猴头杜鹃,今天或许昨天,终于开出一簇五朵粉色花朵。已经四年,尽管它开花了,仍透露出桀骜不驯的野性。

　　二十四节气,除了清明,数谷雨最清雅了。连绵的细雨,窸窸窣窣,落到地上,落到人的心头上,

就滋长出许多的宁静来,犹如一地春草,绿油油地长。

雨生百谷,谷雨催耕。

播谷播谷——快快播谷——

布谷鸟叫了,叫人们播种谷子,以及春玉米、红薯等早秋作物了。

立 夏

中国古代四季,先有春秋,再有夏冬。四季确立,诸天文现象及其影响下的事物运动、二十四节气、七十二候,顺理成章地置身其巨大的循环之中,滴水不漏。青龙、白虎、朱雀、玄武,古人用这四个神兽,从颜色、方位以及意味上分别代表一年的春夏秋冬四季。

公元前239年,年轻的秦王政率领他的文武百官在咸阳南郊举行隆重的迎夏仪式。朱旌、赤马、红车、绛色礼服,旗帜飘扬,声势浩大。这种赤色基调的迎夏仪式,每年都在进行,但羽翼渐丰的秦王政此年之举除了对司夏之神的敬意和对夏粮丰收的祈求之外,似乎更多了一种企望强盛、实现霸业的野心。

有意思的是,中国第一个王朝国号是夏。我们没有看到公认的夏朝文字,但在晚一点的甲骨文里找到了象形字"蝉"。蝉是夏的特征之一,用蝉表示夏天,符合蝉鸣夏的意思。启以蝉形的夏作为国号,似有希望新确立的世袭制如蝉居高鸣远,绵延不绝。

这一日，气温陡升。秋丰村古廊桥对岸，犹如《诗经》一般意境。"菀彼柳斯，鸣蜩嘒嘒；有漼者渊，萑苇淠淠。"松树，垂柳，溪湾，芦苇，田畴，石径，阳光普照，蝉鸣声声。雄蝉振翅而鸣，引诱雌蝉，交配，受精，产卵，新生命埋入土中，发育，成虫，爬到树上，又是引吭高歌。神秘的大自然，每一种生命都遵循着各自的密码，繁衍生息，循序渐进。

"蝉始鸣"为夏至二侯，而这立夏日，便闻得蝉鸣，秋丰村的蝉鸣是否来得早了？五日为侯，三侯为气，六气为时，四时为岁，二十四节气七十二侯起源于黄河流域，所参照的天文、气象、物侯皆以中原一带的观测，以及农事活动为基准。大江南北，侯应有别。但全球气候变暖，也不免令动、植物们乱了方寸。

立夏日喝立夏汤的风俗在龙泉城由来久远。母亲早早备下红枣、桂圆、花生、莲子、核桃、百合、枸杞，洗净、浸泡、置入锅中，晚饭后，便以慢火细炖。龙泉城的立夏汤为甜食，加糖。立夏日也有吃麦豆（豌豆）饭的习俗，原料是豌豆，糯米，肉丝，姜末，为咸食。南乡小梅、查田一带，吃立夏羹，以米粉、豌豆、乌贼丝为原料，熬成糊状，味咸。各地都有吃立夏的风俗，吃法五花八门，其普遍意义也许是来夏图个清凉、吉利吧。

晚饭后，去村里那个种土豆的农民家，打听立夏之后的农事。他说起了油菜收割的事情。他说，油菜一般在谷雨前后收花，立夏前后收割。收割油菜多在早上，为什么呢？因为早上空气潮湿，油菜不会破荚，早熟的油菜仔就不掉落了。

春末夏初，石榴、香柚开花，红白相映，而蔷薇是迎夏之花。"立夏不下，犁耙高挂"。一场大雨，似乎与立夏同步，于深夜降临，迎合了人们对于丰年的寄盼。

气温升高，雷雨增多，蝼蝈聒噪，蚯蚓松土，王瓜的蔓藤快速地攀爬，孟夏诸物侯明白无误地告诉人们：请做好迎夏的准备吧，夏天来了，炎暑将至。

小 满

满是充实。此时，中国北方农民面对的是麦子类夏熟作物开始灌浆，籽粒小满、成型。南方，是另一番景象：荷满塘，蚕成茧，蝌蚪变青蛙，桃子红了，杨梅紫了，枇杷黄了，处处是小小的满足。

此时的水田，最为鲜明动人。农民把田缺堵上，蓄水，准备插秧前的农事了。休耕了半年的田畴，成为真正意义上的水田。像一面一面明净、白亮的镜子，或隐于竹篁之后，或叠于山坡之上，云缠雾绕，空气中尽是水的气息和泥土的芬芳。穹苍，即使没有太阳，灰色的云影也是水洗过一般干净、清新，与水田相望千里，交相辉映。水田里，是农民将要持续四五个月的耕作和期待，是农民一年的盘算。

秋丰村的水田被犁开了，泥土翻卷，宛如母亲哺乳时袒露的胸脯（母亲与土地，在某种意义上有着同等概念，人类因此赖以生存和延续）。秧田里的禾苗有三四寸长了，似年轻母亲用作褓褓的绿毯子。阡陌上,一头水牛,水牛后面,一个老农,蓑衣箬笠,扛着犁铧。老农问我从哪里来,我说从龙泉城里来。他又问我来这里做什么,我说是来看看水田。水牛听到我们说话,"哞——哞——"了两声;布谷鸟在远山,一声长,一声短地唤着:"快快——布谷——"。

天地之间呈现的各种景象,明白无误地告诉人们,朝气、妩媚、婀娜、开朗的春姑娘已真的离去,她的那些晾在树上的浅色的、鲜亮的衣裳,也一件一件收走了。几簇晚开的桐子花,素面朝天,且不知是春天的背影,还是夏天迎面而来的脚步。小满,这个含有演进和上升色彩的节气,正平静地把夏天向纵深推进,像一个勤劳的持重的妇女,把新近搬进的家园打扫了一遍,然后招呼:大哥,请多关照。

栀子花开了,我不喜欢它。白色的花,只一二日就萎了、黄了,挂在枝上煞风景;香味也太过张扬、媚俗,犹如一个风尘女子,让人难以忍受。在随园,我把它植在西墙角里,任由它自生自灭,它却是十分旺盛起来。现在,它的旁边长出了几片秋扁豆的叶芽。遵母嘱,这秋扁豆的种子于四天前种下。母亲看见秋扁豆发芽了,自言自语:"三宿芝麻,四宿豆。"我佩服母亲的智慧,不识字,知道很多事情,道山的谚语与实际总是这般吻合和对应。

按照民间积累的农耕经验,小满是要下雨的。早上在麻雀们的吵闹声中,象征性地下了半个时辰的雨,把地面弄湿。中午,太阳躲在风的后面,忽明忽暗,天气失却了必要的温度,感觉有一点儿冷。"四月八,冻死鸭。"再过四天,就是农历四月初八,这天气,似乎要奔了这一句谚语去了。

　　龙泉西乡农村，四月初八有上山撷乌饭叶、做乌饭的习俗。乌饭叶学名南烛叶，古称染菽，常绿小灌木。我舅在西乡岙头村，舅在世时候，每年四月八都要与舅母忙上几日，撷来乌饭叶，洗净，煎汤，浸糯米。这糯米也有三四十斤，染黑，上饭甑蒸熟，再置入大铁锅炒，添入素油、肉丝、香菇、芝麻，红糖水一遍一遍淋过，炒出香甜的味道来，每一料糯米都油光发亮。也有贪省事的人家，四月八不做乌饭，做麻糍，这就简单多了。

　　圆满，意味着结束，或者转换。月满则亏，水满则溢。满开的花，很美，可是就要谢了。小满，还不太满，还有上升的空间，还有希冀和期待。

芒　种

　　每年至芒种，江南就进入梅雨天气了。犹如女人每月的例假，及时而有规律。雨频、闷热（有时也伴有低温）、皋湿的气候，助催了农作物的发育和生长。打雷，已是一件很平常的事情。

　　小满之后没有大满。这是说：小满，足矣，当忙种和劳作了。

　　《月令七十二侯集解》："五月节，谓有芒之种谷可稼种矣。"从字面上看，芒种是收麦种稻，是二十四节气中唯一以农事活动命名的节气。芒种，谐音"忙种"，除了反映农作物稼穑之外，还隐含了对人度化的意味。夏收，夏种，夏季春播作物管理，我国从南到北，农民朋友的田间劳作已经忙碌起来。

此时，对于江南农民来说，最重要的事情是插秧。有一首《插秧歌》，据说是布袋和尚所写："手把青秧插满田，低头便见水中天，心底清静方为道，退步原来是向前。"浅白，形象，平易，饱蘸禅心。

秋丰村插秧已近尾声，水田如镜，秧苗稀疏，一部拖拉机静静地歇在田间，没有遇到农民手把青秧插田的情景，田园如禅境一般宁静。

番薯喜热喜光，也在芒种前后栽秧。玉米有点儿离谱，没有严格的时间概念，对气候温热反应迟钝，或者说，它的耐寒耐热性强，种植时间跨度相对较大。此前几日，早玉米已经上市，今早的餐桌上，妻子端上了两棵香甜的早玉米，而晚玉米，此时不过自身高度的三分之一，更晚的，也许农民还在盘算如何播种。那个种土豆的农民朋友告诉我，他的玉米地准备种二茬。北乡刘山头村，一对夫妻在村口田圃里加固被风雨刮倒的玉米秆（昨夜雨急风骤）。我凑近去跟他们闲聊，那男的手上一边不停地劳作，一边跟我谈起刘山头的居民不姓刘，姓季，谈起季氏遥远的来历和迁徙。

时至芒种，春季繁花凋零，花季宣告结束。《红楼梦》第二十七回写道：尚古风俗，凡交芒种节的这日，都要设摆各色礼物，祭饯花神。言芒种一过，便是夏日了，众花皆卸，花神退位，须要饯行。大观园更是兴这一件风俗，女孩子们都早早起来，用花瓣柳枝编成轿马的，用绫锦纱罗叠成旌尾执事的，都用彩线系于每一棵树上,每一枝花上,热热闹闹的,再引出林黛玉的《葬花吟》。曹雪芹借芒种节祭饯花神,写林黛玉的悲歌,更写红楼女孩们的悼词,草蛇灰线,伏延千里。

农历二月二"花朝节",芒种"饯花会",一迎一送,古人用这种仪式化的方式,强调了人与自然的关系。

夏 至

太阳是地球的守护神,不停地巡视在神秘的天空。

春分之后,太阳偏离赤道北上,在今日零时三十八分抵达黄经90度,直射北回归线。我备下一米竹竿,试图模仿古人的土圭法,于正午时分,观察太阳转身一瞬投向随园的身影。在我国云南、广西、广东、台湾北回归线经过的省份,正午有"立竿无影"现象。非常遗憾,今日阴到多云,我没有捕捉到一年中最短的日影。

夏至是二十四节气中最早被确定的节气。在我国春秋时期,掌管天地四时的官吏用土圭测日影,区分出春分、秋分、夏至、冬至。天文学上,规定夏至为北半球夏天的开始,民间数九也从这一天开始,"夏九九"歌谣反映了日期与物候、生活之间的关系。

今日,生活在北半球的人们,以及所有的动物和植物,都拥有一年里最长的白昼,或者,最短的夜晚。自此以后,太阳又身披金色战袍,挥师南下,用半年时间,越过赤道,直抵南回归线。

太阳南征北战,导致地球出现四时八节局面。地球上的事物,譬如农民稼穑，动物迁徙、孕育，植物种植、生长、开花、结果，都无不受其约束或催化。在春天里脱胎的绿，随着太阳的南北转战，不断地吸收光和热，逐渐葱郁、丰沛、深邃、硬朗，然后衰老，其中一部分以黄色、橙色、红色，以及斑斓的颜色走向死亡，在深秋，或者冬天的某一时刻落下，归根，为新生代让贤。绿不仅有生命，还有思想。

端午，是仲夏不可绕开的一个民间传统节日。两日前，民间以在门上插菖蒲、艾叶，吃粽子、薄饼、田螺等方式和内容，迎接了这个节日（过去，还有喝雄黄酒、在小孩额头上点雄黄的习俗。龙泉溪上，一度热闹的赛龙舟，突然冷清了下来）。餐桌上，我的八十七岁老母如贤哲一样宣布：

"吃了端午粽，棉被远远送。"

这句谚语意味着，从此不再有倒春寒天气，气温稳定，进入盛夏。

狂热的梅雨继续上演。而另一种自然现象——雷阵雨，今后将在江南一带粉墨登场。人们将会看到，小范围的降雨，伴着雷声，骤来疾去，看到"夏雨隔田坎""东边日出西边雨"，以及彩虹等奇异自然景象。

蝉吟人静，雄知了鼓翼而鸣的声音，现在更加尖锐和嘹亮了，成为盛夏一个无可拒绝又十分迷人的意境。尚若无蝉，夏天的意味会少了几分酣畅与淋漓。

小　暑

每天黎明，最早叫开的不是随园里的麻雀，而是园外两棵乌桕树上的知了。知了们把外衣脱下来放在树底下，一厘米一厘米地往高处爬，然后放声高歌。它们嘹亮的、持续的、如同金属切割一般的鸣叫声，往往把睡梦中的我吵醒。连日持续的晴热天气，助长了它们振翅而鸣的热情。还有傍晚时分，知了们的一次集体大合唱，是再也没有"高蝉多远韵，茂树有余音"的情调了，嘈杂，尖锐，令人神经兮兮。

小暑的标志是出梅、入伏，是梅汛和干旱的转折期，意味着从此进入三伏天气，光、热、水抵达一年高峰期。此时，水稻正值分蘖，薯块迅速膨大，喜热作物快速生长，各种新鲜蔬菜，黄瓜、丝瓜、西红柿、青椒、苦瓜、四季豆的生长都到了生命最旺盛的季节。荷花是喜热植物。在炎夏寂寞、冷清的花界，荷花是孤独的，犹如清冷街面上走过的一个旗袍女子，孤单的脚步声寂寞而惊艳，吸引了众人的目光，把热情投到其身上。摄影，作画，吟诗，赋文，荷展……且不知如果没有荷花，炎炎盛夏，人们丰沛的情感将如何抒发。相比之下，木槿的门前则要冷清许多，每天晨开夕落，默默地将花期贯彻到整个夏天里去。

刚刚建立起来的如唐朝一般的盛夏，近日遭遇到一股罕见的东北冷涡势力的反扑，连降大雨，烧起来的炎热被浇灭了。刀枪入库的长袖和被子又被翻了出来。学校放暑假了，爱游泳的小朋友们早已在谋划假期里的水上游戏，然而，小暑不无尴尬地跟小朋友们说：对不起，你们的泳装和救生圈还得再放一放。

小暑不暑。一个体型巨大的叫"灿鸿"的台风正朝浙闽沿岸奔来，未来两三天还将面临一场大风大雨天气。此时，低温多雨天气会对正值分蘖期的水稻发育造成影响吗？还有灌满了水分的山体，表面看似平静，且不知哪里的山体滑坡已一触即发，给附近人、畜以及农作物造成灾难。

小暑之后的头一个申日，是诸多乡村的迎神节，请各路神仙来村内喝酒吃肉，保佑风调雨顺、国泰民安。见过迎神仪式最隆重、最有套路的要数锦安村。还有庙会，其热闹程度要数龙井村的五显庙了，该庙建于光绪二十二年，甚具规模和豪华，庙会五天，戏班子在庙内天天唱戏，神与民同乐。

燕子是鸟族里与人类最亲近的候鸟，蓝黑色羽毛有金属一般的光泽，是夏天王国最具代表性的臣民之一。春天，它们从南方以南的海岛往回迁徙，在农家的房梁下筑巢，繁殖后代。燕子是伟大的建筑师，它们用黏土和草茎黏结的半圆形巢窝无疑是一件完美的艺术品，装点着农家单调的堂屋。这一天，在北乡一个叫绿坑的小山村，我发现一户农家的房梁下，燕窝空荡荡，没有燕子。我问主人，主人说今年已经孵了四只，这几天都飞走了。是成燕带雏燕练习飞行和捕食？主人没有回答。现在还不是燕子南迁的时候，它们还将再生一窝。

小暑二候：蟋蟀居宇。是说小暑五日后，蟋蟀离开田野，到庭院的墙脚避暑来了。"七月在野,八月在宇,九月在户,十月蟋蟀入我床下。"《诗经·七月》把蟋蟀活动全过程描述得具体、生动。诗中八月即夏历六月,正是小暑时候。

大　暑

中国古代五行学很有意思,把一年安排为春、夏、伏、秋、冬五季,与木、火、土、金、水五个系统对应起来,五行相生促进,自然循环。

伏,也叫"长夏",表示阴气受阳气压迫,潜伏地下,是一年天气最热、阳气最盛时节。伏给予人们生活上的意义,是避暑,宜伏不宜动。今年伏四十天,分头伏、中伏、末伏,头伏已去,中伏从今天开始。

"小暑大暑,热死老鼠。"在蝉的鼓噪下,炎热天气一步一步走向极致,进入白热化阶段。伏天对于农民来说,没有"避暑"一词,很多农活有待他们打理。不过,他们会避开中午高温天气,把劳作和作息的时间做适当调整:上午早出早归,下午晚出晚归。午间拉长,在房廊下铺一张篾凉席,穿堂风吹过来,睡上一觉,抑扬顿挫的鼾声像花朵一样在房梁下绽放;或者躺在树荫下,烈日为巨大树冠抵挡,随风而动是夏日闲散、惬意的时光。或者说,这是农民朋友的一种"伏",蒲扇把风,清茶啜口,簟枕邀凉,闲适而从容,消夏,尽可如斯矣。如若突如其来一场阵雨,抑或更好,不躲

避,任雨点打在身上,把伏往深处里打发。

秋丰村的空气弥漫着农作物生长的气息。水稻已长到四十几厘米,叶色由淡绿向浓绿转换,像一个嘴唇长出毛茸茸胡须的少年,即将拔节孕穗,治虫、防旱、施肥,尚需农民朋友悉心照料。古廊桥对岸大片晚玉米,过了抽雄期,肥大的叶子在风里猎猎作响。

上午,天空灰蒙蒙一片,如水泥地面一般的颜色,仿佛在水泥色天空的背后,藏有一个大水池,随时可能往大地倒水。不过,到了午后,太阳又火辣辣地挂在天上了,蝉声一片。暑邪,暑旱,两个差点为人们忽略的暑毒,仿佛一条直勾勾地盯着一块肉骨头的饿狗,为人们再度警觉起来。

母亲坐在客厅第三个窗户下的竹椅子上,补一只白袜子。这是母亲的位置,每日坐在这里看电视、走神,或者做一点力所能及的事情。我好奇地走过去问母亲,不戴眼镜看得见吗?母亲说,看得见,穿针也不用戴眼镜。我惊讶,欣喜地望着母亲:瘦小,健康,干净,安静。白晃晃的阳光被竹篁挡在园里,经过过滤和折射,落在母亲身上是斑驳而虚幻的光。蓦然,我觉得母亲能活一百岁。岁月静好,母亲如佛。

前天是农历六月初六,有雨,没有太阳,不然是要翻晒衣箱的。母亲也是坐在这个位置上,她没有补袜子、看电视,而是在出神。我走过去叫了一声:娘,你在想什么?她立马晃过神来,拾起掉到地上的蒲扇,摇了两下:"六月六的太阳是苦的,水是甜的。"母亲的话总是有着浓郁的乡村气息和岁月的深度。她是想起我小时候的情景了?童年的六月六,太阳是橙色的,有些晃眼,母亲用脸盆晒了满满一盘日头水,给我洗日头浴。"洗过日头浴,身上不长痱"的老话总是这般黏稠。

一候腐草为萤,捉萤火虫是我童年的野趣。村口有一个卖西瓜的人,满满一车子西瓜,傍晚时分,卖瓜人不见了,一车子西瓜也不见了。卖完了?

立 秋

从天文角度上说，今日四时零一分，进入秋季。

但事实上，秋来有一个较长的过程。立，是一个愿望，或者只是一个过程的开始。立秋，秋天还没有立起来，还在筹备当中。立秋不过是季节路途上一块路标而已，其意义是告诉人们：从此将进入"七月流火，九月授衣"、农作物收获的季节。今年立秋在中伏第十五天，末伏尚在四天之后。在我国，秋来犹如一个孤独的行者，大概始于黑龙江的漠河，一路南下，经北京、秦淮一带，十月初才抵达龙泉，以及南昌、衡阳一线，而到海南的天涯海角，一般已是新年元旦了。

甲骨文中，"秋"像一只蟋蟀躲在巢穴里，造字本义是天气转凉、蟋蟀鸣叫。在籀文和篆文中，"秋"演变为禾火结构，甲骨文的造字本义流失了，禾谷成熟的意思出现。这一天，在我国古代，朝廷和民间都有迎秋风俗，举行仪式。最有意思是宋代官廷的做法，立秋这天，把盘栽的梧桐移至殿内，等时辰一到，太史官扯开嗓门高声奏道："秋来了！"然后，几片梧桐叶子落下，以寓报秋。迎秋是对丰收的准备和希冀，可见立秋的悠远和古人对立秋的敬重。

过了大暑，天气就像夏商两朝的末代君主，骄奢淫逸，暴虐无道，每举手投足，都使大地上的臣民处于惊愕之中。闪电，雷鸣，冰雹，彩虹，晚霞，狂风暴雨，白昼如墨，所有异象都轮番粉墨登场。阵雨是期间的主要天况，出没无常，或伴着雷声，骤来疾去，短时间内,在某一区域制造局部恐慌或清凉,制造 "东边日出西边雨"、彩虹等奇观。

十三号台风苏迪罗一路衔枚疾走,至上午八时许兵临龙泉城下,锋芒锐减,但其绵绵细雨,依然给立秋这一天制造了暂时的秋凉假象。我想一个如唐朝一般强盛的夏天,将会在秋风、秋雨的一次次摧枯拉朽中衰败,退出江山,让位秋凉。

立秋之后是处暑,是白露、秋分、寒露和霜降,一路凉下去、冷下去,而后进入冬天。想起小时候过了立秋,母亲就不让去江里游泳,说立秋之后的水毒,其实是有了寒气。

人生易老,岁月如秋,人到中年,删繁就简,饱满、从容才是秋天的本意。

处 暑

昨日出伏,今日处暑。

处,即终止,暑气至此而终。处暑,是一个由炎热向寒冷过渡的节气。处暑意味着气温将逐渐下降,进入气象意义上的秋天。我们站在处暑的村口上,已经看到夏暑转身离去的背影了,但真正抵达秋凉,在南方,还有较长一段路程要走。

秋老虎依然盘踞在季节的江湖上。烈日高照,树木静寂,没有风,只有尖锐的蝉鸣声,像刀子在玻璃上划过一样难受。凭窗而立,清楚地感觉到屋外热浪一阵阵漫过身体,向屋里流动。偶尔洒落的一阵太阳雨，对于降温，可以忽略不计。不过，这是白天的情景，而早晚时分，已然有丝丝凉意。

在没有雨的日子里，村口的情景一如往常。暮色初合，暴晒了一天还在散发热量的水泥地面上，又渐渐热闹起来。跳广场舞的大妈们总是先声夺人，远远的，看见她们的身影在震耳欲聋的音乐里摇摆。小超市门口隐约的灯光里出现另一番景象。两张长凳子，上面坐了七八个纳凉的老人。有一个老人在拉二胡，一支《空山鸟语》被一遍一遍地重复着。老人们比之跳广场舞的大妈们要年长许多，他们似潜心聆听，缄默，平静，呆滞，偶尔有人转过头去，与邻座交换两句，无声无息，似湖水为秋风拂动的一丝涟漪。两个摇动蒲扇的银发老妪，也似秋湖上的涟漪。他们已经进入深秋了，每次我从他们身边走过，犹如从岁月深处走过一样。跳广场舞的大妈们，也是孟秋了，像这处暑的天气。

晚稻抽穗扬花了。大豆结荚了。地下的甘薯正在迅速膨大。在秋丰村的田野上，一个荷锄的农民指着低垂的稻穗告诉我，上午9至11时，是稻谷开花和授粉的时间。谷花开的时候不能打药除虫，也不能下雨。两个不能，前者好理解，而后者是说，如果遇到下雨，谷就发黑，变成瘪谷，影响收成。

三日前的七夕，是期间最为重要的节日。"天阶夜色凉如水，坐看牵牛织女星。"被演绎成中式情人节的七夕，不再是故事那般凄美，杜牧诗那般索寞和幽冷了。

白　露

　　这是一个女子的名字。民国乡村女教师、梨园名角，或某大户的二房三房？曹禺在《日出》里说她姓陈，我不以为然，白露不是艳俗和颓废。她的身上有书香，有田园气息，有聪颖和清冷之气。现在，她正沿着二十四节气的古道，款款走来。然而，我已经用古老的抽签方法，获得一辆旅游大巴的座位，前往古镇西塘。

　　西塘古镇有一家临河客栈，三年前，我在这家客栈住过一宿。掌柜是一个爱说淡定的年轻女子，白净，短发，蓝衫。这二去西塘，我有意走进这家客栈。原来的店堂已改作日用品店铺，但客栈还在，那年轻女子还在。她站在摆满货物的玻璃柜台后面，正为两个顾客开一张发票。我站在柜台跟前跟她搭讪。她抬头看了我一眼，淡淡地说：你在我这儿住过的。说完低下头继续开发票。我惊讶了，三年时间，过客如流，她那样轻描淡写地看我一眼，就认出我是她曾经的客人？我故意说，你记错了。这回她没有抬头看我，又淡淡地说了一句：你住过的。我没有再说什么了，只朝她认真地看了一眼，心里想，她的名字，也叫白露。

　　白露吃芋，这说法是从母亲那儿听来的。前一天，母亲坐在随园一棵木樨树下刨芋皮："过去农村没有东西吃，到了白露，芋熟了，就去地里挖一窝芋子回来尝鲜。"芋子的烧法有多种，干炒、煮汤，酒店的大厨们更能翻出各种花样。最喜欢的还是母亲这种烧法：去皮，风干，等芋子表面封皮了再红烧，烧成金黄色，撒上葱花，色香味俱佳。

还是几天前，在北乡石坑村的田野上遇到一个农民，他从地里歇工回来，怀里抱着几根黄瓜。我问他这一带对白露有什么说法，他随口说，"白露白茫茫，寒露谷上仓。"我想，这话是很有道理的。先说前半句，节气至此，白天天气还热，晚上就凉了，水气在夜幕里凝结成小水珠，附在屋顶上、树叶上、草地上，清晨打开房门，见得屋外白茫茫一片，这白茫茫就是露了，是秋来在夜间留下的脚印。至于后半句，抱黄瓜的农民说：白露前后有露，稻谷就会有好收成。寒露是稻谷成熟收割的时候，农民说的这一句谚语，又是往日丰年的总结和农民一年的冀望。

我们在田埂上一前一后地走着。田野静谧，只有蛙声，青蛙在稻田里捕食或者唱歌。稻田是蛙的世界。抱黄瓜的农民跟我说：你听，青蛙有四种叫法。我竖耳细听，还真是这样。空旷的田野上，不同的蛙声此起彼伏，长声短声，重音轻音，随意组合出不同的音色和节奏，像一场音乐会一样。他说，农村人从来不伤害青蛙，它们是益虫。

我们走过一丛木槿树，上面没有花了，开了三个月的木槿，犹如一个生育了很多孩子的母亲，身体已十分虚弱，须要休养。走过一棵柿树，叶子渐疏，青涩的果实挂满枝头。在那农民的屋檐下，他要我进屋喝茶，我没有进去。在门口，我注意到他家梁下已燕走巢空。想到季节已到仲秋，燕子是该往南飞了，去南方以南的海边。蓦然，我有了一种老骥伏枥的感觉。

秋 分

早上,母亲问我:你有时间吗?摘秋豆。

有啊,我回答母亲。然后去搬来人字梯,架在豆棚旁边。

随园的秋扁豆又该摘了。这是第五茬了,我借助人字梯的高度爬到豆棚上面摘。母亲拿了一只竹篮子在下面接豆子,开心得像一个小姑娘一样,嘴里不停地念叨着由秋扁豆所产生的喜悦。

在书房,泡了一泡通仙大红袍,慢慢地喝起来。窗外几声寒蝉落下,又雀声起。零星的钉木声和鸡鸣在远处,隐隐约约,悬在空气里,像微微泛蓝的天空。视线经过窗户,落在随园两棵繁茂的金桂树上,桂香漫到屋里,浮在茶香上,慢慢洇开。秋分的上午,寂静,安闲。

桂花是在前天开的。这是一个值得怀念的日子。江南大地上,孕育了半年的桂花蕾,终于蓄足力量,几乎在同一天齐刷刷地开了。桂花花期一般只有七天,今天花瓣已完全打开,桂香最浓。物壮则老,接下去的日子它们将快速凋零,而那匍匐了一地的"桂花浆"最是不忍心多看一眼的。想起远方送茶人,吟上两句:秋雨住,随园木樨香。通仙红茶味正好,心系秋凉过南墙,花开点点黄。

想到了春分。秋分与春分是一对宜人的孪生姐妹。还有夏至和冬至,一对孪生兄弟。这两对兄弟姐妹,在季节的平面上,构建起一年四季的坐标,将二十四节气纳入其巨大的架构里。

与春分一样,这是一个阴阳相半的日子。太阳像花楼上的绝世佳人，羞羞答答，犹抱琵琶半遮面，露了两下脸儿，就不见了。我想象着它的神秘的身影，此时抵达赤道上空，远远地朝向大地万物，巧笑倩兮，美目盼兮，该有多迷人啊。

在气象上，而不是天文上，秋分意味着正式进入秋季。往后很少有炎热的日子，统治了五个多月的炎夏终将退场，秋凉将坐稳江山。

东郊秋丰村的稻田黄了。原来单调的绿色，变得色彩丰富而有层次感起来。从远处看去，旷野上一丘已经收割的稻田，像一块黄毯子破了一个洞一样，突兀的样子致使我的思想毫无准备。现在，那块露出稻草蒂和泥土的稻田，被主人钉上两排矮木桩，拉上铁丝，我不解其意图。

寒 露

"一阵秋雨一阵凉。"母亲的话总是这般与时令及时跟进。

夜间又是一场大雨，天亮才停下来。上午九点的秋丰村，潮湿，清新，宁静，已然有一丝寒意。田头上没有人劳动，一些农活如昨天的模样被搁置在田头。村前大片的稻田又收割了一部分，远远看去，好像洪水退去了一般，裸露出黑色的土地、焦黄色的稻草蒂。没有收割的稻田，稻穗低垂，沉甸甸的样子像母亲待哺的乳房。

之前看到的那一丘被收割的稻田，现在我才知道主人的意图：它的大部分为白色的黑木耳菌棒占据，剩下小部分，也都做好了准备，钉上一排排矮木桩，拉上一根根铁丝，我想，不久也将为白色的黑木耳菌棒所占据。黑木耳菌棒待在地里的时间将有半年，等到明年春耕，黑木耳生长期结束，还耕水稻。土地这种既是休耕又是利用的做法，在这一带农村广为传播。种植黑木耳和香菇是这一带农民的主要经济来源。

金黄色是大地在秋天首选的颜色。目前田野上虽然还有许多绿色，但不远的将来都要归顺金黄色。黑木耳菌棒归顺了；收割之后，裸露的稻草蒂归顺了；田畈上一畦芋地，叶子由绿转黄，除了归顺金黄色，还表现出与大地细语的样子；一小片丹桂树苗，花期已过，在金黄色的幕布下面，仿佛一个走向暮色的背影。

大雨致使村庄外面的溪水上涨和浑浊，天空四周是无形的灰色，云影隐约，天气仍没有要晴起来的打算。在溪的对岸，一个农民从一棵大樟树下面走过，手上有一把菜苗，我问他是什么菜，他说是四月菜。我疑惑，他又说，四月菜梗扁，芥菜梗圆。于是我明白，四月菜是芥菜的一种。这时，我注意到他身上的秋装。藏青蓝，时间使它的颜色变得苍白。这衣服叫中山装，上下左右四个明兜，在20世纪，它近乎中国的国服，在所有男人身上流行。

从秋丰村返回随园，母亲跟我说柚子可以摘了。这棵今年移植随园的香柚，长了十个柚子。我种香柚是想让柚子一直待在树上，不是想吃柚子。母亲也不想吃柚子，母亲要摘柚子，是因为成规，人的习惯做法是果实成熟了，就要收获。

海棠是最早落叶的植物。随园的垂丝海棠早已落光叶子，却又不适时宜地抽出几支新芽来,新芽上结出几枚花蕾,现在,花蕾开了,与春天开的一样鲜艳。天气异常现象使某些植物蒙受欺骗,逻辑混乱。

午后,大雨又来了,持续到深夜。

霜　降

"气肃而凝,露结为霜。"这是北方的情景,南方仍然秋高气爽。阳光从太阳系的中心出发,跑步穿越大气层,没有云的干扰,轻易进入地球表面。地球上的物影轮廓清晰,比一部混沌的当代史清晰。

最为清晰的事物莫过于柿子了。此时,柿树的叶子已经掉光,柿子不受约束,一个个开心地挂在枝上,映衬着湖蓝色的天空,圆圆的,红彤彤或者金灿灿的,仿佛幼儿园里孩子们的脸。柿子有鲜吃和干吃两种,鲜吃直接从树上摘下来即可,如果还没有熟透,就再放上几天,待柿子软了再吃。干吃就是柿子饼了,黑乎乎的表面有一层霜,吃时不要把霜抹去,不然就亏大了。晒柿子饼是此时农民们一个比较悠闲的事情。柿子被从树上摘下来,放在篾箅子上晒太阳,或者用细绳子系住柿子屁股上的枝条,一串一串挂在竹竿上晾晒。

此时的菊花都开了,开得从容和清晰。随园的菊花有二十几种(这都是妻子的功劳,前期剪枝、扦插、换土,给每一个品种做上标签,后期施肥、修剪、矮化、摘蕊等,工作量大),最先开花的是太阳红,外黄内红,小朵,鲜艳而明确。继而,就一阵风似的都开了起来——满天星、胭脂点雪、紫龙卧雪、羞女、瑶台玉凤、仙灵芝、天鹅舞、礼花、金皇后、黄香梨、粉旭桃、二乔、点绛唇、北京红、飞鸟美人、粉荷花,还有几种,我叫不出名字。

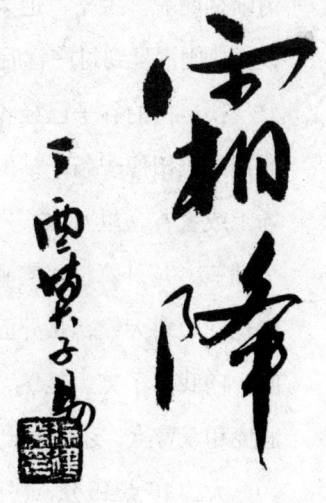

露以润草,霜以杀木。霜降无霜,枫树还是深绿色;芦花还是紫色(没有老,老了是白色);马路旁的梧桐树,率先黄了叶子,一部分已落叶归根;乌桕树的叶子也开始陆续凋零了。蓦然想起寒蝉,发现多日没有听到它们鼓噪了,是潜伏到地下去了?还记得前年霜降,在东北乡夏安村吃麻糍、摘柿子的事情。秋收之后,东北乡道太一带农村有做麻糍的习俗。现在想起来,麻糍的味道、柿子的颜色还是这般清晰、明锐。上午,道太乡一个叫源口的水边小村庄,在举行亲渔节,热闹漫延到村庄背后的马路上,拥堵波及周围村庄。

秋丰村的谷子已经收完,稻田进入休耕期。远远看去,进入休耕期的稻田像一条干枯的河床。农民把谷子从田里搬走了,搬到晒场上或者谷仓里。在一户农家的房廊下,我看到了谷子被搬动的一个细节。九只箩筐,盛满金黄色的谷子。一个年轻农民,举着一把红色的塑料大锹,从外面的晒场走进来,站在九只金黄色的箩筐中间,向我笑了笑。显然,他刚做完搬动这些谷子的事情,古铜色的脸庞和双臂上,还散发出力量和汗水的气息。

大约16点45分,村庄上方湛蓝色天空,出现日月同辉景象。月亮悬在东边,还没有圆;夕阳西下,西边黛色山峦,晚霞乱作一团,仿佛目前欧亚边界上的叙利亚难民大迁徙。

《诗经·魏风·葛屦》唱道:"纠纠葛屦,可以履霜?掺掺女手,可以缝裳?"霜降是秋季最后一个节气,到了做鞋履霜、缝衣迎冬的时候了。

立 冬

不经意间,一本书翻过三章,剩最后一章了。四季起承转合,冬,是终了,是一部大型乐章的合部。动物蛰伏,农作物收藏,人类赖以生存的土地及其上面的事物,将进入一年最后阶段。

春暖。夏热。秋凉。蓦然发现,秋季的模糊、短促和不完整。

夏热没有遵循自然秩序,像一个热情过度的大嫂,留在秋天的大屋里一厢情愿地忙碌,令人难以承受,又无可推脱,误以为这天气没有了秋季,直接从夏季进入冬季了。确实如此,假设没有几场秋雨的提醒和敦促,也许人们真的不知秋凉为何物,不知冬季已然来临。站在冬季的边界线上回首,秋天犹如一个坐在角落里默默抽烟的大伯,此情形,与当代世界史上大国对小国的某些做法相似。

经过两个小时的穿越,从六百里外一个山庄来到秋丰村,村长用普洱茶、闻香,以及其自行设计和施工的私家园林接待了我和三个同行。园内一棵红色的柿子树,是不容忽略的细节。我摘下一只柿子,遵循了空腹不吃柿子的箴言,把它收藏了。我的书房,需要红色从柿子内部缓缓释放的力量。

雨在夜幕的掩护下悄然而至。村长的餐桌上,掠过三声冬雷,没有闪电。一部分红豆杉泡酒在我的口腔里停顿了片刻。气候反常、物种紊乱、雷声诡异的话题在席间流露。"冬雷震震"、"夏雨雪",古人视之为不可能的自然现象,现今得以验证。大雨使一度闷热的天气冷了下来,我忙把秋衣穿上。郁闷、寡言的秋季是否就此卷起铺盖南下,让位给冬天呢?

立冬前后,是播种豌豆的季节。豌豆和麦子同是两个越冬作物。现在,我明白了年初与那个种土豆的农民朋友讨论过的问题。浙南农村不种麦子,不是气候原因,也不是效益问题,而是土地须要休整。是的,土地也要休息,不可无度索取。水稻和麦子,选其一而种之吧。南方的农民朋友,选择了水稻。豌豆是人类向土地有度索取的一个逗号,既适可而止,又缓慢延续。

冬天是一个坐在老泥墙下晒着太阳说闲话的日子,是简单的、朴素的、饱满的、气定神闲的,是生命旅途中的一个驿站。人生不是一味地奔跑和奋斗,犹如休耕的土地,须要有一个休眠的节奏和过程,积蓄力量,张弛有度。

小 雪

早晨,躺在床上,听不见屋外的雨声了。

清洁工在扫马路,扫帚从地面上划过,树叶在扫帚上跳动、摩擦、碰撞。唰——沙沙沙,唰——沙沙沙……枯叶的声音把门口两棵乌桕树的身影推到我面前:落叶纷纷。还挂在树枝上的,有的黄了,有的红了,有的还绿着,但都要变成黄色和红色,都要落下来。

初冬的天空,叶子像一群革命者,在某个看不见的力量的推动下,纷纷涌向大地。白色的乌桕籽留在树上,犹如一串串革命果实。冬天,食物稀少,乌桕籽是麻雀们的食物,我常常看到成群的麻雀飞临两棵乌桕树上。

一场持续了半个月的冬雨(中间偶尔有过两三天停顿),像一部布满绵密细节的文字,人人都要被迫苦读。一百公里外,某个村庄因为这场持久的冬雨而山体滑坡,三十九人被掩埋。这场雨还导致我一度处于幻觉之中,以为无尽的雨会遇寒为霰,在小雪节气里与之相遇。今天晴,没有雨,更没有霰,气温上升到25摄氏度,这一现象导致的直接后果是人们的穿衣再度出现混乱局面，大街上穿春、夏、秋服的人都有。大表弟杀了一头猪，明天是他家乔迁之日，喜事提前热闹起来。在大表弟新居，母亲为要不要脱去身上的厚衣犯愁，嘴上唠叨：人变了，天也变了，冬天都跟夏天一样了。

下午的阳光呈橘黄色，沉郁，厚实，苍老，像一块阿拉伯毯子一样铺在大地上。天空呈湖蓝色，东南方出现大片馒头云，诡异而讳莫如深的样子。我感到一场雪正在悄然酝酿。一片树叶在一所职业学校的夕阳里款款飘落，像一个芭蕾舞女，我把它捡了起来。这是一片杜英树的叶子，叶脉清晰。曾经，阳光从它的正面穿透到背面，正面呈深红色，背面亚红色，布满大大小小的斑点。现在，它看上去水分充足，生命鲜活，但它已经脱离生命之本，很快会变成一片枯叶，退回大地。

北方开始下雪了，是小雪，下得像一个绅士。有人把视频和图片发到朋友圈里，我羡慕北方人的奢侈。对于南方，一场雪的到来是不确定的，气候变暖和物候反常，往往使南方以南的冬天几年见不到一场雪。没有雪的冬天是多么空洞无趣啊，没有个性和脾气，像一个不男不女的阴阳人。

"小酌酒巡销永夜，大开口笑送残年。"希望今年的冬天有一场雪，不大不小的雪，然后如白居易一般，与友在雪夜小酌大笑。

大　雪

昨天气象预报:"高山地区有雨夹雪。"这是今冬第一次关于雪的消息。不过这并没有引起我的兴趣。我知道,它只是象征意义上的雪,即使真的落下来,离我也远。龙泉城已经五年没有落雪了,今年难道会轻易就有一场雪吗?

冬天的冷,以及其所呈现的一种类似于休眠的状态,近两天来才为我真正感知了。这种冷和休眠状,通过房屋、树木、土地、风、穿衣、人的脸部表情,以及其所营造的氛围令我感知。当然,还有雨,一场持续了二十个小时到今天还没有停下来的淫雨,使空气变得寒冷彻骨,水像刀子一样有了刺痛感。在文联,一个从外地来的女诗人伸出右手五根指头,在水龙头下面跳动了两下,便草草收场。她的这种洗手态度再次提醒我,哗哗流水,会带走手上的热度,而不是污垢。

秋丰村休耕土地上的黄色已经退去,为一种稀薄的、瘦弱的绿所代替。这种绿是临时的、病态的、挣扎的,仿佛新闻图片上那些饥饿中的非洲孩子。我走进这片饥饿的绿色,看见一些不合时宜的禾叶从稻草蒂的根部抽出来。稻草蒂已经发黑,向腐烂过渡。还有一些是由几种野草合成的绿,都先天营养不良。有一种顶部开三簇如豆一样的白色小花,像微型蒲公英,我叫不出它们的名字,仿佛面对一个意欲交流的陌生人,不知如何称呼而感到窘迫。七八只鸡在远处觅食,在稻草蒂的掩护下,向一片黑木耳菌棒挺进(它们的行动使我联想到影视片里悄然潜入的敌人)。一群白鸭处于静态之中，不觅食，也不交流。过了很久，鸡群不知去向，鸭群还在原地发呆，一只白鸭在梳理羽毛。更远处，两个农民在菌棒田里劳动。我估计他们在收获黑木耳，想走近他们，却找不到通往的阡陌。路边一个正在晾黑木耳的妇女告诉我，眼下收获第二茬了。

蒺藜是一种多刺丛生野果。在溪岸一道碣头上，我遇到一个收蒺藜的女人，这使我想起了蒺藜的味道和童年岁月，一段关于在河滩上吃蒺藜的回忆像远处三只白鸭一样朝我游来。我走向收蒺藜的女人。她的手在蒺藜丛里小心翼翼地跳来跳去，没有因为我的走近而要停下来的意思。她告诉我：蒺藜浸酒，祛筋骨风痛。

一部卖菜的机动三轮车从我身边走过，电喇叭不停地传出刺耳的叫卖声，一点一点地消失在远处铅灰色的天空下。那远处，有一棵银杏和两棵无患子，都已经落叶，秋丰村那座建于清朝的古廊桥也在那一边，似乎要被沉重的天空压到水里。

大雪二候：虎始交。不过，中国大部分地区野生虎已不多见。母亲说，我六岁那年遭遇过一只华南虎。那年还住在舅舅的村里，某夜风轻、云淡、月高，一只华南虎潜入村中，从我与母亲的床头走过。床头与虎只隔一道透风的木板壁，虎经过时，屁股在我与母亲的头顶上蹭了几下，床被蹭得叽格作响。尔后走向邻居一个猪圈，没弄出什么动静，就把一只老母猪叼走了。

虎是强者，于阴盛之时萌春。

冬 至

阴极之至，阳气始生；日南至，日短之至，日影长之至，故曰冬至。古人这一段关于冬至之说是科学的。

现代天文科学测定，今日12时48分，太阳直射南回归线。这对于北半球的居民来说，是一年白日最短、黑夜最长的一天，不过我们的身体无以察觉罢了，犹如我们身处地球，无以察觉地球无时无刻的转动。事实上，我们无以察觉的事物，何止日短夜长、地球转动呢？我们周围一切有形无形之事物，乃至精神和情感，都是在时刻变化着的。

古人所说的阴阳之气，存在于大自然和人体之中，天人统一。夏至与冬至，是阴阳转换的两个拐点。在混沌的大自然与微妙的人体之间，阴阳终是处于对抗、胶着和互相更迭之中，民间有数九的习俗。夏九九以夏至为起点，至九九金秋送爽，计数暑热逐渐离去的过程。冬九九从冬至开始，到惊蛰结束，计数寒冷离去，河开燕来，春暖花开。杜甫"天时人事日相催，冬至阳生春又来。"雪莱"冬天来了，春天还会远吗？"两位东西方诗人，在最寒冷的时候，都看到了温暖的蠕动和阳气的升腾。

今日，阳光在北半球最为倾斜，各种物体在大地上的投影最长，与夏至相反。但今天冬雨绵密，不见日影。气温回升，窗玻璃和光滑墙面上悬挂了一层水雾，这使人轻易地联想到春天，以及一群穿衣混搭的青年人。冬天，如果不是像一杆旗帜一样坚硬地竖立着，会有人还真以为已进入春天了。

我的观察点秋畈村，远山青黛，雾霭萦绕，冷雨潇潇，瘦水淙淙，芦苇枯黄。田野上一度回光返照一般的绿，现在，已为一种衰竭的黄色取代，出现凝滞、沉沦、抑郁、死寂的气氛。我走进曾经使我窘迫的几种野草中间，它们都在某个深夜被冻烂了，变成焦黄色。稻草蒂上那些新抽的禾叶也黄了，一束稻穗不无突兀地从稻梗后面露出来，苍白、空瘪、畸形、诡谲，像一个近亲所生的婴儿，从娘肚子里出来，就没有了生命体征。

《后汉书》记载，冬至日，朝廷官府放假休息，是一个法定节日。二十四节气中，除了清明，冬至也具有节气和节日的双重身份。民间有冬至大如年的说法。不过相对于清明，它所承载的节日意义和所散发出的节日气氛，又显得微不足道了。

小 寒

无端地想起李清照的《如梦令》，是因为夜里来了一场大雨。这冬天，没有海棠花，有春天一般的雨水和温度。躺床上听了很久的雨声，心想乙未年的冬天已被浇得湿透。起床了，出乎意料，竟然有阳光跑进屋里，像一班客人，热热闹闹挤满了一屋子。推开屋门，也是一园子阳光，犹如水洗过一般，明亮、清新、柔软、湿漉漉、黄灿灿。正要赞美，阳光哗地一声，全离开了，留下一园的空白和冷清。一朵云飘过来，放大，变浓，散发开来，天又成了铅灰色。

小寒正处三九，本应天寒地冻，是一个冰雪的世界。今日10至14度的气温，怎么说也不是三九严寒的天气。想起一句老话："地下暖，天上孵雪卵。"问母亲，这阳光，是不是开"雪眼"呢？母亲说，天变了，老话都不灵了。母亲看我还迷惑，又说道："冬至月头，卖了棉被去买牛；冬至月尾，卖了牛儿去买被；冬至月当央，无雪也无霜。"母亲是宝，将八十八岁了，头脑还这般清楚，对于天气的把握，总是富有贤哲的意味。我一边认真听着，处于惊讶和幸福之中。今年冬至在农历十一月中旬，如是说，这是一个暖冬了。冬天不冷，这世界终究是要令人担忧的。我想念冬天有一场雪，没有雪的冬天，实在不够完美。

童年的冬天值得怀念。早上起床，村庄整个儿被雪裹着，或者被寒冷的气氛裹着，朦朦胧胧，屋顶上的炊烟也朦朦胧胧。棉帽，棉袄，棉裤，棉鞋，全身都用棉裹着的小孩，像一只棉球一样慢腾腾地去学校上学。手上还有一只篾火笼，这很重要，那时候，上学的不上学的孩子都有一只篾火笼，它可以当棉袄。出屋前，母亲把篾火笼备好，在炭火里放进一只番薯。一会儿，番薯的香味就从篾火笼里飘出来，一路香去，到了学校就可以吃了。

冬天里被霜压过的青菜又软又甜。青菜、肉片炒冬笋，是一道上好的农家菜。没有经过霜冻的青菜生硬，不好吃。唐代诗人岑参也说，"霜畦吐寒菜，沙雁噪河曲。"这寒菜，就是霜压过的。

大 寒

  一股来自西伯利亚的寒潮，袭击了大半个中国。寒冬的旗帜，终于插在了乙未年冬天的版图上，实至名归。不过，此时的大寒，已是公历2016年1月20日了。

  暖冬如温和的大妈，之前，人们还过着温暖如春的好日子。今日，面对阴雨和寒冷天气，终于一骨碌从慵懒的温床上站起来，颠覆了今年无寒冬的说法。

  狼来了！西伯利亚寒潮，三天前便为各媒体所传诵，微信、微博处于刷屏状态。大范围雨雪。雨夹雪。暴雪。冻雨。冰冻。强降温。极端低温。逼近极值。这些冰冷的、坚硬的、行已淡远的、陌生的字眼，一时间都涌现在人们眼前，犹如和平世界，突然暴发了一场战争。

  最先做出反应是各中小学校。学生放假，全面停课（小朋友们开心极了，说不定还可以玩雪人）。全民防寒防冻行动全面展开。猪肉、牛肉、羊肉、鸡鸭、鱼虾、番茄、萝卜、青菜被居民们大量购买和储备；蜡烛、手电筒、应急灯等预防停电物品被购置；有老人、小孩人家，都备下防治咳嗽、哮喘、冻疮药物；露天水管、水龙头都包扎起来，喜暖盆栽植物被移到屋里……似乎已忘却还有严寒的人们，纷纷武装起来，大幅度进入备战状态。

  "大雪天地闭。"还真希望在乙未年末来一场大雪。窗外，皑皑白雪，封山，封道，是大开后的大合；窗里，心安理得，抔雪煮茗，呵手读书，是内心的闭合和歇息。

年关逼近，年的气息越来越浓，人们除了防寒防冻，也开始算计起过年的事情了。掸尘洗濯，腌制年肴，置办年货。农村做黄粿糖糕、杀猪宰羊、炒花生瓜子都是少不了的事情。西伯利亚的狼真会来吗？之前，人们热情洋溢地等待了两天，太阳却像圣贤一样普照大地，这使善良的人们不得不怀疑起来。还好，今天阴雨，降温了，似乎迎合了气象预报的说法，如果明天果真如气象预报所言，有一场期待已久的大雪，出现"阶前冻银床，檐头冰钟乳"什么的，那么，人们已经启动的过年节奏，是要放慢一些了。

似乎为了一个仪式，下午，我又一次去了东郊秋丰村观察点，用不无爱意的目光最后将其上面的事物打量了一遍。休耕的田野及其沉默的黑木耳菌棒；溪水迤逦、寒瘦，白石匍匐；古廊桥，以及一侧的五棵苍劲挺拔的松树；阡陌和石径交错，寂寞地通向村舍，或者山峦和远方；那一片芦苇荡，再也经不住萧瑟寒风的吹拂，黄了，白了，稀疏了；山前的村舍，还是那样一成不变地处于静态之中，不见一个人影；听不见鸟鸣，甚至一声犬吠、鸡鸣也听不到；远山如黛，雨幕铅灰，冷风无言……

一个年轻的村妇从雨幕里走出来，她告诉我，秋畈村的红梅已开，腊梅已开，白色的二乔玉兰已开。听罢，我朝她点了点头。

大寒，二十四节气中最后一个节气，后面就是立春了。大寒阳气上升，春天已然不远。过了大寒，又是新的一个轮回的开始。

喜欢白居易这诗："绿蚁新醅酒，红泥小火炉。晚来天欲雪，能饮一杯无？"且作结尾。

自然之子

突然，我惊悚地意识到，苇岸已经死了，留下一本书。

虽然，早知道他死了，但我的幻觉里，他还活着。这个出生在华北大平原开始的地方，高个、奇瘦、矩形脸（让人想起羊的模样），像异人一样的人，以他聪睿而优雅的文字，以及这种文字下的麦子、草木、蚂蚁、蝴蜂、麻雀、喜鹊、啄木鸟、布谷鸟、野兔、雪、阳光、孩子一起活着。

事实是一九九九年五月，大地正值蓬勃的时候，他离开了人世，"这个他并不满意却又热情爱恋着的喧嚣世界"。他走的时候，给这个世界留下一本书：《大地上的事情》。这本书不厚，如同他的命，不足二十万字，他的命不足四十。

他说，他有一个令他满意的工作，在他出生地昌平县干部职工学校教书——夜间授课。这个工作使他可以与社会保持必要的距离，把一天头脑最清醒的上午，献给阅读和写作，把一年最炎热的暑假，献给旅行。

苇岸与海子是好朋友，都在高考刚恢复那两年考进北京的大学,海子在北大读法律,苇岸在人民大学读哲学,因为文学,或者更窄一点,因为诗歌,他们于一九八六年初相识。这年末,海子把自己读过的梭罗《瓦尔登湖》借给他,这本书意味着一个诗人的放弃,一个优秀的新生代散文家的崛起。苇岸说:"最终导致我从诗歌走向散文的是梭罗的《瓦尔登湖》。"

他们都是上帝之子,对于生命的态度,又完全不同。苇岸爱惜生命,为了生命,他放弃了一贯坚持的素食,海子却相反。苇岸心怀理想,他希望自己成为一个"人类的增光点",希望他的晚年,借用夸齐莫多的诗句说,"爱,以神奇的力量,使我出类拔萃。"但是,不知上帝出于何种考虑,没等他把智慧都发挥出来,就把他带走了。

他留下了两个遗憾。

没有写完《一九九八:二十四节气》。

为写这个系列散文,他准备了一年。在居住地附近,昌平科技园区东部田野,一棵钻天杨下,面向南方,于每一节气的上午九时,观察、拍照、记录。记下每一节气日期、时辰、天况、气温、风力,记下与之有关的农事和景况。二十四张照片——从白雪覆盖,到麦子泛绿,以及成长、成熟、变黄、收割;到玉米,以及成长、成熟;到土地被农机推开,复又变黄、变绿、变黑、变白雪覆盖。

作为一个大地的写作者,苇岸是认真的、负责任的。他摆开架势,要完成这部大地宣言式的作品。立春,雨水,惊蛰,春分,他慢条斯理地一个一个往下写。病倒了,上帝不让人再慢条斯理。可他依然如此,躺在病榻上继续清明、谷雨地写作,至此,这个系列散文,如同他的生命,随着春天写作的结束戛然而止。

季节轮回,节气变奏,麦子生长,玉米收获,天空飞鸟,大地草长,平静,聪睿,甘淡,清利,简单,二〇〇三年,我读到他的这部分犹如十九世纪牧歌式诗意的文字的时候,感动了,尽管只有小小的六篇,我还是被感动,我怀揣遗憾,又读他的《大地上的事情》。读他留下的十几万文字,相信,这是一个大自然之子,有如贤哲一般的散文作家,为大地代言的人。

没有把素食主义信念坚持到底,他不仅遗憾,甚或痛恨。

苇岸生活简朴,粗茶淡饭,衣冠简单,如同行僧。患重病期间,在医生和亲友的劝说下,他妥协了,一度中断坚持了一辈子的素食,像吃一味苦药一样,开荤了。为此,他愧悔不已,在生命最后时刻说,"我没能将素食主义贯彻到底,我觉得这是我个人在信念上的一种堕落,保命大于了信念本身。"

苇岸对大地是深情的,这一天,他要求以这样的方式回归大地,把骨灰拌在花瓣里撒向故乡的麦田、树林和河水中,与大地上的蚂蚁、麻雀、马蜂等小动物们做伴。

苇岸的外表像一架平静的旧风琴,内在却激荡不已。取苇岸笔名,是因为北岛的《岸》使他感到血液激涌,更是因为自己"有一种强烈的与猥琐、苟且、污泥的快乐、瓦全的幸福对立的本能。"他清高、悲悯、包容,对市侩、低俗、猥琐的人,冷漠无情的人,把无度不丈夫当作无毒不丈夫奉行的人，把比别人生活得优渥看作人生最大幸福的人，都宽容地视其为无知。

马尔克斯和他的《百年孤独》仿佛一颗太阳，照耀了中国一批小说作家。梭罗和他的《瓦尔登湖》像另一个太阳，照耀了中国一批散文作家，形成了他们对世界生活的审美态度和人生价值取向。苇岸对《瓦尔登湖》的热爱近乎痴迷，他从海子手上获得此书后，用两个月时间，将此书读了两遍，作了近万字摘记。后来，在他的藏书里，《瓦尔登湖》占据了重要位置，有五种中文版本和一册英文版本。他从诗歌"皈依"散文，对梭罗的文字仿佛具有一种血缘性的亲和呼应，在文字形式上，为他格外激动和认同，在他的文字里，流露出梭罗的气息。

中国作家，很少有不阅读中国源远流长的古典文学，苇岸是一个个例，他只吸收西方文学和哲学滋养。在《一个人的道路》里，他一口气列举了十二个他喜爱的、对他影响较大的、确立了他的信仰、塑造了他的写作面貌的外国作家和诗人，而对《红楼梦》却表示陌生，坦言缺少动力和心情。他认为在中国文学里，见不到作家与万物荣辱与共的灵魂，这一点，他与海子相似。这也许是他个人的偏颇，却也是他的执着。在他的文字里，更多呈现是一个生活在北方都市边缘的中国作家西化之后的复合之影。

苇岸慢条斯理。我这么说，是因为他的语速缓慢，声音低沉，仿佛从一架旧风琴里发出来一般。还有，在北方广袤的土地上，他像一架旧马车，徒步旅行。他的写作，似乎也是慢条斯理，不足二十万字，我甚至要说他是一个吝啬鬼。他把大把的时间用在旅行和阅读上，慢条斯理地接触大地，细致观察，获取材料和灵感。"自然本身的丰富蕴含"使他获得精神家园的归宿感和满足感，世界最初的朴实与原质，都被他慢条斯理地捕捉到《大地上的事情》这本书里了。

作为自然之子，大地的代言人，他的血液、秉性、信念、精神里，自有某种非常可贵的东西，这种东西在其文字上的呈现是对庄稼、草木、鸟虫、阳光和小孩的虔诚、热爱、甚至悲悯。这是苇岸短暂一生的主要写作，也是他对中国文学的一点贡献，我之所以感觉苇岸未曾消失，亦缘于此。

我写《乙未年廿四节气》，除了对大地、农业、动植物们的热爱，对中国古代二十四节气与气候、物候、时候的神秘关系感到好奇之外，还有一点，就是想完成苇岸没有完成的二十四节气的写作。

2015.7.1

从宫廷到江湖

江村风雨图

一切都处在阒寂无声之中。

水面如镜。吕文英将船划至水中央,选好顺光的角度停下来。青箬笠,绿蓑衣,身体微微前倾,蛰伏船头犹如一只鱼鹰,双目紧盯着远处静谧、幽深的水面。

夏至以后,天气晴朗,吕文英无心在屋里作画。他日日划着木船,在瓯江碧湖一带徘徊,形迹诡秘。他在捕鱼?准确地说是打鳖。船上有一根鳖鱼车,跟马远《寒江独钓图》渔翁手上的鱼竿相似。这种先进的"线轮式鱼竿"在古代早已被普遍运用。不过,吕文英手上的鳖鱼车稍微有一点区别,杆没有那么细长,像一根秤杆,麻线上有一粒锡球和五六枚鱼钩。

现在,他把鳖鱼车扛在肩上,右手紧攥着,一切都处于一触即发之中。他是一个经验丰富的鳖枪手,知道在他视线落点的水底,栖息着两只鳖鱼。

天气看上去似乎无可挑剔。

一只鳖鱼像水泡一样从水底升上来。吕文英的鳖鱼车在阳光下一闪，锡球"倏——"地飞了出去，拖着耀眼的铁钩，在阳光下画出一副毛茸茸的弓。

锡球的落点与鳖鱼升水同步抵达一个界面，溅起几点水花。鳖的颈部被钩住，四脚拼命划动，挣扎，又一只脚被钩住了。吕文英迅速转轮盘收线，将鳖拖上船。

太阳隐遁，水面暗了下来。吕文英抬头看了一眼天空，大片乌云翻卷着。远处的芦苇荡扑棱棱升起两只水鸟，射箭一样朝他飞来，在他头顶上盘旋了一圈，重又落入那一片芦苇荡。

大雨织成了一道深灰色的墙，斜斜地压过来，将山峦盖住。风呼啸着，挟持着大雨，击打在树木上、屋顶上、篷船上、江面上。白雾在江上升起，雨点像黄豆一样劈劈啪啪砸将下来，把江面砸得坑坑洼洼。

吕文英《江村风雨图》画的正是瓯江于风雨中的情景。

山石，树木，村舍，江水，篷船，风雨，以及窗户、篾帘、树叶、泥石流。山崖险峻。树木葱郁遒劲。村舍在岸。船在水上。树在山上。雨在风里。风在树林里、树冠上。风雨中成片的簌叶仿佛有无数的猴子在里面肆意摇曳。瞬间，雨水带着泥石从屋后山上冲下来，注入江中。

夏天的江南，大雨任性，事先全然不知，来去无踪。大雨中，吕文英把篷船划到岸边一块山崖后面避雨。画中他没有把自己画进去,也没有把别人画进去。他画了三艘船,都泊在一座山崖后头。因为视线被山崖挡住了一部分,三艘船皆露出一半,或者不到一半。一艘有篷,一艘有桅杆帆影、一艘好像什么也没有。

这船叫舴艋舟。三国魏明帝时《广雅》释水篇有解释:"舴艋,舟也。"

古人常以舴艋入诗、入画。唐代诗人张志和就有五首《渔父》联作,第一首深入人心。

西塞山前白鹭飞,桃花流水鳜鱼肥。青箬笠,绿蓑衣,斜风细雨不须归。

青山如黛,白鹭飘飞,波光粼粼如银,两岸桃花盛开,鳜鱼游弋,斜风雨丝,烟雨迷蒙,这与《江村风雨图》乃是异曲同工。"青箬笠,绿蓑衣,斜风细雨不须归。"张志和写自己的内心,不须归,不是他不回家,而是他更愿意在船上,或者舴艋舟就是他的家。这似乎也是吕文英在画中所要传递的信息。

马远《寒江独钓图》《秋江渔隐图》都画了舴艋船,画了渔翁。马远画舴艋船,把船作为表情达意的元素,置于画面重要位置。吕文英的舴艋船只是一个简单的意象,不是他要重点表现的,他把三艘舴艋船置于画的左下角,淡墨勾勒,属于国画虚的部分。舴艋船以外,茫茫江水、悠悠天空,风雨如晦,才是他要表达的。江村的水,被天空的重量压低,压得喘不过气来,才是他要表达的。风雨中的江村，没有一个人影，空船、空屋、空山、老树、江水、泥石流是他借以表达的风雨内心。

吕文英，明朝中期处州碧湖保定村人。也许就是这一次风雨之后，他妥协了，选择了宫廷和利禄，参加宫廷画师的选拔。这年弘治元年，根据清华大学历史学博士赵晶考证推算，吕文英约43岁，年纪偏大了一点，但他活到65岁左右，在古代也是寿星了。《江村风雨图》是他进宫后所作。

风雨来了，吕文英躲雨去了，另一只鳖留在瓯江。

货郎图

时间流逝，让时间上游的一切都变得模糊不清。

往保定路上，鲁晓敏谈起保定村吕氏始祖。元代，这位始祖是松阳的副县长。这是一个比达鲁花赤低一级的官，大概称县丞、县尉之类。吕副县长是金华人，每往返两地，都经过保定村。此时的保定已是瓯江水上重要的商埠码头。江上白帆翩翩，商船往来如织。这一年，吕副县长退休，他没有留在松阳，或者回到金华，而是选择保定村定居下来，他看中了保定的山水和繁华。后来，我在保定村那位吕副县长的后裔92岁吕圣南老人屋前，见到《吕氏族谱》，知道这位副县长叫吕明伦，是一个县尉。

鲁晓敏还谈到这位吕副县长是南宋理学家吕祖谦的后代。吕祖谦创立了"婺学"，与朱熹、张栻时称"东南三贤"。战国末年，秦国有一个丞相叫吕不韦，是金华吕氏祖先。还有秦始皇，这个完成华夏大一统基业的君王，民间流传是吕不韦的儿子，被司马迁写进《史记·吕不韦列传》，如此说来，保定吕氏来路就非同寻常了。

在保定村，我们先认识了吕书友，一个曾经当了14年村监会主任的58岁男人。他穿着茄紫色夹棉衬衫从一辆黑色轿车里跨出来时，保定村正处于午后的阳光之中，我欣喜地以为，他会告诉我想知道的一切。譬如，吕文英祖居、绘画、轶闻、后人，甚或我的想象力无法触及的某些细枝末节。

明朝。宫廷画家。吕文英。保定人。你可知道？对于我们的问题，吕书友的第一反应是迟钝。他摆出努力回忆和想象的样子，试图回答我们的问题，但最后还是露出歉意的笑容，回答说不知道，不曾听说过。我明白，他不能回答我们的问题，不是因为他缺乏热情，而是他确实一无所知。五百多年了，事情实在来得遥远，问题的本身就存在问题。为了弥补这个缺憾，吕书友打算用半个下午的时间，带我们参观村里的老街、老屋、老樟树、吕氏宗祠，走访两位年长的吕氏族人。

非常遗憾，在保定堪称大族的吕氏，其宗祠只剩两个残缺的门楼了，在两道门楼之间的露天过道上，乱草肆意生长，小雪了，仍看不出要收手的样子。尽管这座建于民国时期的欧式建筑，门楼神韵犹存，但已无法挽回我对它的失意。

吕圣南老人屋前阳光充足，这非常适合一个老年人的冬天生活。但是，关于吕文英的问题，他也是一脸茫然："从来没听说过。"另一位老人吕叶根,也92岁高龄,他编纂了《吕氏宗谱》。他说:"吕文英?知道。明朝大画家。"

吕叶根在房廊下说这话时,手上挂着一根不锈钢拐杖,底部四个脚分开,看来他略胖的身体有赖于拐杖的支持。身上那件米黄色风衣,之初显然不属于他,而是他的儿孙们的淘汰之物,这使他的模样看上去有些滑稽。他说本地方言,齿音很重,喉音混浊不清,我们的听觉遇到了一些麻烦。在听不明白的地方,只好转向吕书友请求帮助。

老人的记忆,更多是近代发生的事情,对于五百年前的吕文英仅仅停留在"知道"的程度上。

老街上,一个旧院子里,有一个女人在为豆萁脱粒,她的枣红色上衣在午后的阳光下仿佛成了某种虚幻之物。她举着一把自制的脱粒工具——一根长木棍,前端的横梢拴着一根短木棍,挥动长木棍,短木棍一百八十度旋转——一次一次地以相同的姿势击打着地上的豆萁,沉浸在由熟练的劳作而产生的美妙的宁静之中。这种劳作容易令人联想起一些已逝的古老的事物符号。譬如,吕文英的《货郎图》。不错,《货郎图》画的是明朝时代已逝的市井风俗。

货郎担作为城乡贸易的一种形态,自古活跃在集市覆盖不到的深巷和农村。宋朝以降,以货郎为题材的风俗画十分流行。分藏在日本东京艺术大学资料馆和日本根津美术馆的四幅《货郎图》,皆为吕文英于弘治间之作,所绘场景即为瓯江一带景物。四幅画的构图、人物描绘、场景处理相似。一个货郎头,一副货郎担(或货郎车),四个孩童。货郎头以小商品逗引孩童,四个孩童或围观,或挑拣,或玩耍手中玩具,逼真,生动,喜悦,快乐。四幅画分春夏秋冬,以不同的花木为季节标识。春图绘以牡丹、桃花、桧柏;夏图绘以蜀葵、椿、柳树;秋图绘以桂花、梧桐、芙蓉、菊花;冬图绘以松、梅、竹、山茶。

吕书友告诉我,老街起码三里,吕姓占了半条街以上。分手时,他又对试图走近吕文英的我说了一句看似多余的话:

时间会使人忘掉一切。

旧院子里出现三个男孩,仿佛来自《货郎图》,我感觉诡异而不知所措。三个男孩在枣红衣女人身后默默站了片刻,突然,跨过那一堆豆萁,在老街上奔跑起来,像一阵风一样刮过,消逝在远处一个墙角后面。

竹园寿集图

明朝中前期,绘画有两座高峰:宫廷院体和浙派绘画。吕文英是从浙派走向宫廷院体的重要画家。

早期的吕文英,过着渔翁和画家的生活,乐于渔、读、画之中。那一艘舴艋船是他心摹山水、浪迹江湖的承载。其间,对其绘画影响最大的人是戴进。从年龄上看,戴进是吕文英的长辈。作为浙派始创者,戴进经历了从宣德朝宫廷院体到民间绘画的过程。他师承南宋遗风,形成独特的绘画风格,在浙江一带逐渐聚集起一批画家，门下弟子众多，如夏芷、夏葵、吕文英等。江夏派吴伟，以及张路、蒋嵩、汪肇等一批后起之秀也深受其画风影响。

中国绘画风格演变，呈现出有趣的节律，这表现在明代绘画上，即对近朝元代绘画的抵触。明代画家们无视赵孟頫、黄公望、吴镇、倪瓒、王蒙等元代诸家，而远师唐宋，南宋院体刚硬苍劲之风在明朝盛行。吕文英作为戴进的学生，他们一度日日形影不离，作画、摹写，出入唐宋，吴道子的人物，马远、夏圭的山水，对吕文英影响深远。钱塘江水阔鱼肥，戴进常携众弟子浮舟江上，但凡此时，吕文英大显身手。

1488年，弘治元年，新帝朱祐樘选拔宫廷画家。四十不惑，五十知天命，此时的吕文英内心欲寻求稳定、安逸生活，参加了这一年的宫廷选拔，成为一名御用画家，供奉武英、仁智二殿，最后授以从三品锦衣卫指挥同知。

明代授官有严格制度，官员品级、编制皆有明确规定，须要走程序。但皇帝往往绕过正常的铨选程序，命太监传旨，直接任命官员，此所任之官称"传奉官"。由于锦衣卫"恩荫寄禄无常员"，明永乐至嘉靖间，品位较高宫廷画家多授以锦衣卫武职，纯属寄禄性质，为领取俸禄和身份等级的依托，不司其职，也无实权。这种做法提高了画家的地位，也引起朝臣不满，上疏直谏。

明朝推崇琴棋书画，绘画史上有名的画家皇帝就有宣宗朱瞻基、宪宗朱见深、孝宗朱祐樘。朱祐樘是一个马远迷，所学跟吕文英同宗同脉。他亲政爱民，开创了弘治中兴，却也生性懦弱，心地善良。据传一次他和吕文英一起作画,画好之后很开心,就赏了吕文英几匹绸缎:拿了赶紧离开,不要让那些书呆子知道。孝宗皇帝说的书呆子是指朝中言官,洪武朝朱元璋立下的规矩,一般由酸腐文人担任监督、上谏之职。

吕文英在宫中经常应诏作画,接近孝宗,深受恩宠,有机会观赏到不少内府藏画,结识其他宫廷画家、王公大臣,开阔了眼界。吕纪,又一个著名宫廷画家,擅画翎毛,吕文英擅画人物,二人经常合作作画,史称"大吕""小吕"。弘治己未年(1499年),户部尚书周经、吏部尚书屠滽、御史侣钟三人同值六十大寿,周经于私宅置酒同庆,祝寿人群中有吴宽、王继、闵珪、秦民悦、许进、李孟旸、顾佐、周经两位公子,以及吕文英、吕纪等十四人。这是一次以祝寿的形式举行的大型文人雅集活动,参与者或写诗、或作画,以纪其事。当天,主人周经援引《杏园雅集图》事,要二吕仿效,也将此次聚会场景画下来。二吕欣然摹写,将在场的二十八人皆入画中,取名《竹园寿集图》,现为北京故宫博物院收藏,画芯150×30厘米。画中署名的十四人皆以正面肖像入画,个个形象逼真,吕纪、吕文英画像于图之末,并立展卷而观。2016年《故宫日历》收入了此图局部。

但从此图也不难看出,院体束缚了画家手脚。画中王公大臣们个个正面画像,正襟危坐,表情划一、凝滞,几近照相。吕文英后期宫廷生活安逸,见识、修养皆有提升,但也由于宫廷上种种外在因素,限制了画作的自由发挥,现今,绘画史料没有将他纳入浙派名人录，也许与之有关。

樟树下图

这一个温暖的上午，大港头码头的大樟树下，某高校学生的画作在露天展出。画展旁边，我遇见了已经退休的朱小红教授。当时，码头上有一艘游船已经启动，马达的轰鸣声在江面上越走越远，不过，在越过岸上一群写生的学生之后，又变得隐隐约约了。

朱小红教授穿着一件酱红色羽绒服，面前支一块画板，一幅写生水墨已经完成大半。她手里捏着一根长毫毛笔，专注的目光投向码头及其外面的水域。在她的注视下，那艘游船已经到了江心，朝远处的芦苇荡和几艘舴艋船无声地移动，上午的阳光用暖色调将江面渲染了一番。保定码头隐遁在芦苇荡后面。樟树巨大的阴影将她和画板罩住。从她的位置上看去，保定村所处的山脚不过是一抹淡墨而已。

"他是一个很有仙气的人。"

"你说吕文英？"

"孝宗弘治元年，吕文英进宫。弘治十八年，孝宗皇帝去世，他也去世，这不是很有意思的契合吗？"

我想吕文英入宫后的生活是安逸的，他遇到了一个好皇帝。孝宗朱祐樘是一个为人宽厚仁慈、勤于政事又躬行节俭的人。他不近声色，一生只有一个皇后，他很爱自己的皇后，这在古代皇帝里头是极少见的。他的父亲朱见深有一个宠妃叫万贵妃,为人歹毒,孝宗母子几度险遭她的毒手。孝宗皇帝童年坎坷,过着近似幽禁的秘密生活,身世曲折、离奇,小小年纪就饱尝了世间炎凉,这也促成了他宽厚仁慈的秉性。朱教授娓娓而谈,微微有点激动。

"据说你临摹过吕文英的山水画?"她的"观云听水居"在大樟树附近,我想看看她临摹的《江村风雨图》。

"这幅画我临了三个月。"

"原画收藏在美国克利夫美术馆,临摹时借助图片。图片不清晰,要临出原作的风貌来难度比较大,只能从历史资料里找他的痕迹,吕文英存世的山水画只有那么一幅,我只好在他师承的马远、夏圭、戴进等人的山水画里寻找,揣摸他的技法。

"过稿就画了四个。他这幅画是兼工带写,部分有工笔的痕迹,但以写意为主。他用泼墨把远山隐去,将江村在风雨交加下的那种樯倾楫摧的感觉画出来了。整幅画很生动,用笔跟着风势雨势变化起伏。临摹不是描图,把纸踏上去照着下面的图描,如果那样,画出来是不生动的。吕文英这幅山水画每一根线条都有一种弹性,一种力度,一种生命的感觉,这种生命的轨迹从哪里到哪里都有它内存的联系。我在画的过程中,就不能拘泥于它一根、几根线条的用笔,而要从整幅画的气势去把握。经过前面四遍的过稿,慢慢摸着这画的脉络了,抓住原作的感觉,进入到吕文英的创作心态中去,熟能生巧,最后画出来那张,形神上跟原作略有贴近了,但我还是不太满意。"

我在朱小红旁边一块大石头上坐了下来。

她放下画笔，从包里掏出平板电脑。"临摹的那幅给政府收藏了，这是拍下来的图片。吕文英我真的很佩服他，可惜传世作品太少了。你看我临的这画的局部，每一片树叶都在风雨里颤动；树根裸露，树干瘦硬曲折，富有张力，顶着风雨，一种内在的力量被反映了出来；江水激荡，撞击到岩石上激起一层一层波浪；几只船桅隐在山崖背后，在避风雨。整幅画以水墨为主，部分稍有一点染色，是朱砂、朱磦。山石的皴法是南宋马远、夏圭的拖泥带水皴和斧劈皴。马远的《踏歌图》画的不是风雨，树的张力没有吕文英的这么大。"

朱小红教授说着回到自己的写生稿上，长毫笔蘸上水墨，在调色盘上筐了两下，很写意地画出远处的芦苇。

这里是龙泉溪与松阴溪交汇的水域，水面辽阔，一艘游船走了很久，才在我跟前的码头靠岸，下来一群游客。码头的宁静暂时被打破。大樟树下，阳光挪动了位置，那些画架上的参展作品处于斑驳的阳光之中。

"吕文英的嫡孙也是画家，画山水，不过，名气没有他爷爷那么大。"

在我起身的时候，朱教授又说了一句。

内廷望江图

　　画师们像一群羊,陆续来到武英、仁智二殿,相互或说上两句,就进入各自画室,研墨、作画,如现在的上班一族。

　　吕文英一身青袍,于小泥炉前煮茶。窗外,一棵老树把枝丫青疏的影子投在墙上。那里挂着一幅他的近作,仍是瓯江一带的山石、水土、草木。吕文英的画日渐见少了,也常常以年纪大了为由,婉拒王公大臣们的宴请,毕竟,一个年逾古稀的老人每日除了喝茶、摹写、恭候皇帝偶尔驾临或者招见之外,所乘就是日夜所思的昔日江湖和那些放浪形骸的日子了。"群贤毕至,少长咸集。""流觞曲水,列坐其次。"他日日临摹王羲之《兰亭集序》,更多是因为此文所散发出的气度和情愫与其心境相似。

　　　　及其所之既倦,情随事迁,感慨系之矣。

　　清风出袖,明月入怀。吕文英每摹写至此,就要放下笔来,内心升起许多无以言说的感触。是的,在内廷后期,他画了许多瓯江山水、风物图,抒发欲重返江湖之心和故乡眷恋之情,遗憾这些画作没有被流传下来,而隐遁于茫茫的江湖之中。《江村风雨图》也许是他于其间所绘之孤本了。

　　现在,他深堆在上午茶香弥漫的光阴里,面对窗外的墙角和飞檐,想些什么,或者什么也不想吧。近来,他常常咳嗽,身体已大不如从前。窗外老树上的那只乌鸦,听到他的咳嗽声,突然扑簌簌地飞了起来。乌鸦飞过紫禁城一层一层金色屋顶和血色宫墙,朝南方飞去。他的目光追随着乌鸦煽动的翅膀,也越走越远。他仿佛看见了故乡那条无比熟稔的江河,看见自己在江上的倒影,以及那艘舴艋舟的倒影。

告别大樟树下的朱小红教授,我来到大港头水边。我不知道为什么要走到这里来,是要完成内心的某个仪式,还是觉得吕文英会驾舟来到古堰画乡?

对岸的芦苇荡在风中摇曳,一只舴艋舟朝我缓缓而来。船头上,一个箬笠、蓑衣老人,手上有一杆鳖鱼车,他是吕文英吗?老人也看见了岸上的我,我们的目光在那一瞬间重叠。

小兄弟,你要鳖鱼吗,刚从这江里打上来的。

你是保定人?

是的,我叫吕文英。

瓯江在我脚下流淌,一阵微风吹拂,江面微微透着一丝凉意。

附记：
吕文英生卒年考

清华大学历史学博士赵晶指出，当下所有美术史、绘画史著作及辞典所采纳的吕文英生卒年是错误的，其出自郭沫若《宋元明清书画家年表》一书，该书关于吕文英的生卒年来源，系民国《美术生活》杂志第二期（1935年1月1日出版）印有吕文英《货郎图》一幅，画幅背后有吕文英简介，有其生卒年1424-1505，但没有任何考证说明。赵博士通过对吕文英有关史料梳理，修订其生卒年，约1445-1510后。文章刊发《美术学报》2012年02期。

赵博士的直接证据为《明实录》，其中吕文英一条记载，见于《明武宗实录》正德二年九月丁己：

> 复锦衣卫指挥佥事吕文英职。文英以画士历官，例革为百户，至是因自陈乞复之。

另外，参看明末清初历史学家谈迁所著记录有明一代历史编年体史书《国榷》，该书正德二年九月丁己亦有相似记载。两处记载吕文英弘治时官至锦衣卫指挥佥事，为正四品，孝宗皇帝去世后，被革为正六品锦衣卫百户。吕文英降职不是因为犯错误受到惩罚，而是因为"传奉官"出身。一年后，正德二年，被降职或免职的传奉官又陆续官复原职。经申请，吕文英也于正德二年九月官复原职。正德二年为公元1507年。

其二，赵博士引明人《居东集》《佩文斋书画谱》《孅真草堂集》，皆称吕文英官至锦衣卫同知。孝宗时期，吕文英是正四品锦衣卫指挥佥事，晋升到从三品指挥同知只能在正德二年官复原职以后。这说明吕文英此后数年仍在二殿，并有晋升，因此，将其卒年推至1510年以后。

其三，赵博士对吕纪的生年进行考证，认为吕纪生于1439年前后。史称吕纪为大吕，吕文英为小吕，则吕文英的生年应在吕纪之后。还有，从《竹园寿集图》十四人肖像画中，推测二吕在五十上下，吕文英较吕纪稍年轻。

跋：

母亲九十

　　我的母亲是一个有趣的小老太婆。不过，这不能当她面说，不然她准拿眼睛白我："有趣是什么意思？我很老了吗！"

　　这样，我自知失言了，如果妻子在边上，就会冲我悄悄地发笑。母亲不觉得这是一句喜欢她的话。她知道自己岁数已高，但谁说她老了，准不乐意，觉得是小瞧她了。母亲不乐意了就拿眼睛白人，如果有什么不合心意的事，或者谁不地道，她就要拿眼睛白。

　　对于我的写作，她觉得是在做空事。

　　"看你一整天写啊写的，赚多少钱了？你那些写出来的东西能当饭吃？"

　　面对母亲的责问，我自惭形秽，怯生生地说赚不了钱，也当不了饭吃。

　　"那你还写个屁！"母亲立马朝我白了一眼，语气也冷峻起来。

　　母亲是一个朴素的唯物主义者，说话，看问题，常常一针见血。道理很简单：做人要本分；做事要赚钱。不赚钱的事，当然是空事。我尽在做空事，做无用的事。

其实,母亲只是嘴上说说而已,对我也无可奈何,听由我做空事罢了。一如既往,以她的小,她的方式爱我、祐我。我写《乙未廿四节气》,母亲就是行走在这个中国的农耕史诗一般的节令之上的老人,她的身影、她的如贤哲一般的话语不可避免地要时时出现在我的文中。我甚至觉得,母亲的头脑里有一个民俗博物馆。写作过程中,每遇到不解之惑,就会就近讨教母亲,又装作漫不经心的样子,母亲总是不吝赐教,从她的"民俗博物馆"里捡出几句经典的话来,予我以启发和丰富。不过,这要注意方式,如果煞有介事地拿出纸笔来记,她会立马警觉起来,脸一沉:

"你不要乱写,要犯错误的。"

随之,便缄口不言。母亲没有上过学,如果用所谓的读书人的尺子去衡量她,似乎显得无知、可笑。历史的影子怎就烙在她的身上了呢?她视文章为神秘、惹祸之物了。

妻在上海女儿家那阵子,屋里只有我们娘俩,我埋头写作,她帮我准备三餐。捡菜、洗菜、烧菜、刷锅、淘米、煮饭,一个上午,她在厨房里窸窸窣窣地忙碌着,饭熟了,几盘家常菜上桌了,此时,假如我还在书房里,她就在楼下喊:

"还不下来吃饭?肚子不饿啊!"语气里便有了责备的意思。我是自知理亏,情愿要受母亲责备的。

母亲起得早,早上如果吃面条,会先把水烧开,微火温着;面碗里,酱油、荤油、葱花等一应作料都备好,就坐到餐桌边等我起床,当听到我起床、下楼的声音了,就起身去把煤气灶火苗拧亮,往锅里下面。我吃面爱个清爽,最怕面煮糊了。还有吃饭爱吃硬饭,喝茶爱喝浓茶,母亲也是这样,几十年来,这胃口是母亲给惯出来的。

我这写作,也时有小说散文什么的发表,或者得个什么奖的,告诉母亲。她听了会急切地问:有钱吗?我说有的。有多少?我说多少多少。她一听乐了:"那你要给我红钱的。"

我就从口袋里掏出几张百元钞来给她,她接过去,手指头往口里蘸一下,一张一张地数,数了一遍,把钞票反个面,又数一遍,然后,从中抽出两张,其他的还我:"不要这么多,给我两百就够了。"我说都拿去,她就坚持不要:"这钱你也赚得辛苦。"

母亲随身有一个小钱包,皮质,深色,口上是拉链。她嘴上这么说着,从衣兜里掏出那个小钱包(如果是冬天,小钱包就在最里层的衣兜里),拉开拉链,把两百块钱对折,再对折,平平整整地塞进去,一边自言自语:"用这钱打麻将,保准能赢。"

搓麻将是母亲唯一的娱乐爱好,牌技、手气都还不错,时赢时输,输赢基本持平。母亲的钱,在这上面要用一点。此外,上寺庙烧香拜佛,买香纸烛、募捐要用一点。再此外,就没有要用钱的地方了。

有人调侃搓麻将预防老年痴呆,这话在我母亲身上似乎显得灵验。前年,母亲八十九岁,耳聪目明、头脑灵清、口齿清楚、行动方便,大致一个夏天每个下午都在搓麻将。村里的麻将馆离我家有两里来路,午饭后,我或者妻子骑摩托车送她去麻将馆,麻将结束了，再去接她回来。母亲一把年纪，上下摩托车还像年轻人一样轻快。牌桌上，如果谁理牌、出牌慢了，回家来还要念叨：某某年纪轻轻，几张牌摸过来摸过去，半天都打不出来。说着，眼睛往某个方向白一下。

那麻将馆都是私人家开的，两三张麻将桌，自动洗牌、摞牌，如果去迟了，会没有位置。每到中午，母亲就算计着，早早吃过午饭，去麻将馆占位置。但也有例外的时候，午饭后不急着去麻将馆，坐在客厅靠窗的沙发上，脑袋歪着，头发乌黑、稀疏，露出一副不去麻将的样子。见此情形，我会走过去，说：打麻将去。她说不去了，歇歇。一听她说不去麻将，我就有一点担心起来，怕她身体上出什么状况：是哪里不通透吗？不是。是没钱打麻将了？不是。那是什么？她就抬起一只手，手里有一张皱巴巴的纸巾，在嘴唇上抹一下，抹一下，抹过了也不扔掉，还捏在手里，说话也不看我："一个老太婆（她自己说老没关系），天天上麻将馆让人笑话。"

听她这么说，我放心了，鼓励她：打麻将怎么会有人笑话？年纪大了还能打麻将，才叫人羡慕呢。她听我这么说，道：那又去啊？当然去，我说。于是，她又来精神了：我自己走去好了，不要你们送。我说：你走路吃力，我送你去。这样，她就起身走向餐厅的八仙桌，从抽屉里拿来老花眼镜，坐上我的摩托车又去麻将馆了。路上，她抱住我的腰："你俩人也忙，大热天的，天天让你俩接送不好意思。"

原来她是怕我嫌麻烦，不高兴。

母亲喜欢存钱。麻将赢了，把赢来的钱悄悄地存入寝室那个古老的矮柜里。如果连续输了几天，小钱包瘪下去了，就说不打了，钱输了可惜，还不如买东西吃。这时候我就要给她钱：这钱拿去翻本，今天肯定赢了，打小麻将还用得着几个钱吗？她接过钱去，看着我说：那就去翻翻看？去翻，我说。母亲坐上我的，或者妻子的摩托车，乐滋滋的，又去麻将馆了。

母亲不缺钱，有时反倒是我手头紧，遇上临时要用小钱了，问她借来周转一下。

借母亲的钱是一定要还的，而且要及时，她会一直惦记着。如果过一阵子还没有把钱还上，她会提醒你：你还欠我多少钱。有时她会记错，错进不错出。我说我可没借你这么多钱啊。她就说什么时候还借去多少，加上前几天多少，一共是多少了。她是把我已经还她的钱又算上了，我只好笑笑，按她说的如数还上。

前年，我写《东街》，打算在第二年母亲九十岁时，用日志体记录母亲日常的点点滴滴，题目都取好了，叫《母亲九十》。然而，这一天下午，她还在麻将馆打麻将，我送去，妻子接回来。在回来的摩托车上，母亲笑眯眯地跟妻子说：今天赢了三十五个子，七十块钱。晚餐，还吃了一碗半米饭。七点三十分左右，她站在餐厅里，我在边上，事先毫无征兆地突然摔倒，像一棵老树一样倒在我的跟前，吓得我立马把她扶起，抱她坐到椅子上。母亲有气管炎，这时她的呼吸出现困难，但还能说话，她跟我十分吃力地说了一句："去把呼吸机拿来。"

这是母亲最后的一句话，那台呼吸机是前几年女儿买来给她的礼物，平常也少用。我赶紧拿来呼吸机，给她戴上，可是不见效果。便赶紧驾车把她送进人民医院。我家离人民医院不过五六分钟路程，在急诊室里，一群医生围住母亲，尽力抢救，终不能挽留住她执意往生的脚步，于次日零时三十分离开了我们，离开了这个她还不想这么快就离开的世界。她离开时，很平静、安详，没有痛苦，像睡着了一样。这一日，2017年11月3日，农历九月十五日。

今乘《东街》出版空隙，将近年所撰的文章编辑结集，且作礼物，献给我的在极乐世界里的母亲。

莫子易

2019年9月5日于随园